U0074596

雪落無痕

孟絲短篇小說選

孟絲——著

序

宣樹錚

　　「海外華文文學」這名稱漸漸叫響，也就差不多是十年來的事。之前，在大陸，像聶華苓、於梨華、趙淑俠等海外作家都作為台灣作家，收入台灣文學史。上世紀90年代以來，觀念變革，對世界華文文學的多元性有所認知，「海外華文文學」始作為世界華文文學大家族中獨立的一支進入了研究的視野，《海外華文文學史初編》、《海外華文文學現狀》、《美國華人文學論》這類專著相繼問世，海外華人作家的選本也應時而起。2002年，《當代漢語流變論》（作者袁勇麟）一書中，就將海外散文與大陸、台灣、港澳並列。自然海外華文文學囊括五洲，自身也是多元的。

　　以美國論，上世紀80年代以來，移民、留學生（多數留在美國了）源源而至，如今全美華裔不下300萬。第一代移民留學、創業無不備嘗艱辛，或多或少還得忍受文化隔閡等等帶來的精神的孤寂，要融入主流社會談何容易，多數還是在華人文化圈中構建精神家園。待到成家立業，生活安定，行有餘暇

了，於是有些原先不見得會對創作感興趣的人也開始拿起筆來了，在母語的文學書寫中找到了文化歸屬，獲得了精神的愉悅和自由。華人中提筆寫作的人日見增多，如果上網瀏覽，如行山陰道，小說、散文、詩歌聯翩而至，目不暇給。諸如作家協會、文化協會、作家聯誼會、筆會、書友會、文學沙龍等團體可謂踏步而出。無疑，海外華文文學，得天時地利人和，正在崛起。

海外華文文學總體而論可以定位為移民文學。內容至少涵蓋三個方面：一、懷舊思鄉。人在海外，視野開闊了，觀念變化了，往往以一種新的視角來審視往昔。「不識廬山真面目，只緣身在此山中」，如今是萬里回首，山外看山，筆端流出，別有省識。二、再現移民生活的現實，從精神到物質的方方面面。三、從歷史的縱深來再現華人充滿血淚辛酸的移民路，書寫華人移民的歷史傳奇（如嚴歌苓的《扶桑》）。

十來年前，剛來美國不久，就在《世界日報》副刊上讀到孟絲的「寄自新澤西」的文章。這名字一下子就記住了，「孟」字散發陽剛之氣，「絲」字搖曳陰柔之美。當時還猜測過這位剛柔相濟的作家的背景，一定是台灣來的，是中年人，從文字的修養看得出來，不是年青人輕易寫得出來的。2002年初，《彼岸》創刊不到半年，孟絲寄來了她寫給《彼岸》的第一篇小說，後來發表在二月號上，也就是收在這本集子中的

《阿拉伯塵緣》。當時真有些喜出望外。

2003年，在新澤西的一次華人文學活動中見到孟絲，穿一身沉靜的黑，說話輕柔親切。此後碰上稿荒，總是首先想到給孟絲打電話求援，幾乎每次都如願以償，而且毋須擔心質量。這幾年來孟絲是在《彼岸》上發表小說最多的作家。

孟絲的短篇小說，往往以移民的婚姻家庭生活、感情糾葛為題材，無疑這是作者熟悉並感興趣的領域。移民生涯，異族婚姻，中年危機，婚外情……最後釀成悲劇，即使不是悲劇，也帶著幾分悲情和傷感。類似的故事可謂司空見慣，但孟絲不一樣，她揭示了這些婚姻感情悲劇或准悲劇發生的深層原因，諸如移民生活的大環境所包含的歷史、文化、種族、心理的種種衝突。這就讓讀者看完小說無法一拋了之而要掩卷沉思。

孟絲是生活的縝密細緻的觀察者，也是講述故事的高手。孟絲總是以全知敘事的方式從容自在、靈活自如、繁而有序、娓娓道來地敘說人物的命運。孟絲很少按時間順序作線性敘述，而好以插敘、倒敘的方式將過去滲入現在，將人物的前史接剪入當前的敘述，從而促成了文本的情節，突出人物命運的因果鏈，而且結構緊湊，富有張力。孟絲感興趣的不只是人物當下的命運，而且是人物怎麼一步步從過去走進當下，陷入命運的圈套。這歷程也正是始於追求而又往往落入無奈的移民之路。

《胭脂有淚》裡嫁給老美的上海姑娘南冷，《百萬經紀人》中事業有成卻籠罩在昔日陰影中的余妃，《小城槍聲》中的江佳龍、曉芹，《外遇前後》中的顏昌元、音鳳、呂蝶，等等，都走著這麼一條路。《月滿樓》中學戲劇的張良，百老匯舞台夢破滅後，內心壓抑，為生活所迫與並無愛情可言的唐美妹結合，放棄人生理想，一心經營餐館。富貴落寞、氣質高雅的花笑儂的出現，重又喚醒了他的文化記憶，喚醒了他對理想人生的追求，於是婚姻變遷也就難免了。小說飄散著傷感的人文氣息。

孟絲長於描述，工於鋪陳，善於捕捉細節，語言富於色彩，整体風格趨於華麗細膩，但並非俗艷，而有一股貴氣。花笑儂出現在月滿樓時，作者寫道：

「她那神情，帶著幾份自信自傲，卻又帶絲落寞。她慢吞吞地掏出一根薄荷菸，任絲絲青煙自嘴角緩緩飄散開。挾著菸捲的細長手指，閃著晶瑩發亮的戒指，細看好像每根手指上都戴了各式各樣的大小戒指，只除了左手無名指。她仍然單身？而腕際戴著成串K金手鐲，也是那樣閃閃發光。黑色低領無袖衫，渾圓的胳膊襯著渾圓的胸脯，上罩絲製網線露孔短小玲瓏披肩，下面是黑色緊身褲，足蹬高根細帶涼鞋，猩紅色腳趾甲不時在高腳凳上扭動。」

孟絲小說的素材，大多得自親見親聞，也有取自媒體的社

會新聞，經過提煉、超越，融入了作者的人生體驗和思考。因此作品飽含著現實生活的淋漓汁水，作品中人物似乎都是我們在生活中見過的「熟悉的陌生人」，甚至和我們握過手、談過話呢！我一直有種感覺，孟絲和她小說中的人物正在款款走進海外華文文學史。那麼我這篇短文算是給送行吧！

　　宣樹錚教授曾任蘇州大學中文系系主任，是博士生導師。來美定居紐約。任「彼岸月刊」主編多年。並獲選為「世界華文作家協會會長」。多篇散文定期刊載「僑報」藝文版。是大紐約地區文化界知名導師級老師。

目次
CONTENTS

序　003

小城秋冷　015

月滿樓　045

雪落無痕　065

花開花落　097

千禧輪上　132

無緣　163

系裡那些事　177

發跡者　221

那夜無眠　245

匿名電子信　253

夜幕下　269

輪渡　274

貂皮大衣　281

附錄：孟絲的散文田園　288

這本選集獻給你⋯⋯

小城秋冷

1.

　　雖也是郊區城鎮，近年來這城鎮一角，卻逐漸遞變成鬧市死角。

　　在此地居住過兩三代的居民，都把這變化歸罪於此地的賽馬場。其實這賽馬場在當地也算是頗具歷史，少說也有四十年的高齡。這兒賽馬是馬後拖著戰車的那種老式賽馬，無論規模、設備、場面都遠遠無法和最現代化、用電腦操作指示牌的新型賽馬場相提並論。

　　然而每逢賽馬盛季，大批的賽馬賭徒，開著各式各樣的汽車，把附近能免費停車的地方都停得滿滿的。雖然賽馬場的停車場非常寬闊，並且用鮮亮招牌寫著「全日停車僅收費五元」，但不少賭徒總用盡方法節省下那小小停車費，先擠滿附近街邊巷間的免費空間再說。

　　而此地縣立圖書館距賽馬場不過兩條街之遙，因此每逢賽馬季節開始，圖書館便也連帶受到各樣的騷擾。免費停車場早早就被這些賽馬客佔領，反而讓使用圖書館的讀者很難找到適

合的停車空間。也不知道這些人是怎樣謀生。許多馬場常客每天光臨。這批常客大都喧嘩放肆，大模大樣。或是衣冠不整，或因賭運欠佳而遷怒他人。

「當年我父親假如長壽，多活十年，這賽馬場是絕對不可能建在這附近的。」

在圖書館工作了二十年的莫琳，每次都忍不住在附近發生搶案、或偷盜案後，做這樣的評述。人們對她的論調未必相信，但也沒人反駁她。莫琳的父親當年是本地的財主，擁地好幾百畝，加上鬧區四棟房子，一家鬧市餐館，在當地確實是頗受尊敬的鄉紳。可惜去世時未留遺囑，所有財產全被小十歲的弟弟獨吞。

莫琳的母親早逝，父親對兩人雖極疼愛，卻沒有用心教導。一旦去世，家產便被做執行律師的弟弟全部獨吞。並利用這份資產，在當地競選成為頗有地位的市議員。莫琳對他這個自私自利的弟弟恨得咬牙切齒，卻無可奈何。只有在圖書館做個無足輕重的小職員，偶爾發發牢騷而已。

圖書館對面是一座已廢棄的小火車站，簡陋的候車室因常年不用的緣故，顯得陰森森。那兒先是醉漢在附近流連、閒蕩。漸有無家可歸者在那兒留宿。接著宵小之徒搶錢勒索。後又有傳言說那兒有人販賣毒品。

入夜七時半以後，尤其冬季晝短，圖書館儘管燈火通明，

各種藏書超過四十萬冊，又裝置了幾架袖珍型電腦，加上各樣
為兒童及青少年安裝的故事節目，但入夜後進入圖書館的人們
卻越來越少。盧依蘭來這兒工作已將近八年，從初級資料參考
員而成為中級而資深，而成為目前資料參考總負責人。她憑著
多年經驗及愛讀閒書的本領，對於讀者一波波天南地北的大小
問題，多半能夠回答得得心應手。

　　那晚正輪到她上夜班。諾大的圖書館，除了幾個工作人
員，幾乎沒有外來讀者。她正全神貫注的讀著一本《紐約時
報》推薦的暢銷小說。

　　「對不起，」聲音細微而拘謹。「可以麻煩妳嗎？」

　　原來是一個東方女孩，大約十四五歲。一頭黑緞般長髮垂
及雙肩。黑亮的眼睛望著她，帶絲怯生。那份謙遜神色令人憐
愛。盧依蘭立刻推開書本。

　　「不麻煩，有什麼問題儘管問！」

　　「需要找一些資料！」女孩遞給她一份目錄單，上面列
有十多本書名，指定學生從書單中任選一本，並需在讀完後寫
一篇讀書報告，不得少於一千字。報告需列舉該書的主題、重
點、人物、時代背景，優劣點以及讀者的意見及心得。

　　這是一篇典型的中學生讀書報告。盧依蘭帶她到小說部
門，選妥一本威爾森的《時間機器》，屬於科幻小說，參考資
料多，內容比較受年青人喜愛。主人翁在誤撥時間機器按鈕

後，誤入一片荒謬的廣漠天地，遇到許多奇景幻境。把此書大略告訴女孩，她同意選讀這本書。

「謝謝妳！」女孩拿了書，到一角書桌前坐下。

盧依蘭回到參考桌前，見桌邊座椅前坐了一個東方女人，梳妝淡雅，眉目輪廓都和女孩十分相似，顯然是女孩的母親。面部帶著一般母親特具的驕傲，嘴角露出一絲感激的微笑。她旁邊站著一個西方男人，棕色頭髮，三十多歲，上身一件藍色夾克，著緊身牛仔褲，足登球鞋。

「密斯盧嗎？」男人親切地招呼著。「這是我太太，那是我女兒！以後還會麻煩妳！」

「沒問題，我們歡迎大家多來圖書館。」

「我們剛搬來不久，很高興離圖書館不遠。我叫史提分。」史提分和盧依蘭握手致意。「我太太是越南人，她聽說圖書館有位東方人，特地要我帶她來見見。」

「是嗎？我平常都在這兒，歡迎你們來！」

「那你們談談吧，我去看看雜誌……。」

「好的。」

「請問妳會說中文嗎？」

直到這時，盧依蘭才覺察到，到現在為止，這位女士還未開過口呢。

「會說。我們用中文交談吧！」

　　兩人閒談了一會，知道她是越籍華人，名叫阮素梅。女兒是和越籍丈夫生的。但丈夫多年前在戰火中失蹤，至越南淪陷前仍無音信。美軍倉促撤退時，在美軍顧問團做打字員的她，只得跟著對她十分愛戀的史提分來到美國。

　　「來到這裡一年多，真是悶得慌。我一直想找點事做，史提分卻總說不容易。」

　　「你打算找點什麼樣的事做呢？」

　　「管理檔案，打字之類。我以前在西貢美軍顧問團裡，做過類似工作。」

　　「既然有這種經驗，應當不太難。我替你留意一下好了。」

　　正說著，忽然想起來。

　　「其實報紙上事求人那一欄看看就行了。」一面把當地報紙廣告欄打開查看。

　　「我會注意報紙。聽說此地治安不好，我們住的公寓附近，常有人搶皮包。」

　　「這區域確實越來越糟。我們工作人員大都住得較遠。」

　　「我自己並不在意，就是擔心自己女孩。」阮素梅愛憐地對孩子看去。這時史提分走過來。

　　「甜心，你和密斯盧談得很開心嗎？」一面朝牆上掛鐘看一眼，八時三十分。「我們該回去了吧？」

「艾咪的功課大概還沒有做完呢！」阮素梅有些不寧願離開。

「叫她回家做好了。」

史提分十分果斷地做著決定。女孩似乎也不大願意回家，但那也只是轉瞬間的事，反抗的眼神只那麼一閃，立即趨於黯然。望著三人離去的背影，盧依蘭有種難以言喻的惆悵。阮素梅短短半小時的逗留，在空氣裡潑灑下一層淡淡的抑鬱。

2.

那次之後，大約兩週，又見阮素梅帶艾咪來圖書館借書。這次是星期六清晨，也是圖書館較冷清的時刻。幫艾咪找妥書籍，安頓完畢以後，阮素梅又來盧依蘭參考台前椅旁坐定。

「密斯盧妳早！」

「妳早！今天妳打扮得真漂亮，要出門做客嗎？」

阮素梅那天穿一身淺紫色雲紗洋裝，胸前墜一條細絲鈕花、開金項鍊。烏黑長髮用紫色蝴蝶髮結扣於腦後。那張秀麗的臉龐透著東方美人的含蓄與典雅。

「今天是我生日，史提分說要帶我們去溫蒂快餐店吃餐早點，慶祝一下。」

「那太好了！祝你生日快樂！」

「唉！」阮素梅輕微地嘆口氣，雙眉微鎖，似有無限輕愁。

「如果不是為了艾咪，我真沒法忍受這樣的日子。」

「史提分看來溫文爾雅，對妳們不錯？」

「他平時對我是不錯，可惜每天對我看得牢牢的。」阮素梅神情透著無限落寞。「我在這兒無親無故，英文說不好，凡事依賴他，而他……。」

「我好比南來雁，離群飛散……我好比潛水龍，困在沙灘……。」那熟悉的戲詞訴說了多少人的孤獨與寂寞！盧依蘭雖來美多年，然而這異域掛單的孤寂，不也曾無休止的折磨著她？雖與阮素梅初識，這落單的況味，卻是她極熟悉的。

她不確知阮素梅和史提分的感情濃重深淺。然而她卻知道自己是異族通婚的失敗者、過來人。多久了？和范麥克離婚不已經整整十年了嗎？

那年初來美國，中西部八所知名大學聯合舉辦夏令營，在美豔瑰麗的洛佳湖濱舉行，而她被選為最美佳麗之後，多少人踏破她和葉羽姍合租的舊屋門檻，然而她卻被虛榮沖昏了頭，那樣的目中無人，那樣的自我感覺良好。多少優秀樸實無華的候選人，都被她冷漠無情地拒絕了。

她竟愛上了世故的范麥克，愛上了他來自安格魯・撒克遜的光榮歷史，愛聽他重複講述「五月花」號的冒險歷程。彷彿他的祖先全分沾了一份美國建國功勳。范麥克是徹頭徹尾的大男人主義者，飲食起居必須依照他的方式進行。記得有一次，

她為了給他一個驚喜，晚餐時，參照食譜，費力費心做了一道豆瓣鯉魚；那晚請了兩對夫婦，他們是公司重要關鍵性人物，關係著麥克今後升遷機會。這道耗費無窮心力所烹調出來的美味，令麥克尷尬極了。

「趕快把它端走，我們換吃火腿肉……。」

原來在他的教養中，竟把魚頭端出來待客，太失禮，太難堪。

日子被這些瑣碎不快，割裂摧殘得痛苦不堪。而那時他們住在路易斯安那的南方小城。觸目所見皆是南方的保守與拘謹。她那時也有一張辛苦得來的寶貴碩士學位。但范麥克的化工博士，使他在艾克森石油分公司，高居當地二級主管地位。

「我太太用不著賺那幾文辛苦錢，還不夠我交所得稅呢！」

「但是……。」

「空閒時可以去和公司其他太太們交際一下，玩玩橋牌，打打網球。」

范麥克稍稍停留片刻，建議盧依蘭說。

「我的秘書裘蒂說，她們都參加健身俱樂部，何不參加她們？」

盧依蘭也曾努力嘗試和她們打成一片，然而就是這樣的格格不入。這南方小城和她初來美國唸書的大學城完全不同。小

城人們凡事都有既定的傳統、規範、程式、看法和偏見。對於外來的、生疏的、無論人事物，都持有禮貌的排斥和懷疑。盧依蘭本是典型的東方產物，本不善於和人們酬酢交際和往還，何況這中間還隔著一座文化迥異的高山，要攀越這座傳統文化大山，可不是短時間內完成得了的事。

可不是？有一次，她為了合群，參加了公司太太們所喜愛的「快樂時光」。每週的星期四夜晚，這家夜總會專門減價招攬女顧客。進門後燈光昏暗，裘蒂選妥靠舞台較近的圓桌坐定。每人叫了不同的雞尾酒，唧唧喳喳歡飲逗樂。盧依蘭打起精神，努力地笑著，雖然對一些含意隱晦的雙關語不甚了了。

而後，台下忽然響起噓聲、喊聲、掌聲，口哨聲。原來台上出現妙齡男子，髮濃肩寬，隨著熱門音樂扭動胴體。漸漸燈光暗下來，越來越暗，音樂在空氣裡散發著濃烈挑逗意味，男子慢慢退去西裝外套……，長袖襯衫……，小背心馬甲……。百多人的女子觀眾，高聲地歡呼鼓譟。

「脫！脫！脫！」

散發著濃重曖昧的燈光閃閃爍爍，這舞者以格外緩慢的優美姿態退去長褲、短褲、剩下象徵式的G型遮掩，緩緩朝台下走來……。女子們瘋狂地喊叫著，對年輕男子調笑著。等他靠近的時候，裘蒂朝他輕送飛吻，同時朝他緊攜腰帶的錢袋塞進一張十元鈔。

　　熱門音樂瘋狂地響著，五彩燈光變換繽紛，女子們張狂地嬉笑著，吞嚥著一杯杯美酒。盧依蘭從沒見過這樣的陣仗，後來才知道這是夜總會招攬女顧客的花招。平時這些家庭主婦終日輾轉在柴米油鹽醬醋茶的俗務中，一週需要擺脫這些家庭瑣碎，出來發洩一下，提供了這樣的「淑女時光」。盧依蘭完全誤解了這淑女字樣。算是開了眼界。

　　那晚回程的路上，裘蒂和另兩個同伴，對幾個舞男評頭論足，興致高昂，並約定不久再來捧場。盧依蘭毫無興趣，沒有作聲，裘蒂也沒有理她。裘蒂是范麥克的私人秘書，是紐約「吉布秘書專科學校」訓練出來的。做事十分專業幹練，人也長得漂亮，只是為人處事比較現實而俗氣。

　　她最初拉攏盧依蘭，也是出於職業上的要求。只是兩人的品味修養文化背景完全格格不入。如今上司對她既已信賴賞識，也就漸漸放棄這迂迴遠道。那次之後，盧依蘭社交生活陷入真空。范麥克的事業忙碌緊張，酬酢多半與業務有關，盧依蘭不善也不喜歡，漸漸公司裡一些酬酢便由裘蒂代替她出席。

　　在南方小城裡，這樣的日子她熬了三年多，終於鬱悶得快要發狂。她決定回台北去看望對她思念萬分的爸媽。回臺北半年，是促使他們分手的催生劑。然而，她知道，遲早她是會和范麥克分手的。東西方文化傳統的巨大隔閡，令兩人難以磨合，當年稚嫩的愛情，畢竟經不起實際生活瑣碎的摧殘與折磨。

這時圖書館櫃台總機電話轉來，是一位男士要和盧依蘭說話。原來是史提分詢問他的妻子阮素梅是否在圖書館。於是盧依蘭告訴他，她在，並把電話交給阮素梅接聽。

「是的，甜心。艾咪剛找到資料，」阮素梅柔和的聲音裡充滿無奈，「也許還需要半小時，是的，我知道。」

阮素梅把電話交還盧依蘭，面帶一絲苦澀微笑。這時從參考台前路過的雪莉，笑咪咪對著兩人湊趣地說。

「真羨慕妳，剛一轉身就有人追蹤。像我家那位，我即使消失三天，他也不會發覺。」

「只要你把晚餐準備好，對吧？」

「其實只要把啤酒替他準備好就夠了。」

「還說呢，至少你們每天見面。」

管期刊的艾琳最近減胖生效，瘦去十多磅，衣著修飾都漸漸考究起來。在長島電力公司做工程師的丈夫每週只回家三天，說是公司在曼哈頓租有長期旅社，供加班員工使用。公務繁忙的工程師常在那裡休養生息，免去舟車勞頓，長途奔波。

「誰知道怎麼回事，他的公務永遠比家重要！」

「不管怎麼樣，有人追蹤總是好事。」

這時使用圖書館的讀者一批批到來，詢問資料電話也響個不停，人們各自回到自己工作崗位。盧依蘭開始星期六上午的忙碌作業。阮素梅慢慢踱到雜誌部門，選一份婦女雜誌開始閱

讀。不知何時，史提分來到參考台前，對盧依蘭點點頭。

「我太太在嗎？在那兒？」那眼光有些嚇人。

「不是在那兒嗎？」盧依蘭遙指雜誌角落。

史提分大踏步走過去，好像有什麼緊急事務要和太太討論。盧依蘭雖然忙碌，從眼角卻不時掃描過去，希望沒有什麼嚴重的事情發生才好。大約過了十多分鐘，史提分走到艾咪背後，輕敲她的桌面，顯然要她們立刻離開。阮素梅抽空到參考台前對盧依蘭説。

「我住在加州的嬸嬸來電話找我，她一直要我去加州，那兒越南人多，史提分最討厭這個提議。」阮素梅倉促地結束談話，伸手接過寄存在參考台後抽屜裡的小皮包，一面有些警覺地朝大步走來的史提分望一眼。

「希望你生日快樂！」

這一聲祝福似乎沖淡了兩人間的緊張情緒。

「謝謝！」艾咪跟在兩人身後，三人匆匆邁出圖書館大門。

3.

那次以後，很久沒有看到她們在圖書館出現。倒是有一次，管期刊的艾琳指著當地報紙，上面有一張艾咪的照片，説是這個剛來不久的越南女孩，由於數學傑出，代表當地高一數學組，參加本州數學比賽獲第一等特獎。新聞約略介紹了她的

家庭背景。

「我就不懂，為什麼東方孩子數學都那麼好？」

「其實這說法不正確，目前能到美國來的移民，大都經過篩選。而且，東方父母對孩子管教比較嚴，尤其對於學校作業，毫不客氣。美國父母比較放鬆，這一出一入，就有了差別。」

「這說法也有些道理。」

艾琳每逢提起她那十六歲的獨生女，就有訴不完的怨氣。工程師丈夫太忙，沒時間管，自己管不了。獨生女麗莎嬌縱任性，衣飾髮式花樣百出，週末約會常常深夜晚歸。最近過「甜蜜的十六歲」，逼她媽媽為她舉辦擴大生日派對。至於生日禮物嘛，就要一匹小馬。

「你替她買了小馬嗎？」

「開什麼玩笑！一匹小馬要好幾千，這還不算。最重要的是，馬要寄養在外面，每月要付養馬費。高興了，到時候去騎騎馬，平時就不用操心。」

「養馬至少不危險，我那十六歲的兒子，整天纏著我，希望明年考到駕照替他買摩托車。」

人們這樣談論著，倒把艾咪得獎的事淡忘了。

這時巴頓小姐翩然來到圖書館。巴頓至少已有七十高齡，若說年齡因智慧歷練而給人綽約風姿，那麼巴頓小姐應是最恰

當的實例。她在當地中學做英文教師將近五十年，當地許多人都做過她的學生。她熱心公益，除多年蟬聯「州立公園古物維護主席」一職外，更是「圖書館之友」會會長。

她的髮式永遠盤成典雅的貴婦結，配以以黑白為主調的衣著，銀質耳環、項鍊、手鍊，給人的感覺是永遠的和諧與莊重。她獨居在一棟古屋裡，離此約五六里車程。那是她當年出任過法國使節的父親遺留給她的。年輕時她也曾沉醉在戀愛漩渦中，二戰擊碎了彩色繽紛的夢境。必然是那除卻巫山不是雲的心境，讓她毅然獻身教育。不知不覺間蒼茫茫綠樹成陰。誰說這兒沒有人情味？

她如今許許多多的生活瑣事都是她當年的學生在照顧。

她的學生有人貴為當地市長、議員、報社總編、電視台導播、或各公司行號總經理。她駕駛的別克轎車，便是做學生的代理商以原價減百分之十五，每兩年替她更換一次，以免除舊車帶來的種種麻煩。各樣公益活動，也多以請到巴頓小姐來剪綵致詞為榮。

她晚年醉心東方藝術，平時拜師學藝，在家最愛臨摹「十竹齋書畫譜」，其中以各種竹譜、翎毛譜及華石最令她折服。曾跟著一位業餘東方畫家學過幾年國畫，有幾次帶著自己的得意作品給盧依蘭觀賞。那天巴頓進入圖書館，逕直走到參考台前，交給盧依蘭一個小小牛皮紙袋，裡面裝了一小瓶藍莓果醬。

「怎麼又送東西給我？真不好意思。」

「這果醬是我們會員自己製作的，不摻有防腐劑，保證新鮮健康可口！」

「上次妳送的蜜桃果醬剛吃完。」

「妳看，我算得多準！」

「對了，我替你留了兩本剛出版的新畫冊，妳看看是不是喜歡？」

說著從書架上取下《蘇格蘭鄉村集錦》及《淮安主的兩個世界》，兩本都是專以出版藝術作品的阿伯靈書局最新出版。這兩本藝術界大書，都獲得「紐約時報書評版」及其他權威性書評界推崇。巴頓捧過書去，慎重地把書放入書袋，對盧依蘭頻頻道謝。

此時認識巴頓小姐的人們相繼過來和她打招呼，閒聊。有人問起她關於圖書館新館建造的資訊。因為由於她和許多熱心人士的努力，新館即將建成，既摩登又漂亮。建立在離市中心七八里的地方，人們每逢見到巴頓小姐，都會情不自禁地向她探問。

艾咪悄悄地走過來，希望盧依蘭幫她尋找一些「名人演講大全」之類的書籍。好幾個月不見，艾咪已明顯地長高，英文也講得比以前流利很多。舉止神情也不再那樣怯生，對新環境似乎適應得不錯。巴頓對艾咪仔細端祥著，待艾咪往書桌坐

定，盧依蘭便把艾咪的身世約略對她介紹了一下。談話間，倒是想起巴頓曾提起過，想找個女孩和她作伴的事。

「假如艾咪媽媽捨得的話，找她住過來，倒是一件兩全其美的好事。」

「這女孩看來確實令人喜愛，這就要拜託妳替我問問情況。我主要是找人作伴，諾大的房子空著也有些可惜。」巴頓稍稍停頓一下，接著說。

「假如！她能替我做點輕微家事，我可以每週給她一百元做為酬勞！女孩嘛，總需要一些零用錢！」

4.

巴頓小姐的住處還是1950年代的建築。從州際三十三號公路遠遠看過去，不過是一棟紅磚灰瓦的平房，佔地約一英畝左右。屋前站立著幾株高大帥氣的北歐楓。季候剛剛轉涼，枝葉間氾濫著豔紅與金黃。巴頓的屋前汽車跑道修長而彎曲，草坪寬曠碧綠，為老屋平添幾許氣勢。大使先生當年的輝煌氣勢與恢宏魄力，隱隱可見。

盧依蘭協同阮素梅一同來赴巴頓小姐的午餐約會，她拿了半天假，順便享受一下一個下午的悠閒。輕按一下門鈴，室內響起輕快的旋律。開門的是艾咪，一張花樣的笑臉，顯然在巴頓這兒生活過得十分愉快。兩年前初見時的生澀全無蹤影。

「媽媽！密斯盧！快進來！」

艾咪一面接過兩人的風衣及帶來的百合花，一面像小主人那樣招呼客人。巴頓歡迎兩人到客廳去坐。這是盧依蘭第一次到巴頓家來做客。屋內佈局舒適典雅。玄關走廊處站立著一架高達六尺古銅座鐘，滴答滴答宣示著光陰無情的流逝。壁爐四周鑲嵌著巴黎凱旋門街景，上面有一張巴頓小姐雙親的畫像，厚重的金色相框，突顯出這雙儷人昔日的風華絕代。厚重的黑色沙發，圖案瑰麗反覆的波斯地毯。處處突顯出巴頓家族昔日的富貴風華。

巴頓帶兩人去參觀她的書房，面積僅十尺見方，卻充滿書卷氣。書櫃裡整齊地排列著世界名著，以姓氏順序排列，便於尋找翻閱。另外一端站立著尺寸高大魁梧的藝術作品，角落裡整齊排列了一些參考資料。不遠處是一張特大號書桌，桌面散放著大理石筆架、古銅放大鏡、筆洗、一架小型轟炸機模型。這大約便是傳說中巴頓當年的最愛所留下的痕跡。

書房隔壁便是艾咪現在的臥房。白紗窗簾過濾進滿室秋陽。以桃紅為主調的被單、枕套、陶瓷邊的鏡框、乳白色衣櫃、化妝台、書桌。牆上隨意掛著幾張畫報剪貼，把這間少女的臥房襯托得十分幸福。這兒處處洋溢著青春活力與氣息。盧依蘭不禁為艾咪感到十分欣慰。阮素梅望著女兒的臥房，面上露出難以描述的繁雜神情。

巴頓和兩位來客閒談著，一面介紹室內幾件具有紀念性的軍劍、大理石棋盤、鹿角、母親手織的壁毯。阮素梅禮貌而耐心地聽著，兩粒黑幽幽的眼睛，卻不時流露出沉重抑鬱。

「史提分還好嗎？」

「還好。前幾天去華盛頓參加軍人節集會，大概明天才回來。」

「那太好了。你們可以在這兒多玩一會。」

「現在艾咪的英文能力已經相當不錯，我現在一週替她補習三次，她既聰明又用功，在班上她已經是前十名，再過一段時候，以她目前的狀況，應當可以進入高級班⋯⋯。」

阮素梅不停地向巴頓致謝。

「現在請各位來餐廳進餐！」

艾咪笑咪咪的來請各位入座，儼然小小女主人。長方形餐桌舖著白色雕花蕾絲桌布，刀叉瓷器碗盤精巧地擺置著。中間淺淺的黑色花盆，插著幾支乾柳條，配幾朵富麗飽滿的龍鬚秋菊，襯在古意盎然的第凡尼吊燈下，頗具一份初秋的爽脆及瀟脫。

桌上放了一大玻璃盤沙拉，裡面有生菜、草菇、袖珍番茄、蛋丁，火腿丁。弧形竹簍裡裝著熱烘烘的小麵包，主食是法國薄餅捲蟹肉絲加生菜絲。另有新英格蘭式蚌殼濃湯。廚房咖啡壺正烹煮著現磨的咖啡，陣陣咖啡香氣在空氣中漂浮著。

啊，多美味的佳餚！多久沒有這樣享受過了！

「今天的午餐大體是艾咪動手，我只動口！來，大家舉杯，以冰水代酒。祝大家一切順遂！」

「全是巴頓小姐教的！謝謝巴頓！」

「艾咪能住在妳這兒，實在是我們的幸運。」阮素梅語重心長地說。「做夢也沒想到有這樣優美，這樣高級的環境。謝謝巴頓小姐，也謝謝密斯盧！妳們都是我們母女的貴人！」

大家閒聊了一陣。

「最近，我加州的嬸嬸給我寄來一些錢，説是給艾咪高中畢業的禮物。我想用這筆錢去買一輛二手車。這樣，我們母女就不必每次麻煩史提分接送。瑣碎事情太多。兩位意見如何？」

「哇！那太好了。媽媽。我們學校有駕駛課，我可以馬上報名去學。」

阮素梅對艾咪瞪了一眼。

「十六七歲的孩子對開車都是這樣興奮，你別怪她。」

「這樣吧，圖書館有各種品評舊車的資料，我會幫妳仔細查看。史提分那兒說好了嗎？」

「這是我自己的事，他也許不高興，但我不能事事由他作主。」阮素梅雖這樣說，興頭似乎減退不少。

「再說，我在緞帶花廠那份工作，雖然步行半小時可以達

到，假如有輛車可以代步，也可以省時省力。」

「說得有理！」巴頓說。

「史提分那兒由我去疏通一下。艾咪來我這兒作伴的事，不也是我去和他說通的嗎？唉，也難怪，去越南那麼些年，見到那麼多殘酷無情的戰火摧殘，對人對事都會疑神疑鬼了。還要慢慢休養才行。」

「他平時待我不錯，可是一旦疑心病發，就讓人受不了。」

可不是！那次不知是什麼細故，阮素梅受不了史提分的霸道，悄悄躲到盧依蘭處兩晚。史提分簡直像發瘋，不停來圖書館詢問，最後還是巴頓小姐出面，讓他慢慢歸於平靜理性。巴頓也曾暗示他去看看心理醫生，但被史提分拒絕了。他不認為自己心裡有問題。

「唉，幾年戰場歸來，眼見身邊一切天翻地覆。有的朋友年輕輕的死去，有些人逃避兵役，卻幹得飛黃騰達。世事也太不公平了！」

「他不是做過銀行職員嗎？」

「是的。他開過私家轎車，當過錢庫警衛，可惜都沒法持久。他有種頭疼的毛病，一旦發作，會連續好幾個小時。而且，發作之前會變得易怒，一點小事會藉題發揮，鬧得雞飛狗跳……。」

「我看，這還是越戰留下的後遺症。必需看醫生才行。」

阮素梅眼神有些擴散開。她似乎又看到當年西貢的烽火。戰亂中，史提分呵護著她們母女，把她們從絕望中帶來這片土地。是那份恩情牢牢地綑綁住她。而且，史提分對艾咪也十分愛護。阮素梅的心情就那樣漂浮著，矛盾著，衝突著。

這時電話鈴響，史提分已自華盛頓開完會回來，說是很快會開車來接她回去。艾咪收拾碗碟，三人品嚐艾咪親手烘烤的蘋果派，配以剛烹煮好的咖啡。阮素梅幻想著，讓這樣美好的時光永存不變該多好。幾日未見，史提分進門面容有些憔悴，鬍鬚大約幾天未剃，鬍渣烏青一片。卻禮貌地向巴頓小姐及盧依蘭致謝。接著就要帶阮素梅回家。

「來來來，喝杯咖啡再走！」

巴頓端起桌面上精緻的咖啡壺，往瓷杯裡優雅地傾注咖啡，不容他有異議地遞給他。「這次去華盛頓夠辛苦的，稍坐一會，休息一下。」

「謝謝，」史提分果然坐下，喝一口咖啡，減輕一絲剛進門的緊張氣氛。

「巴頓小姐，妳這房子佈置得真不錯。屋外花園尤其漂亮。」史提分吃了一口艾咪做的蘋果派，頻頻點頭讚賞。

「現在小城擴建得這樣快，能有這樣一片樹林，還有不遠處的小溪，簡直人間仙境。」

　　一向口齒清晰伶俐的巴頓，這時只默默地點點頭，認可史提分的評語。其實，那都是當年老爸經營的結果。父親大人是何等胸襟，何等學養！何等有遠見的政治家！唉！真是不說也罷。

　　「要想建立這樣一個家真不簡單，」史提分繼續說。「去了幾年越南回來，簡直什麼都趕不上了！也許還算幸運，竟然活著回來。」

　　「任何戰爭後遺症都是一樣，」巴頓說。「像我這樣的年齡，雖談不上大風大浪裡來去，也算經歷得比你們多。我雖然選擇了教書，但獨身卻不是我的選擇。還不是因為戰爭！」

　　當地人大都知道巴頓曾有過刻骨銘心的愛情，她年輕時的飛將軍在二戰戰火中喪生。巴頓很少對人提起這件往事。但當地人就像熟悉當地的古蹟、路況、界標、特產、名勝一樣，對於巴頓小姐的身世，都有所聞，但也僅止於有所聞而已。

　　「自古以來，戰爭都是一樣。多少人間悲劇都在戰亂裡發生，留下的是無窮無盡的無可奈何。」

　　巴頓感慨良多。她繼續說。

　　「可貴的是，珍惜現在，掌握住目前的幸福。一餐飯、一朵花、一段友情，全要珍惜！」

　　巴頓以她數十年教師的循循善誘，滔滔不絕的講下去。輕微的時代樂，自艾咪的房間流瀉出，敞亮的秋陽，透過白紗窗

簾，輕罩在人們身上臉上，客廳裡浮泛著悠閒與疏懶。面容憔悴的史提分，也忘卻了初進們時的緊張與敵意。那個十月初旬的午後，賓主都過得十分愉快而暇意。

4.

那以後很久沒有見到史提分。偶爾阮素梅去附近緞帶花廠做工，經過圖書館時來和盧依蘭閒聊幾句。低沉的情緒繼續，多半因史提分的言行而困惱著。只有每週三下午，巴頓照例帶艾咪來圖書館三小時，那時阮素梅一定來圖書館看女兒，兩隻充滿憐愛的眼睛，在女兒身上不停流轉，似有無窮的關懷與溫暖。

住在巴頓家的艾咪，事事用心，除了數學根基好，英文也進步很多。在巴頓系統的指導幫助下，閱讀了各種名家散文、小說。對於時下暢銷書也開始涉獵，真正成了圖書館常客。

「既然來得那麼勤，何不在圖書館找份兼差。以後到大學也離不開圖書館，可以先磨練。」

「對！這建議真是太好了！」

唯一不便是，每次艾咪來圖書館上班，都需巴頓接送，十分不便。因此買車之議便成定局。經過一番悉心研究，以「汽車商會」出版的藍皮書為依據，得到史提分的默許，艾咪終於歡天喜地，跟著大人逛了附近好幾家二手車市場，買來一部品

脫牌小車。品脫是福特公司出品，造型流線，有點像跑車。白色車身，配著紅色坐墊，雖已有四萬里車程，但色澤、車身、內部都保護完好；加以新打的蠟，銀色配套，在豔陽下閃閃發亮，人們都嘖嘖讚美這車買得巧，買得划算。阮素梅和艾咪先後通過考試，取得駕照。艾咪每週下午來圖書館排書上架，停車場上便常見到這輛光潔耀眼的白色小車。

那是一個晚秋季節，氣候特暖。絲毫沒有秋天的蕭颯。敞亮的普魯士藍，襯托著幾朵雲彩，整個天空顯得寬而遠。風微帶絲兒暖意的吹著，小城的秋天美得令人不安。

艾咪已是高中三年級學生，明春即將畢業。申請的知名大學，有兩所已經給予全部獎學金名額。畢竟艾咪的學業成績、家庭背景以及所參與的課外活動，都證明這是個值得爭取的好學生。

那是個星期五的下午，圖書館五時關門。四時開始人們就有些心不在焉，也不知大家在盼著何等歡樂的週末。看報紙看雜誌聊天打電話，人們全在挨擠這漫長的一個小時。電子鐘終於指著五。下班的時刻終於到了。人們紛紛匆忙地朝圖書館大門外走去。

「週末快樂！」

「快樂週末！」

停車場上響著此起彼落的祝福聲。盧依蘭先檢查館內保險

箱，上鎖。再檢查立於大門前的還書箱，開鎖。關閉館內懸掛半空所有霓虹燈，最後走出圖書館，關閉大門，上鎖。迎著絢麗落陽，朝自己那輛道奇舊車走去。

這時艾咪正坐在那輛白色品脫車內，引徑已經發動，車窗已經搖下，黑亮長髮泛起一股波浪，顯然正等候盧依蘭，要和她道一聲再見。

「密斯盧，週末快樂！」

「週末快樂！艾咪，代我向媽媽問好！」

「好的，我這就去接媽媽。然後我們要去吃快餐，逛商場。練開車！」

「開車小心，正是賽馬場下午散場的時候！」

「我會注意！」

「星期一下午見！」

「再見！」

艾咪揚著頭，渾身散發著青春活力。這那裡像初見時的靦腆少女？歲月令人老。盧依蘭不無感慨地開車去附近小店購買些許雜物，去乾洗店提取兩件絲質襯衫，盡量避免趕上賽馬場衝刺而出的賽馬客，避免塞車的困擾。終於開車來到這交叉公路瓶頸。週五，車輛果然是異於往日的壅塞。賽馬場的賭客們一輛輛汽車衝刺而出，東南西北，不肯稍緩。

這壅塞的瓶頸由一個大圓環造成，中間沒有紅綠燈。平日

車少，可以耐心繞環而東南西北，但每逢賽馬場散場，過分的
交通量，令這早已過時的圓環交通無法負荷。冒失而膽大的駕
車人，理直氣壯的衝鋒而過，膽怯謹慎的人只有在一旁死死等
候。但身後排長龍的車輛又不饒人，一聲聲喇叭催得人心焦。
舊車容易熄火，盧依蘭的道奇小車，有一次就在環繞圓圈一半
時，突然熄火，被急駛而來的一輛中型貨車撞個正著，幸好沒
有傷人，但那次經驗卻夠令盧依蘭後怕的。當地人對於這賽馬
場引來的騷擾與不便，真是深痛惡絕。

　　這個週五，盧依蘭又被停阻在壅塞的瓶頸邊前，不能前進
也不能後退。長龍般車隊全噴灑出濃黑的二氧化碳。有人打開
車門探看究竟。原來在通往海邊的九號公路上發生車禍。叮叮
噹噹的救火車，凌厲的救護車呼嘯聲，為這將臨的週末拉開
序幕。

　　盧依蘭坐在車座裡，不遠處冒著濃煙。長長的車鎮像著
魔，全刷地靜下來。不知過了多久，救火人員、警察、救護人
員用對講機說話；終於，眾多車輛在警察的指揮下為救護車讓
出一條道路來。而後，閃亮著警燈旁的警察，威嚴有序地指揮
著壅塞的車輛，慢慢地疏散開。終於輪到盧依蘭的道奇。由於
等等停停，引頸熄火兩三次，耐心地再發動。等到盧依蘭離開
這瓶頸的時候，已經是一個小時後的事了。

　　好在對盧依蘭而言，那只是一個平常的週末。週一適逢上

晚班，時間是下午一時開始至晚間九時。待盧依蘭步入圖書館的時候，館裡幾個同事全以異常嚴肅的眼光看著她。

「密斯巴頓來過兩次電話找妳！」

「史提分親自來圖書館找妳，說下午還會再來！」

「有什麼事嗎？」

「妳沒有看本地報紙嗎？」

「沒有！……。」

「艾咪上星期五出了車禍，母女兩人都在車上！」

「什麼？……？」

蘇珊拿來週末報紙。焚毀變型的白色小車，忙亂的警察、救護人員、救火人員……。那不正是她被阻塞在瓶頸無法動彈的景象嗎？報紙記載十分詳細，一輛中型貨車由北而南，因躲閃一輛自賽馬場衝刺而出左轉彎的轎車，而闖上由南而北的白色小車。由於衝力過大，白車車頭嚴重闖毀，引起油箱爆炸起火。駕駛艾咪當場死亡，身旁的阮素梅傷勢嚴重。盧依蘭讀著這樣的報導，全身冒著冷汗。

報紙繼續報導艾咪是當地優秀學生，已獲兩所名校獎學金。本校春季畢業典禮已選艾咪為本屆畢業生致答謝詞。報導結束處，特別說明，艾咪為越南人，來此僅四年，有這樣傑出的成績甚為難得。而今竟橫遭車禍，實令人心痛惋惜。盧依蘭視線逐漸模糊起來，怎會發生這樣不幸的事？？？無語問蒼

天！！拿起電話尋找巴頓，電話佔線，再撥史提分，沒有人接。

　　艾咪去世以後，阮素梅在醫院住了將近一個月，後遷往復健中心，又住了將近三個月。許多玻璃碎片散落頭部各處，需一一取出，腦震盪現象也很明顯。史提分守在阮素梅身邊，幾乎不休不眠。只是脾氣越來越暴躁，常對醫療人員無理吼叫，甚至對醫生也欠禮貌。

　　阮素梅躺在床上，有時像具蠟像。盧依蘭幾次試著以有限的語言沖淡這飛來的橫禍，卻從不見她答話，只是閉著眼睛，偶爾自眼角淌下幾滴淚水。大約半年多，史提分把阮素梅接回公寓靜養。由於他多半時間守在公寓，盧依蘭和巴頓去看過她幾次以後，覺得史提分眼光帶絲敵意，因此沒有再去。偶爾撥電話過去，若是史提分外出，便多聊一會，否則問候幾句就把電話放下。

　　日子在這熟悉卻也陌生的小城裡繼續著，恆古的老太陽機械移動著沉重腳步，忽視人間的悲歡離合。就這樣茱萸花開，而後滿地繽紛。附近佔地將近百畝的蘋果園，結滿粒粒果實，金黃、鮮紅、碧綠，又是初秋季節，人們帶著一家大小，像野營郊遊那樣，摘滿一筐又一筐。賽馬場的賭馬仍然場場爆滿。

　　距離艾咪出事的日子已經一年多。這期間，史提分來過圖書館一次，主要尋找當地執業律師背景資料，為失去生命的艾咪和受重傷的阮素梅尋求賠償。那天，當地報紙以頭條刊登了

一則新聞。標題是：「本地出現一位悲劇性富翁」。報導內容是說，由於艾咪所駕駛座車被撞起火，顯然是製造廠商之錯，由精於此行的專業律師，主動替受害者訴訟年餘，廠商答應賠賞受害人鉅款三百萬美元。首筆頭款已送交受害人阮素梅。

　　人們紛紛議論著這件事。不久阮素梅來電話，約她晚間去一家法國餐廳晚餐。餐廳十分小巧，進門處是間袖珍酒吧，不遠處有人彈奏坊間小曲。穿古裝女侍為她們遞上菜單。兩人談了許多事，艾咪的逝世已奪走阮素梅的火熱生命力。她說她感謝史提分給她的悉心照顧，然而這小城帶給她的傷害太殘酷，她沒法安心的待下去。她的生命泉源已經枯竭。

　　史提分也許愛她，也許是病態的佔有。以前艾咪活著的時候，為孩子的幸福，她可以遷就忍讓，希望給孩子一個完整家庭的幻想，如今，真覺得不必要了。阮素梅說，求賞是史提分尋找律師辦的，她自己完全沒有任何意願，如今賠賞金額一半由律師取得，另一半由史提分獲得。阮素梅覺得這很公平。艾咪的生命永遠已經失去，任何賠償都換不回她的生命。她決定搬到加州去，那兒也不是故土，但孀孀在那兒，也有一些越南來美故舊。

　　「史提分那兒妳要小心處理，千萬謹慎小心！」

　　「我懂。但自從艾咪出事以來，我心已死，什麼都不在意了。一切由他看著辦，但我已經下定決心離開這片傷心地。」

「也許請巴頓小姐對他疏通一下，他對巴頓小姐很有敬意。」

「唉，還是由他去吧。」

「巴頓會願意幫妳。」

「看見巴頓，我就忍不住要哭⋯⋯。」

「還是小心處理妳和史提分的事。」

「我會地。」

那晚告別三天以後吧，事情就那樣悲慘地發生了。

不知是怎樣的細節，就在阮素梅決定離開他，並整裝向他告別的剎那，史提分開槍射殺了她，而後，自戕身亡。報紙上用大篇幅報導這件悲劇始末，並說明法醫檢驗史提分屍體時，發現他腦部受傷，有殘留彈片未曾取出，也許這彈片擠壓腦部神經系統，以致常常易怒多疑。

經過這件事後，巴頓很少再到圖書館來，偶爾和盧依蘭通電話，常不自禁自責自疚。盧依蘭握著電話也會發愣，總要好一陣子，心情才會平靜下來。而小城的日子照舊繼續著。賽馬場千百輛汽車排列著，各樣的車牌車身車齡，在秋陽下反射出冷冷的光，漠然無視於人世間的變換滄桑。

2016年8月9日於太陽城定稿

月滿樓

〜〜〜

1.

　　曼哈頓鬧區，四十二街附近有一家頗具盛名的中國餐館。黑漆燙金字招牌，魏碑體寫著「月滿樓」三個大字。夜市初上，這一帶霓虹飛躍，燈火燦亮。百老匯劇院林立，加上附近不少高級小型酒吧，或以性感探戈舞為號召的夜總會，或具異國風情的餐館，再加上豪華昂貴珠寶首飾禮品店，摩登名牌電腦電視攝影機專賣店，獨領風騷的奇裝異服女裝店等等，入夜後走馬燈似的閃亮活動廣告，越發承托出這黃金地段的綺麗繁華。

　　「月滿樓」前身為一家頗負盛名的義大利餐館，年代久遠，屬於曼哈頓老字號高級餐館。然而近年來星移物轉，熱愛番茄醬拌麵條的歐陸子民，大都紛紛遷往郊區。取而代之的是來自世界各地的族裔，他（她）們對於中餐沒有成見，大都喜愛中餐的價廉多樣和便利。附近也是喜愛音樂戲劇藝術的年輕人聚集之地，他們流行素食，簡食，更喜歡中餐的變換精緻，反而漸漸冷落了這家招牌響噹噹的義大利老字輩餐館，高價位當然也是令顧客裹足不前的另一個原因。年漸老大的義大利店

東，遂決定把店面忍痛出讓。張力這時便獨資把它買下。

張力這樣的決定算是相當有魄力。那是九零年代初期，紐約市跟全美國一樣，經濟蕭條，股市萎靡，通貨膨脹，升斗小民叫苦不已。他認為那只是暫時現象。人們日子越難過有時卻更喜歡上餐館酒館消磨時光。他從蘇州請來兩位技師，四位水泥木工，出資代辦來美觀光手續，代購往返雙程機票，包辦一切食宿交通瑣事，花去八周時間，把餐館裝修得滿壁珠翠，畫棟雕梁。令人置身其間如跨越時空，恍惚間仿佛回歸至漢唐盛世。

月滿樓開張那天，他席開好幾十桌，遍請親朋好友之外，更輾轉托人請來不少紐約政要。最緊要的是當地掌權的衛生部門人員，警察局人員，市議員，報界及電視臺新聞界記者等等。果然開張不久，紐約幾家報紙餐館評論欄裡，便對月滿樓給予好評，再加上漂亮的照片，更有西方顧客所喜愛的酒吧，赫赫然三顆半星，甚至有小報給予四顆星。一切完全依照張力所期望的實現。月滿樓很順利的招攬來大批固定顧客。而克林頓上臺以後，果然全國經濟狀況大好，人們荷包充足，更有足夠的理由光顧餐館燒包花錢，酒吧的生意更是空前的好賺。

張力如今雖過得豐衣足食，十分滿意，卻也常想到當年初來的潦倒歲月。當年為了解決居留和生活問題，週末到唐人街雜貨店做搬運工，結識隔壁一家餐館老闆，都是上海附近崇明

島小同鄉。老闆來美國二十多年，在靠近小意大區附近唐人街內開了一家餐館，規模不大，但專賣上海小吃：像生煎包、小籠湯包、蝦仁餛飩、春捲、上海炒年糕之類。張力每次都去吃個夠，覺得既可以解饞又可以解解鄉愁。

後來在小餐廳常常遇見唐美妹，她是老闆的姨侄女，從崇明移民來這兒，她在餐廳裡做總管兼帶位。聽説她很能吃苦，店裡的大小事學得很快，許多事老闆漸漸讓她一肩挑，自己樂得清閒些。老闆娘身體本就廋弱，如今唐美妹來了，算是得到最好幫手，自己兩個在美國長大的女兒，對餐館的經營絲毫沒有興趣。全都成家立業，住在郊區，偶爾進城，也總是對父母的慘澹經營不以為意，總勸父母早些退休，安享晚年。唐美妹既然可以總覽全局，老闆夫婦便樂得安閒，唯一憾事是唐美妹來了好些年，已經三十出頭，一直沒有遇到合適的對象。

張力當時抱著一份對戲劇的熱愛，平時在紐約大學戲劇系選課，遇到機會就到百老匯去碰運氣。有時一個小腳色出缺，應徵人來了好幾十，甚至上百，站了一整天的隊，輪到進場表演三分鐘，大都是不了了之。從側面打聽，結論都是一樣，表演夠水準，但英文太差，這是表演，對英文的要求要比平時口語高出許多倍。一晃便是好幾年，上百老匯舞臺的夢似乎越來越遠。有一次，心情不好，多喝了幾杯，出了小車禍。老闆把他當親人看待，尤其唐美妹，噓寒問暖，半個多月下來，他

咬咬牙，不再做演戲的夢。年紀也老大不小了。君不見紐約街頭，多少和他一樣抱有同樣美夢的年輕人，無數白人黑人黃人，莫不才華橫溢，多少生長在本土受過專業訓練的演員，跟他一樣公平競技，不也時時失望彷徨？最後多半向興趣喜好揮手，捲舖蓋回鄉另謀出路。他決定向命運低頭。

到法院公證和唐美妹結了婚，先是在原來小餐館入乾股。增添菜式和外賣，本來黃昏七時打烊，現在餐廳直至晚上九時半才關門，生意立刻增加將近兩倍。本著張力的藝術天分和用不完的充沛精力，把小小餐廳從頭到尾整個重新粉刷修飾一番。壁燈散放著溫柔氛圍，輕緩的古典樂在空氣中輕輕放送，餐廳雖小，卻透露著典雅和浪漫。無意間被一位尋找美食小餐館的報社記者發現，把許多上海合口小菜餐點詳加報導描述，小小餐廳上了紐約時報生活版，得了三顆星。從此小店聲名大噪，經常門前大排長龍，尤其週末。三年後，原來的老闆把餐廳轉賣給張力夫婦，自己拿了豐厚的利潤，享受起悠閒的退休生活。老闆答應偶爾來幫幫忙，聊聊天。既然有了自己的餐廳，張力便格外經營得起勁起來。

日子便這樣緊湊忙亂地過著，匆匆好幾年過去，兩個稚齡兒女開始上小學。日子過得真快，小小餐廳賺了足夠的錢，首先在郊區買了一棟漂亮房屋，學區好，讓兩個孩子可以放心地進入好學校。現在小小餐廳難以滿足張力的打拼力道，決定把

餐廳賣掉，得了好利潤，得知鬧市中心區的知名義大利餐館要低價出售，便毫不猶豫地獨資頂下它，一則地段好，再則早就有她的遠播聲名，於是就大張旗鼓地推出了月滿樓，建造了富麗堂皇的中式高檔餐館。張力經營月滿樓煞費苦心，不停改進菜式，迎合大多數顧客口味，儘量採取薄利多銷的原則。

轉眼間月滿樓開業好幾年，不僅生意鼎盛，口碑極佳，人氣更是旺盛。週末人們往往要等候半小時才能入座，好在酒吧間氣氛溫馨浪漫，調酒大班由俊男美女輪流當班，許多顧客樂於和他（她）們周旋。有些顧客似乎專為喝幾杯而來。許多公司行號人員，在公司工作緊張整日，往往下班後先到酒吧喝兩杯，疏散一下胸中鬱悶再回家，有的根本在這兒混到三更半夜才走人。賺這些人的錢又簡單又窩心。最近有位女顧客花笑儂偶爾也來這兒小酌，每逢想起這人，張力心底便有說不出的混亂情緒。尤其近來，偶爾側目斜視身邊這矮小嶙峋婦人，竟是結襟許多年的髮妻，禁不住對她感到十分陌生。

2.

記得那晚花笑儂出現在月滿樓，餐廳客滿，她獨自來到酒吧櫃檯前，往櫃檯前唯一剩下的空凳坐下，其他飲酒客向她行注目禮，她卻視若無睹。她自玲瓏小手提包裡抽出兩張二十元鈔，往櫃檯上一放，對著臨時充任調酒大班的張力示意。

「瑪格麗特！冰塊檸檬加倍！」

她那神情，帶著幾分自信自傲，卻又帶絲落寞。她慢吞吞地自包包裡掏出手機，似乎在慢慢欣賞手機上的畫面，似乎又在查看手機裡的信息。她纖細的長長十指，閃著晶瑩發亮的戒指，細看好像每根手指上都帶著大大小小的戒指，只除了左手無名指，她仍然單身？而腕際是成串的K金手鐲，也是那樣閃閃發光。黑色低領無袖鉤花衫，渾圓的胳膊襯著渾圓的胸部，上罩絲質網線露孔短小玲瓏披肩，下面是黑絲緊身褲，足登同色鏤空高跟鞋，猩紅色腳趾甲不時在高腳凳上扭動。那模樣看在張力眼裡，真是要多性感就有多性感。他幾乎被她即刻迷惑住了，把調好的酒端到她面前，諾諾地討好著。

「歡迎貴客首次光臨，這一杯免費！」

「喔？」

花笑儂端起酒杯，輕輕用嘴唇呡了一口，拋給他一瞥，似笑非笑，大約算是對他致謝？張力雖也算是經歷了不少世事，卻被這姿態逗得有些心神蕩漾。對女人他已不知多少年沒有如此動心過。此時此刻竟有些手足無措，終於即時拋下一句。

「第一次來這兒？」

她不經意地點點頭，把玩著手中酒杯。

「要不要再來一杯？」

花笑儂輕輕點頭，面上展現一絲若有若無的笑意，那神

情看在張力眼裡真是讓他神魂顛倒。啊！也許是酒力，她輕輕舉起第二杯瑪格麗特，興味濃郁地喝起來，剛進門的那點兒矜持漸漸消散，代替的是一份慵懶一絲落寞。那晚不知花笑儂究竟獨自喝了多少，張力忙著接待顧客，處理店務，又到廚房轉了兩轉，幾個轉身，待回至酒吧櫃檯，卻不見伊人身影，也許獨自去餐廳用餐？也許要等候的朋友已經來到，同去餐廳？往各個可能找到伊人的角落搜尋，竟全無蹤影。一時間心情變得非常低落，彷彿失落了神秘珍貴寶物。雖然在回家的路上，髮妻唐美妹興奮地對他喋喋不休，誇張地講説著今夜進賬奇佳，利潤若如此繼續，他們可以另在新澤西州購買一棟更高級豪華住宅，那樣的夢想可以很快實現。他只諾諾幾聲，顯得索然無味。惆悵落寞的情緒久久不去。

「你怎麼啦？」

「沒什麼！」張力一面暗暗怪自己粗心，沒把她的電話號碼要來。「有點累！」

「也真是的，今天小羅沒法來酒吧當班，乾脆今晚不賣酒，不就算啦。偏偏自己去當酒保。當然累了……」

張力只默默在想，假如今晚自己不去當酒保，那損失才真是慘重呢。那損失可能永生永世都沒法挽回。你知道什麼？女人！花笑儂那妁妁耀眼的風姿又在他眼前晃動。而身邊髮妻，一時間竟顯得如此陌生。頭髮剛剛燙過，十分捲曲，兩隻透著

世故的眼睛，近年來由於發福的緣故變成兩條細縫。而她整天在廚房幫忙督促監工，面目泛著油光光的亮。身上也散發著陣陣各樣食物混淆的氣味，可不？全是蔥薑蒜醬油麻油魚腥肉腥……各樣調味品的總和，全從她身上散發出來，充滿了整個車廂。難怪在車廂裡，他從沒有聽聽古典樂或是戲曲精選的情趣，而當年作為窮學生卻樂此不疲。多年來，為討生活，和這女人竟已生活了如此多年。撫育了兩個兒女……以後無止境的歲月，漫長的人生，還要如此親密的廝混下去？

　　張力禁不住渾身打個寒顫……如今他張力已到中年，仍如此兢兢業業地活著，所為何來？當年自己熱衷戲劇，尤其熱衷表演，在戲劇學校也曾拔過尖，也有滿腹理想。即使在紐約，剛來的兩年不也咬著牙，追逐過演戲的夢？而今，多少年來，百老匯舞臺對他已不復存在，青春時代夢想就那樣埋葬心底。這樣的人生！值得？這是許多年來，他第一次對現狀不滿。那晚，他整整一夜未曾入眠。

3.

　　自從花笑儂初次去月滿樓酒吧獨飲，悄然失蹤以來，張力時時感到若有所失，悵惘不已，常常幻想著她再次出現。這樣至少過了一個多月，啊，那晚她果然來了！張力慶幸自己就站在大門入口附近，他不知為什麼，為她的出現，竟有些緊張。

這次她的衣著裝束和首飾和上次不一樣，依然十分時尚。只是秋天快到了，她徑直往酒吧走去，腳下是一雙短靴，隨手把一件黑色軟絲短外套搭在椅背上。那神情要多瀟灑就有多瀟灑，看在張力眼裡，更令他神魂顛倒。他為她的再次出現，簡直興奮得有些手足無措了。急忙親自為她調製了一杯瑪格麗特，還特地為她多放了冰塊和檸檬。為避免再次失落伊人，他特地告訴辛辣的酒保小羅，你今晚這兒顧客多，忙不過來，這位顧客我來招呼，她是我熟人。小羅似笑非笑，點點頭，忙著招呼其他顧客。

「你還記得這樣清楚，多謝！」

花笑儂接過酒杯，很爽朗地對他說。張力開心地笑了。他暗下決心，這次決不讓她不告而別。他腦中一直轉著一個念頭，要怎樣對她緊迫釘人。這時，她卻從腳下一隻流線型手提包裡，掏出一疊印妥的文件，對他很謙和的說，有事要請他幫忙。他根本沒有問她什麼事，立即滿口答應。心中感到無限寬慰。

她解釋說業餘參加了亞裔助選業務協會，每次選舉季節到了，都選定某個對亞裔友善的參選人，予以支持。這位候選人目前正代表紐約本區，競選國會參議員。此人不僅對亞裔充分瞭解並同情，更答應當選後要為華裔爭取利益⋯⋯花笑儂見他沒有反對的意思，便一面飲酒，一面對他細細解說在美國參與

主流政治的重要性。他癡癡地望著她，似乎十分專注地聽她解説，其實他什麼也沒有聽進去。

　　酒吧間像人間幻境，滿天星斗樣的小燈泡暗暗發光。巨無霸水池樣的金魚缸，浮滿了海芋葉和含苞半開的睡蓮。多彩的熱帶魚，悠然忘我地遨遊水間。大小高矮的水晶杯，懸空而掛，閃著倨傲冷漠的光。滿壁的玻璃酒櫃，陳設羅列著各樣包裝華麗的進口名酒。這片神秘誘人的世界裡，飄散著花與酒相混的冷香和柔光。張力雖然沒有飲酒，卻因為花笑儂那晚的出現而深沉地醉了。

　　自從花笑儂留下那疊要華裔幫忙競選籌款的文件以來，張力覺得從此為生活找到了另一種人生的意義。他不僅自己慷慨捐款，而且積極説服許多顧客朋友為同一候選人捐款。那一疊原有的文件早已不夠用，他親自去文具店複印了許多份。花笑儂因為他的大力支持，感到非常高興，仿佛突然遇見了知音。她的專業是時裝設計，為競選籌款，她從三十七街時裝展覽室一下班，便直接趕來月滿樓。因為十一月初就是大選投票的日子，她計劃很快要為候選人舉辦兩場籌款餐會。張力決定用月滿樓來舉辦這兩次籌款。既然張力在曼哈頓中國餐館界有他的知名度，而花笑儂又具備辦事的能力及熱情，再加上兩人的廣大人脈及業界關係，所以，這第一場籌款餐會辦起來便非常熱鬧。

那是初秋九月的第一個星期六，是良辰吉日，兩人認識已經三個多月。那晚月滿樓裝飾得非常氣派。黑漆鑲玉石高大屏風，明亮光潔，靜立于進口廳堂之際，平添幾分肅穆。幾座青花仿古大瓷瓶一字排開。角落裡立著一叢修竹，宮廷意味濃重的走馬燈，隱隱約約有宮女在朦朧燈光中緩緩移動，仿佛在喋喋講述著遙遠古老的神話故事。餐廳裡早已準備就緒，空氣裡飄浮著喜氣洋洋，人們或相互寒暄或熱烈談論。幾個漂亮醒目的黑色大字：「弗洛立參議員籌款大會」懸掛在猩紅絲綢布幔上。

這次籌款大會由亞裔助選協會主辦，由月滿樓協辦。張力身著深色西裝，配著暗紅色純絲流行寬領帶，雖略帶倦容，神情卻清癯抖擻。那晚出席的賓客很多，大家談笑風生，花笑儂以司儀身份介紹今晚的候選人，貴賓們，主辦單位主持人，協辦單位主持人，嘉賓……人們安靜下來。她穿一襲黑色低領閃亮片晚禮服，身段修長，儀態高雅，一口流利的中英文，聽來悅耳動聽。

候選人是美國政壇知名人物。他的演講以各族移民來新大陸奮鬥的簡短歷史為主題。波蘭人，愛爾蘭人，口爾曼人，猶太人，黑人，亞洲人……他們的血淚故事，以及他們終於在美國異軍突起的成功事例……貴賓們及當地政要也一一上臺講話，人們次次抱以熱烈掌聲。張力也應邀站起來說了幾句歡迎

詞。當然在這種以英語為主要表達工具的場合，他仍深感到自己語言能力的欠缺與不足，對於花笑儂的英文修養，便格外敬重起來。

那晚的籌款晚會非常成功，輕易籌得六位數字。許多中外媒體都刊載了這個消息。張力感到一種從未有過的良好感覺。看來，賺錢雖好，給人的滿足和成就感卻不能同日而語。從此，他竟然也在亞裔助選協會上，成了一個很受人們重視的一個重要人物。這樣一來，他也有機會和紐約政界人士往還頻繁起來。當然，花笑儂是他這片新天地的開拓人，每當紐約政界有什麼集會的場合，他和她通常結伴而行。看在新結識的朋友眼裡，他們是名正言順的一對璧人。

4.

唐美妹是典型的中國傳統婦女，尤其是典型吃苦耐勞的貧家婦女出身。當年和張力一同打拼，毫無怨言。如今雖貴為月滿樓老闆娘，卻沒法丟棄幾十年來養成的積習。她向來節儉慣了，有時便流於吝嗇。許多花費她都認為是浪費。就拿這次為紐約國會議員捐款而言，她就忍不住抱怨，她認為這樣花錢完全是無聊，他當不當選與我何干？我們好不容易混到今天，全是我們自己的努力，當年我們貧困的時候，怎麼沒見他來幫忙？等等等等。她認為目前最重要的事是為兩個孩子著想，為

他們的前程做準備。刻苦耐勞一輩子所積攢的一點錢，被他隨隨便便捐出去，將來怎麼辦？她雖然口齒不夠清楚，但她的惱怒是真。再以登廣告為列，她認為登廣告就是把錢丟到水裡，連響聲都沒有，以前小店從不登廣告，還不是熱鬧得很。因此，凡有媒體業務人員來兜售廣告，只要碰見她，她絕對滿口拒絕。

張力最初試著向她解釋，但漸漸便感到不耐。尤其，當他把她和花笑儂比較時，便覺得唐美妹的心胸太過狹隘，知識極度貧乏，又近年來餐館經營得比較成功，便增添了一份自大和自卑混合的矛盾心態，對待餐館中的工作人員尤其如此。張力提議她抽空去學習英語，或到健身房去做做運動，或到圖書館去借幾本書回來看看。對這樣的建議，唐美妹根本聽不進去。儘管已有足夠的財產，她仍然萬分缺乏安全感。日子一如既往的過著。張力對自己當年因生活需要而結婚的髮妻卻是越來越不滿意了。花笑儂在張力眼中依然有些神秘，有些矛盾。但她對他的吸引力卻是絕對的。第二次他們再度合作，為相同背景和理念的候選人籌款，那時候，他們兩人便變得十分熟膩，幾乎每晚都有電話往還。花笑儂替他出了一個主意。義賣他的《上海小吃食譜》。

事情是這樣的。她幫助他和媒體打交道。曼哈頓南端有家有線電視臺，每星期三午間有《美食節目欣賞》，由花笑儂的

好友藍星夫人主持，便邀請張力去示範。觀眾反映熱烈，紛紛去電視臺詢問，因此張力的示範節目便由客串變成定期表演。張力在電視臺示範食譜時，除宣揚上海小菜的烹調技術外，更強調清淡爽脆的原則。不加味精，不用市場上出售的醬油調味。他研製了一種以雞湯為調味品的作料，以之調製出的菜式色佳味美，符合食品天然衛生的基本原則。至於甜食，則以水果為製作的根本，不用澱粉，少用白糖。總之，一切符合現代健康標準。

花笑儂很快和藍星夫人談妥，出版一本《上海小吃食譜》，中英對照，多幅照片輔助說明，定價低廉。部份用來贈送月滿樓長期顧客，其餘便在電視臺銷售，三七分成。第二次籌款時，將《上海小吃食譜》拿來義賣。不僅兩千本很快賣光，還有許多人要求再版，三版四版，真有洛陽紙貴之勢。第二次為同一候選人，又籌得了六位數。十一月初，他們所支持的國會議員順利當選。元月份的就職典禮，這位參議員特別邀請張力和花笑儂作為他的貴賓，懇請他（她）們去華盛頓國會大廈觀禮。

那天議員準備了兩輛大型豪華專車，黎明五時就動身往華盛頓開去。兩人同坐前排，不知花笑儂是不是用的香奈兒，隱隱約約間一股清香蕩漾在空氣裡，張力感到心神恍惚，有絲醉薰薰的感覺。助理門端咖啡送早點，一路上說說笑笑。三個半

小時很快到達。國會大廈在隆冬裡顯得十分熱鬧，各處人馬紛紛往大廈走去。大家被熱情地招待著。這是張力第一次到議會大廈做觀禮貴賓，感到既興奮也驕傲。全國各州新上任議員在各自指定的議事廳裡就職宣誓，儀式簡單隆重。許多華府重量級政治人物都到場祝賀，他們雖如蜻蜓點水，祝賀卻代表著對新議員的重視和尊重，原來今天在大廈裡宣誓就職的議員何止百人。而後是紐約新當選參議員邀請賓客去他的辦公室拍照，並親自向大家致謝。中午人們在大廳裡享用精美午餐。下午是一些參觀節目，對於張力而言，真是大大地開了眼界。待一切完畢，剛好下午六時，冬日的夜來得早，外面已是漆黑一片。一整天的緊湊節目終於結束，大家都有些累了，他們坐原車往紐約開去。花笑儂靠在他的肩頭朦朧睡去。

他對花笑儂的感情，此時格外複雜起來。她不僅美，更多才多藝，渾身散放著對世事的一份瀟灑。那晚一路塞車，停停走走，專車到紐約已經很晚。他決定送她先回公寓。天氣很冷，她晨起出門穿的大衣很時尚卻很薄。在街頭站了好一陣，才招來一輛計程車，他們進入後座後，她竟冷得發抖。他伸出右臂把她摟住，她沒有拒絕。路很長，兩人度沒有說話，他的手臂越摟越緊，她似乎默默接納了這份情意。到達她住處的時候，他很自然地進入她的公寓。

那晚，他便留宿在她的公寓裡。沒有太多的語言。他和她

在她那泛著淡淡清香的大床上做愛，一次又一次，他幾乎昏死過去。整個大宇宙裡沒有比這樣的纏綿更令他興奮沉醉的了。也許這便是他從未經歷過的，遲來的愛情？他終於在她身上獲得了補償？她也驚異于自己對他的全然迎合。難道全然死竭的火花再度被他撩燃？第二天，兩人萬分慵懶地躺靠在床上，不接電話，不說話，讓一切停擺……

　　她住在蘇荷區不少年了。當年這兒十分蕭條破落，如今這區卻成了曼哈頓的驕傲。她租的公寓在四樓，面積將近一千八百公尺，算是相當寬敞。她記得剛搬去的時候，整棟樓是個巨大的倉庫。一位朋友的朋友買下來，以低價分租給收入不高的年輕人。那時她剛離婚，倉促間恨不得拋開所有舊有的一切，越快越好。那時既不計較地段，也不在乎設備，只要躲開那段痛苦的婚姻就好。沒想到，破落蕭條的蘇荷區，十多年後竟成了摩登現代的代名詞，成了許多一流商家的搶手貨。她安定下來以後，花去不少心力和金錢把住處裝潢得非常漂亮舒適而溫馨。

　　當年她念的是時裝設計，畢業於響噹噹的紐約時裝設計學院。不少世界級名牌設計大師，到她們這兒來露過臉，講過課。她那時在學院算是出過不少風頭，可惜很快掉入所謂愛情的漩渦，完全失去了理性。那人比她年長九歲，那時爸爸擁有一家實力雄厚的水產罐頭包裝公司，那人會逢迎，業務能力

強，對於花笑儂使用了許多手腕，在公司裡也取得了爸爸信任。他很快在精神和肉體上佔有了年輕無知的花笑儂，當時作為未婚媽媽可是件見不得人的大事，只有委屈求全下嫁此人。但這人看中的是爸爸龐大的資產，對於獲得花笑儂只是手段。婚後兩人性格愛好格格不入，雖然婚後有個孩子，卻未必增添兩人間的情意。於是，許多難堪醜惡的場面一再在家中上演。終於，結婚四年後離婚，那人趁機從爸爸那兒詐取了一筆可觀的資產，從此遠走高飛。那段夢魘般的痛苦婚姻，令花笑儂低沉了很長一段時日。

近年來，花笑儂又回到時裝設計的路上去。一方面培養心性，一方面享受人生。在市立大學選了一門西洋戲劇欣賞，在歌劇院訂有長期季票。可惜父母都已先後去世，水產包裝的事業在生前就以高價出售。留下的遺產足夠花笑儂豐衣足食一輩子，她交給專業經紀人處理。當年的男孩如今早已在華爾街找到一份實習工作，工資雖不算多卻足夠自己花用。偶爾母子在一起午餐，倒也清閑自在。因此，她有足夠的精力時間金錢為亞裔助選協會做義工。而今，認識了張力。

5.

唐美妹那天到律師樓倒是穿戴得很整齊。一套深紫色套裝，配上黑色名牌皮包，足登一雙半高跟名牌皮鞋，耳際帶了

一副珍珠耳環，咋看倒也免去幾絲平日的庸俗和市儈氣。她是來簽離婚證書的。雖然這些日子來，彼此早已有些形同路人，但真要分手，張力還是免不了有些歉疚。

「以後有什麼事就和我聯絡……」

「好的。反正孩子們都已長大成人……」，唐美妹冷冷地。「我會先回上海住一陣再說。」

「你多保重！」

「你也一樣。」

張力把大半財產分給了她和兩個孩子，這樣比較心安。張力此時的心境十分平靜。自從認識了花笑儂將近兩年以來，他似乎格外體會泡沫人生的短暫虛空。到美國二十多年，為生活為名利付出的代價太大。自幼他便熱愛表演，熱愛戲劇。當年從上海戲劇名校畢業，擠到紐約來，原是為追尋百老匯的舞臺夢，如今人生的寶貴歲月消耗大半，何曾看過一場舞台劇？為經營餐館，竟日裡渾身透著暴發戶的庸俗，自己有時對自己都感到厭煩和不耐。

月滿樓的霓虹燈仍然閃耀著燦爛的光亮，顧客們依然駱驛不絕，只有週末的時候才偶爾看到老闆張力的身影。他平時到大學裡選修了一門戲劇欣賞，一門古典選曲。他也購買了紐約歌劇院季票，常和花笑儂結伴而行。至於百老匯舞台劇，他常趁週三下午買廉價票，能看什麼就看什麼，無所謂熱門冷門，

反正他是用半專業眼光觀賞，正所謂「外行看熱鬧，內行看門道」。那時恰逢演出多年的幾場熱門戲都將停演：像《貓》，《西貢小姐》，《悲慘世界》，《歌魅幻影》等等。他抽空一場場地觀賞，他慶幸他終於為自己的興趣做了這樣的決定，人生剎那間充實了許多。

離他住處不遠，有一批熱愛話劇和詩歌朗誦的朋友，他毫不猶豫地參加了這個業餘藝文團體。他很快在團裡受到大家的敬重和喜愛，因為他當年所受專業訓練功夫深厚。為各樣公益活動，他們編寫不同短劇演出或選取精粹詩歌朗誦。得到聽眾熱烈掌聲。他有時兼任編劇導演和演員……日子過得十分豐富，十分光燦。月滿樓的經營依然煞費心力，瑣事無窮無盡，他終於決定把她轉手出售。他覺得許多年來從月滿樓獲得豐富的人生經驗，也賺取了足夠財富。人生還有更多樂趣讓他追求。

買主很多，最後由一家上海財團購得。

簽約的那天到來，他往律師樓趕去。在會議室剛坐定，對方人馬到達。經紀人所說的上海財團最大股東來到，沒想到出面的竟是唐美妹，他的前妻！仔細想想倒也不算意外，唐美妹是非常精明的生意人。他禮貌地趨前握手，驚見她滿身珠翠，雖穿著考究，畢竟沒法掩飾多年養成的錙銖必較，小生意人的精明幹練積習展露無遺。唐美妹自從和他分手以後，顯然又給自己增添了幾分自信。她對他似乎不再有什麼怨恨，眼光裡所

透露的是憐憫和不解。他們兩人原本不是一路人馬。善於經營的商人頭腦和喜愛創作，天寬地闊的藝術天才，根本是相互排斥的兩極人物。當年因需要而合，如今因不再需要而分，似乎是天經地義的事。很和諧的簽完字，大家客氣地揮手而別。

曼哈頓街頭依然熙熙攘攘，他內心卻十分平靜。初春的天氣陽光溫熙，他信步而行。從鬧市走往大都會藝術館，一點兒也不寂寞。除了店鋪的琳琅奪目，街頭行人的奇裝異服，紐約的天空透露著無限繽紛，這是他往年從沒注意到的。啊，悠閒的人生多麼美好。藝術館門前三三兩兩佈滿遊人，層層寬闊階梯，許多人閒散地坐著，站著，講著，笑著……世界似乎無限美好。人潮中花笑儂對他輕輕招手，手裡拿著剛從門前小攤販那兒買來的火燒，他往她身邊走去。那天藝術館有來自收藏家的名家書法特展。他們相偕往二樓蘇州花園亭閣走去。進門迎面而來的便是一對巨幅：「風恬浪靜中，見人間之真境。味淡聲希處，心體之本然。」他們在藝術館裡慢慢度步，看埃及館來自尼儸河的千年石壩，看中國館來自敦煌石壁的巨幅壁畫，看充滿中古意味的歐洲油畫……世界似乎從來沒有如此優美，如此感人過。

原載《彼岸雜誌》

2012年11月於新澤西州西溫莎市定稿

雪落無痕

〰〰〰〰

1.

　　渺下班回家，一路塞車，到家比往常遲了大約半小時。坐在客廳看電視的婆婆臉色難看。渺笑著喊了一聲媽，婆婆皺著眉頭，冷冷地來了一句。什麼時候才能改過來呀？我們那兒都是叫娘！真是，不長記性。

　　渺今天在替那準新娘拍婚紗照時，已經受了不少氣，顧客本身沒什麼主意，陪伴來的母親卻十分刁鑽。一會兒嫌背景不夠華麗，一會兒嫌燈光不夠明亮，一會兒又嫌攝影器材不夠檔次。動不動還說，去年在紐約陪大女兒拍婚紗照時那攝影沙龍多麼前衛、豪華、時尚等等。那裡像這裡，什麼都小鼻子小眼。一句話，土！不夠排場。

　　至於這場婚紗照攝影，所應付的金額，卻壓了又壓，一付精明透頂的大媽作風。令人生厭。只是老闆早已談妥這場交易，作為員工，只有忍氣吞聲。盡力把這項任務完成。不僅耽誤更浪費了不少時間。渾身汗濕，沒時間洗把臉，扔下皮包，換上拖鞋就趕緊往廚房跑。至於婆婆的冷面孔和冷言冷語，早

已習慣，只當作耳邊風。

趕著把清晨清洗乾淨的青岡菜下鍋炒好，把昨夜燉好的獅子頭加熱，芹菜涼拌，蝦仁炒蛋……。幾樣菜在餐桌上擺好，上小學五年級的小麗自動幫忙把碗筷等等放好。

「奶奶，爸爸來吃飯！」

這時穿著睡衣的思仁推開書房門，慢慢來到餐桌前，一家人都坐下。

「怎麼今天又這麼晚下班？」

「唉，別提了。碰到一個刁鑽顧客……。」

「反正顧客至上嘛……做小職員，只有忍忍算了。」思仁隨口說了一句。

「你的程式設計怎麼樣啦？」

「進展很慢……。」思仁一直在家裡上班，工作時有時無。

「我看你們倆人實在用不著這樣瞎忙！你看，思仁忙得連睡衣都來不及換。」婆婆開口，對兒子充滿憐惜。

「不是來不及，是懶得換！」思仁不領情。

「其實外面有些公司很需要程式設計員……。」渺說。

「你們不懂，當年你爸是怎麼發的財！絕不是你們這樣朝九晚五。他是做生意！頭腦靈活……。」蒲大媽先聲奪人，滔滔不絕大聲說下去。

「那是亂世，爸做的是投機生意。剛好碰上好時機，也是

他運氣好！」思仁說。

「什麼投機生意，亂世之中很多人連性命都不保，你爸發財是靠他的聰明，靠他的眼光。」

渺瞟了丈夫一眼，他自顧低頭吃飯，不願搭理蒲大媽的自說自話。這住房是蒲大媽現款買的，所謂人在屋簷下不得不低頭。電話鈴聲響起，小麗忙著去廚房櫃檯拿起電話。

「小叔？你好。我們正在吃飯！……哦……好的。奶奶，小叔要和你說話。」

小麗把電話交給奶奶。蒲大媽對著話筒。

「思東，怎麼樣？生意做得順利嗎？……」

「娘，說給妳聽，你也聽不懂……。」思東那邊回話聲音很大。「反正從你銀行戶頭裡再撥些款過來……週轉資金，」

「……本錢又不夠了？……怎麼回事？……！」

「你不懂，就別多問了。」

「這樣吧，這事還是問問你哥吧！」

「問他幹嘛？他整天除了擺弄他的電腦，其他什麼事都不知道。娘，你聽我的，別耽誤時間了。」蒲大媽順手把電話遞給思仁。

「你到底做的是什麼生意？至少要說明白，咱爸留給我們的資產有限……。」

「哥，你們現在住的房子，全家開銷還不都靠咱爸留下的

錢！……再說，生意要做大，本錢必須足。」

「你到底做的是什麼生意？……。」

「你還是弄你的電腦程式吧，說了你也不懂！」

「好了，我說不過你！」思仁一肚子氣，把電話遞還給蒲
大媽。

蒲大媽接過電話，轉身回到自己房間。在電話裡和老二講
了好一陣。回到餐廳，對渺交待。

「明天早上帶我到銀行去一趟，替老二匯些款過去，本錢
要夠，生意才能做大。」

「……嗯……。」渺隨口應著。

「唉，」蒲大媽又開始自言自語。「他一個人在外面，
到現在還沒有成家，也不容易。不過，他頭腦靈活，……
唉……，家裡總要有人靈活點才行。」

「靈活？到現在為止，還不知道他做的是什麼生意！」思
仁很不信任這個弟弟。只比自己小一歲，兩人卻一直是話不投
機半句多。

「好了，不談他。吃飯！渺，你明天陪我去一趟銀行。」
浦大媽對媳婦發話。

「可以，不過，要早一點動身，我上班不能遲到。」渺回
答著。

「哎，妳那點薪水……，算了，不說了。」浦大媽根本不

把媳婦這份小差事放在眼裡。

　　渺早聽到東岸朋友圈的流言誹語。思東之所以三十六歲還沒有成家，其實，他對同性伴侶更感興趣。中國人圈子本就很小，思東那邊的情況在華人圈子裡輾轉流傳，早就傳到了渺和思仁耳中。但他們對蒲大媽沒有透露絲毫消息。對於一個寵愛兒子的母親，告訴她這樣的傳言，只能是損人而不利己。尤其對於這個溺愛幼子，總以他的所做所為感到驕傲自滿的母親。無論如何也不會相信這樣的傳言。還是不說也罷。

　　紐約的生活消費本就比許多其他都市昂貴，思東居住在曼哈頓，除了每月付高昂的租金，還負擔同性伴侶露易絲的花銷。兩人都沒有正式工作，露易絲是芭蕾舞演員，比較女性化，希望有朝一日能在百老匯舞台嶄露頭角。他平時在不同酒吧打工，偶爾應徵去舞台表演角色，或偶爾運氣好，被錄取演出臨時角色，就會沾沾自喜一段時日。但這樣的好日子不多，在無數競爭者中，獲得這短暫的成功，絕非易事。露易絲經常處於失業狀態。在紐約娛樂圈裡，喜歡露易絲的人不少，他雖是芭蕾舞圈裡的小角色，平時卻風騷浪蕩，在同性戀圈子裡不少人為他爭風吃醋。思東常去劇院探班，只為和露易絲接近。思東手頭寬裕，為露易絲花錢豪氣十足。曼哈頓租金高昂，而思東免費讓露易絲同住，做為室友，以期近水樓台先得月。露

易絲看在這份上，也願意和思東虛於委婉。反正思東老母在銀行替他開了帳戶，有固定收入，不虞匱乏。

露易絲其實有更親密的朋友，可惜密友也是泥菩薩過江自身難保，沒有經濟實力供他開銷。而思東對他慷慨大方。除了能讓他在曼哈頓中城免費居住，還有許多其他開銷。比如，既然做為演員，百老匯戲院推出的歌舞劇總要熟悉吧？戲票雖有八折優待，總得購買吧？看完戲，宵夜總不能免吧？宵夜不算什麼，酒總要喝幾杯吧？這些開銷，積年累月積攢起來就不是小數目。只要他開口，思東就會設法滿足他。每逢思東感到手頭拮据的時候，就給老媽一通電話，追加一筆進款，經濟困境可以立刻得以解決。反正老媽也弄不清楚他忙些什麼。在紐約那批娛樂界朋友圈裡，思東漸漸成了有名的財主，手頭寬裕大方，喝酒吃飯看戲大多是他掏錢買單，大家都喜歡他的闊卓瀟灑，三教九流，全和他稱兄道弟，幾年來在紐約結交了不少酒肉朋友。

2.

渺失業了。原來的婚紗攝影沙龍並不景氣。老闆有一位從台灣來留學的侄兒，需要半工半讀，侄兒本就對攝影有興趣。本著「肥水不流外人田」的老話，做伯父的老闆義不容辭，辭退了全職支薪的渺，僱用了自己的侄兒做半工。這樣一來，渺

就只有回家歇息。渺本來也不是專業攝影師，只是初中暑假閒
來無事，那時小舅有一架日製昂貴攝影機，帶著她到處找鏡
頭，培養了濃厚興趣，後來小舅去南洋經商，就把照相機送給
了她。照相就成了她的業餘愛好。思仁的電腦程式設計師職務
仍是時有時無。蒲大媽對全家的支援成了目前唯一最重要的經
濟來源。做婆婆的臉色越來越不好看。尤其面對渺，總有意無
意說些綿裡藏針的難聽話。

「還以為你們讀過大學的人，比我們有出息，現在看
來……。」

「娘，這只是暫時的……。」

「看來，只有指望思東了。做生意要比你們靈活多了。」

「他做的什麼生意？已經兩三年了，除了向妳要錢，賺了
多少？」思仁忍不住頂嘴。

「話不能這麼說，做生意要有耐心……想當年你
爸……。」

「奶奶，」小麗從外面跑進來插嘴說，「小叔剛才來電話
留話，要你快給他回話。」

「他說什麼？」

「好像要你再給他撥款……。」

「又要撥款？」

思仁和渺對望一眼，沒有作聲。

渺決定去社區學院選修房地產經紀人課程。憑她當年在大學唸統計的拼勁，選修這樣的課程，實在是游刃有餘。也不過四個多月，考試通過。經紀人執照在手。她選擇了離自己住家比較近的一家房地產公司，申請做為經紀人。買賣房屋傭金是百分之六，公司取百分之三，經紀人如果獨自完成買與賣的交易，則取另百分之三，如只完成其中之一，則與其他經紀人平分其中三分之一。總之，是一項不需成本，靠努力、靠智慧、靠打拼的服務職業。

渺天生是個熱情洋溢，活潑陽光型人物。初去地產公司就和大家混得很熟，休息時間常帶一些自己烘烤的紅豆沙糕點，讓大家嚐鮮。上至老闆下至秘書，都喜歡和她搭訕聊天。其實在很多閒聊時間，人們會無意間透露出許多與當地房地產有關的資訊。渺心細手巧，有時也學做一些西式甜點，帶到公司讓大家吃得開心。

有一次，在一家百貨公司停車場，遇到一位迷路的沈女士。那年代汽車裡沒有指示方向的定位裝置。這位女士英文不夠流利，來自北京，似乎才來洛城半年多，人生地不熟，顯得膽怯。很謹慎小心地向渺問路。請問妳是中國人嗎？會說普通話嗎？我迷路了……。交談後渺發現她們住在同一地區，決定

為她帶路，一直順利把她帶到沈家自家門口。渺主動和她交換電話號碼，並說以後有什麼事需要幫忙，隨時可以和她聯絡，讓沈女士感謝不已。其實兩家住在同一社區，對渺而言，這實在是惠而不費的小事。

偶爾渺會給沈女士電話，看她是否有需要幫忙的地方，比如小孩學校有什麼事，或者買菜購物之類，兩人偶爾也到小區附近咖啡館喝杯咖啡。就這樣兩人漸漸成為朋友。有一天沈女士深夜來電，聲音帶絲哀傷。原來她支持丈夫先出國留學工作，兩地分居七年，如今丈夫事業非常成功，卻因背後有支持他的財團。而，財團法人是他目前的女友，已同居數年。沈女士既覺得悲傷更感到心寒，其實她在國內是一所重點中學化學老師，受人尊敬，而今……。

大約三個月以後，沈女士來電話，決定和丈夫離婚。自己帶著十歲的女兒，另購買房屋居住。丈夫同意出售目前所居住的住宅，請她做經紀人。渺立即盡最大努力，為沈女士出售的房產做最周密的策劃，在一個月內完成任務。沈女士對於渺的服務非常滿意，於是煩請渺在另一個地段為她選購一棟高級住宅……。完成了這椿買賣不久之後，又接到沈先生電話，說要請渺替他和新婚夫人，在某高檔地段購買一棟豪華別墅……。僅僅這三個月的三棟房子，賺取的傭金，就超過了去年上班一整年的薪水。浦大媽卻認為渺是趁人之危。渺分辯說，離婚對

當事人當然非常痛苦，但這不是局外人可以掌握的事，至於買賣房屋，如果不找渺，也需要找別的經紀人，而浦大媽這樣的言論，明明是雞蛋裡挑骨頭。也罷，和她爭辯毫無意義。

渺做了房地產經紀人以後，由於地區適中，學區理想，而且，聲名遠播的大學院校也集中本區。更令人羨慕的是，大陸對外開放以來，經濟起飛，橫渡太平洋的富商巨賈紛紛來到洛城。他們手頭闊卓，對於房屋的選購並不挑剔，只要地區好，房屋格局過得去，價錢往往不在考慮之列。何況，他們大都不用銀行房屋貸款，多半用現金付款。成交率快，房價也因此越來越高。對於經紀人，這確實是一個千載難逢的好時機。一年多來，渺漸漸對業務越來越熟悉，為雇主所出售和購買的房屋，越來越多。很快成了本年度本公司業績最出色的「百萬經紀人」之一。

當然，業務的成長需要付出代價。渺無日無夜的忙碌。兩隻手機需隨身隨時攜帶，幾乎沒有假期。經紀人之間競爭激烈。渺爭勝心強，風吹草動，總提高警覺，很少有鬆懈時刻。一面也為在婆婆面前爭一口氣。婆婆當年總覺得渺來自敗落的將軍之家。其實最主要排斥她的原因，是因為她沒有為蒲家生下一個兒子，傳承蒲家香火。渺覺得有個乖巧聽話的女兒，已經足夠。自己目前的工作需要全力以赴，並不打算再生。蒲大媽覺得渺與兒子同齡，不趕快再生一個男孩，蒲家真會斷絕香

火。如今見媳婦如此幹練又會賺錢，完全不理會做婆婆的苦心，心中五味雜陳。

那天，渺剛好提前回家休息一下，因為黃昏時刻還有遠道而來的顧客要看房屋。怕驚動婆婆午睡，悄悄進入屋內。此時卻聽見婆婆在和思仁通電話。婆婆重聽，說話聲音很大。

「思仁，最近下午總不見你影子，在忙些什麼呀？」

「沒忙什麼。就是跟小陳去新開幕的沙龍練練舞，捧捧場……。」

「練舞……？……出去散散心也是應該的……。」

「娘，這事可別讓渺知道……我不過是散散心……。」

「我傻呀？當然不會提，不過，你們年齡也不小了，總該有個兒子……。」

「喔？這事我可做不了主。」

「她不在乎，你是做什麼的……。」

「人家現在可是遠近聞名的百萬經紀人……。要她再生一個，門都沒有！」

「兒子，你儘快拿個主意，無後為大……。」

聽到這兒，渺一口氣噎得幾乎透不過來，胸腔覺得好悶。她知道婆婆一直不喜歡她，思想如此封建！現在已經是什麼時

代？這是什麼樣的母親。她記得，剛拿到經紀人執照的時候，婆婆不僅沒有一句祝賀的話，反而板著一張臉。

「我們蒲家用不著妳整天去拋頭露面，有時候不知忙多少天，到頭來說不定竹籃打水一場空。」

「不是……。」

「別說了，你每天忙得像無頭蒼蠅，家事誰做？誰燒飯？別指望我。不就是賺幾個零用錢，值得嗎？」

「……。」渺無言。

「這樣吧，我們等著瞧，反正家裡大小家事別指望我動手……。」

「……。」

「我醜話說在前頭，趁我還活著，我必須要抱個孫子……。」

「……。」

那天渺回到自己房間，對於婆婆的跋扈實在非常氣惱。當然，目前住的房子是婆婆當年拿錢買的。平日開銷，大半也是由她負擔。其實，渺曾和思仁商量過，生活簡單一些，不用婆婆分擔，至少不致於事事受制於婆婆。但思仁覺得既然爸留下了許多遺產，原本就是讓兒子們繼承，娘雖大權在握，卻不能單獨生活，所以就忍讓些吧。娘一生生活在明爭暗鬥的大家

庭，所以……。

　　渺之前輾轉聽說過蒲大媽當年的身世。那時，賈小娥，自己的媽曾警告過渺，說這樣的婆婆難伺候。熱戀中的渺，對於媽的警告淡然處之。如今同在一個屋簷下，果然發現婆婆實在是個難以相處的女人。她出身貧窮。思仁爸卻出身在一個富裕家庭，元配祝夫人出自書香世家。當年蒲家在青島一直是紡織業龍頭老大，生意做得順風順水。早期遷到台灣，生活一直過得十分風光。唯一美中不足的是，元配祝夫人只生了兩個女兒。那時雖已是二十世紀後半段，封建社會意識依舊濃厚作祟。怎能坐視這樣龐大的家業拱手讓給異性人家？於是親朋好友慫恿爸納妾。雖然當時的台灣已經法定這樣的行為違法，但識書知禮的祝夫人，受了舊禮教的束縛，竟鼓勵丈夫納妾，以便延續蒲家香火。

　　當年內戰烽火連天，蒲大媽跟隨同鄉堂兄從山東逃難來到台灣。她只讀了一年初中，知識有限。堂兄在軍隊做低層軍官，自顧不暇。那時十八九歲的蒲大媽，流落他鄉，高不成低不就，不知何去何從。無意間巧遇同鄉遠房三姑，輾轉托人介紹，為在亂世找一個棲身之處。而蒲家親友為男主人延續香火，正在尋找一個流離失所落魄而年輕的女人。三姑把她帶來給元配祝夫人過目，講明只為延續蒲家香火，不計較名份。

　　蒲大媽當時已經嘗遍饑餓和流離失所的滋味，有時三餐不

濟，有時躲在火車站大廳過夜，或被警察驅趕，或被流浪漢騷擾，那滋味實在難以忍受。而今，能有個遮風擋雨的去處，已覺得幸運。況且除此之外沒有更佳選擇，便點頭答應。她來蒲家不過三年，接連替蒲家生了兩個兒子。於是在家中地位忽然提高，氣燄也越來越高。對祝夫人漸漸不放在眼裡。爸對元配祝夫人雖然不會太無禮，但也漸漸疏遠。何況，蒲大媽有事沒事在兩人中挑撥離間，搬弄是非。祝夫人不宵於和這種小人計較，交往了幾個淡雅氣息的閨中密友，吃齋念佛。當蒲大爺年紀漸長，許多業務不再親力親為，而處心積慮的蒲大媽，買通主持業務的總經理，漸漸掌握經濟大權。蒲大爺去世後，蒲大媽秘密囊括了所有遺產，帶著兩個兒子積極辦妥移民海外。

　　思仁對娘的所做所為略有所知，只是不想知道其中細節。對於人們的閒言碎語充耳不聞，對於大娘祝夫人一直有些敬佩，有些畏懼。如今祝夫人已常年吃齋念佛，不太過問家事。思仁對於兩位同父異母的姐姐，感到十分陌生。只聽說浦家大姐思佳來柏克萊加大唸法律，畢業後成了律師。後來把祝夫人和妹妹都接來，生活在美國西海岸灣區附近。蒲大媽自己心虛，當年蒲思佳曾挑戰過蒲大媽的所做所為。被祝夫人勸阻，沒有繼續追查下去。但蒲大媽對此很不放心，時時戒備。所謂不怕一萬，就怕萬一。畢竟祝夫人是元配，並沒有和蒲大爺離婚。而自己是只是同居人，要真打起官司來，自己未必勝算。

3.

電話響起來，清晨五時。是姐姐飄從紐約打來的。姐姐
說終於遇到了合適的人。她決定了，婚期就訂在五月初。太好
了，恭喜你。男方是誰？讓我慢慢告訴你。男方是我喜歡的
人。他常年臥病的妻子已去世一年半。我原本打算不再踏入婚
姻生活，但，有一個十多歲的女兒，目前雖由母親賈小娥扶
養，但遲早必須把她接來。而今孤身奮鬥了十多年，實在有些
撐不下去了。當然，這不是唯一的理由。真正的理由是遇見了
尋覓半個世紀的理想伴侶。他溫文儒雅，博學多聞，喜愛音
樂，和我有共同語言……。他姓姚，是一家大型工程顧問公司
的總工程師。祝福再祝福！渺為姐姐感到十二萬分高興。

飄自幼有音樂天賦，那時為培養她的天賦，家中雖不富
裕，還是購買了鋼琴，定時請音樂老師教她練琴和唱歌技巧，
最終如願考上理想的國立大學音樂系，專攻聲樂。畢業後，瘋
狂愛上了同系同學，沒有多久有了孩子，匆匆結婚。於是，柴
米油鹽醬醋茶的瑣事，令這兩個經濟拮据，對實際生活毫無準
備的年輕人，整日為雞毛蒜皮，吃喝拉撒的現實生活吵鬧爭執
不已，所謂貧賤夫妻百事哀。虛幻的愛情破滅，終於，正如他
們匆匆進入婚姻生活，又匆匆走上了離婚的道路。孩子由女方
撫養。飄是甩手掌櫃，媽媽賈小娥只有接手照顧嬰兒的點點

滴滴。

經過一番輾轉努力，飄來到了紐約皇后區附近。認識了一家教會牧師，他請飄定期去教會彈琴、伴奏、並組織了「快樂合唱團」。合唱團團員由二十多人增加到六十餘人。於是分成青年和成人兩組合唱團。由飄負責訓練指揮管理，收取合理費用。漸漸法拉盛的華人越來越多，各種活動頻繁，農曆新年、情人節、母親節、端午節、中秋節、感恩節、聖誕節。而飄所組織的合唱團，成了這個新興城市活動中不可或缺的重要成員。練歌練歌表演表演，依賴這些活動，飄雖有微博收入，但生活依然拮据。不過，由於社區連綿不停的各種活動，飄在這兒有了一定程度的知名度。

那是九十年代初，卡拉OK在華裔家庭社交圈非常盛行。許多華人居住在新澤西郊區，那兒有漂亮高檔的住宅區，環境優美，學區好，許多事業有成的人士，如醫師、律師、工程師、教授、商界人士等等，雖在曼哈頓上班，平時卻以通勤方式，來往於曼哈頓和新澤西之間。週末常在家舉辦派對，卡拉OK是重頭戲，邀請親朋好友唱流行歌曲，一時間成為風尚。大家紛紛購買那時許多流行在台海兩岸的歌曲唱片，裝置效果優良的音響設備。除了自己勤練，還邀請專業歌唱家教導。除家庭活動外，有時還租用國際高級大飯店，舉行對外公開比賽售票演唱會。飄在這種情況下，常被輾轉邀請，或做為評審，

或到新澤西許多家庭，教歌迷們唱歌。

　　記得有一個冬天的週末，清晨，開著那輛二手車，兢兢業業，出了荷蘭隧道，由紐約市朝南，沿著新澤西公園大道，尋尋覓覓。車內沒有GPS，只憑一張地圖，兩個多小時，終於找到了居住在海邊的黃家豪宅。裡面已經聚集了十多位歌迷，等她開課。沒有休息，展露出職業性笑顏，她教歌迷們當時流行的兩首新歌：台語的「車站」，和國語的「相知相守」。一個上午就在歌聲琴韻中過去。午餐是大家帶去的佳餚，歌迷們對她十分親切，給了她很豐厚的紅包。

　　而後又趕去新澤西北部。那家的主人是姚兆晨，練歌的時間是下午四時開始，她到達稍早，姚家有保母，主要照顧姚家女主人媛媛。據說媛媛當年不僅風華絕代，而且聰明智慧，有物理博士學位，曾替所工作的公司申請到三項專利。客廳玻璃櫃裡，放置著三項專利所獲得的金色獎牌，上面刻著她的名字及細節。但，六年前，她得了健忘症。情況越來越嚴重，不僅時空混亂，渾然忘我，還會溜出家門，迷途後，由警察護送回家。姚兆晨只有提前退休，每天陪著她，她卻不認識他了。後來只有請全職保母來照顧。週末，再雇用臨時工幫忙。

　　媛媛當年很擅於在房地產方面投資，輕易取得經紀人執照，週末兼職，結交了不少朋友，在當地是十分受歡迎的人物。沒想到這樣活躍的媛媛，竟⋯⋯。姚兆晨和媛媛伉儷情

深，璦璦當年發起組成的「緣圓快樂社」一直保持每月聚集一次，十二家輪流作東邀宴。雖然如今璦璦已是力不從心，但朋友們依舊遵循傳統，即使璦璦沒法正常參與，姚兆晨一切依照傳統，凡事依然如故。

飄來到後，先去璦璦房間和她打招呼。璦璦怔怔地望著她。姚兆晨讓保母來請她先去客房休息。飄確實感到有些疲倦，清晨六時出發趕路，又努力教歌迷發聲唱歌……。四時整，姚家客人陸續到來，開始練習新歌。大家都很認真。六時許，人們帶來的各樣美食，已由臨時工在大餐桌上放置妥當，啊，雞鴨魚肉蔬果，琳瑯滿目。大家笑談風生，歌舞昇平，好不令人羨慕。晚餐完畢後已是八時許，歌迷們開始輪流唱歌，一時間客廳裡響起各色各派混合唱：張學友、張惠妹、蔡琴、那英、周杰倫、王力宏、莫文蔚、蔡依林、鄧麗君等等等等……。歌迷們各自陶醉在自己的掌聲和歌聲裡。

夜漸深，飄起身告辭，因為回皇后住處還有很長一段路程。打開車庫大門，誰知門前竟白茫茫一片。下午五時起，門外已開始飄灑起雪花，寂無聲息，車頂上已被厚達半尺重的白雪包裹住。天哪！這怎麼辦？歡歡喜喜唱歌的歌迷朋友們也都紛紛收拾起東西，刮去車上厚重白雪，發動引擎，一時間姚府門前一片白霧瀰漫，人們匆匆開車上離去。他們大都住得不遠。而，飄。真感到進退兩難。此時，姚兆晨很誠懇的建議，

請她那晚就住在他家。這樣風雪交加的夜晚開長途太危險了。而那次，暴風雪侵襲美國東北部，連續三天。戶外幾乎寸步難行。

　　飄在姚兆晨家裡居住了四天。夜深人靜，人們大都沉沉睡去。在客廳裡，姚兆晨和飄有機會深談了許多。這是飄第一次體會到，做為一個健忘症患者的另一半，所承受的壓力和焦慮是多麼沉重，心情是多麼絕望。當年如此親密的摯愛，如今卻硬生生成了陌路人。記得讀賽珍珠傳，她的摯愛，給予她文學生命的John Welsh，晚年中風，失去了和她的共同語言。她感到萬分寂寞竟移情至年少她三十多歲的社交舞師，徒徒被騙去億萬家產……。當時只覺得賽珍珠無情無義，如今經過了這幾天和他們夫婦的相處，終於對病患者的家屬有了一絲深切體會及諒解。

　　那以後，有時夜深人靜，會收到姚兆晨的電話。或是報告瑗瑗近來的病況，或是談談自己的心情，偶爾，飄覺得生活壓力太大，或是遭受了莫名的委屈，也會撥通姚兆晨的電話，對他述說一番。漸漸，他們成了彼此心靈深處相互述說的知己，生活似乎不再那麼孤獨寂寞無助。而後，瑗瑗病逝了。

　　放下電話，渺內心深處五味雜陳。當年媽媽賈小娥把無限希望寄託在兩姊妹身上。希望她們成人後，遇到兩情相悅的人，過著美滿幸福的家庭生活。只因她自己年輕時走錯一步。

成了人們口中破壞家庭的妖精、騷貨、狐狸精……。媽那張淒楚秀麗的臉蛋在眼前晃動不停。認識的人都說，賈小娥是典型的古典美人。只是蛾眉輕微地鎖著，整天似有無盡的煩憂。媽比父親小很多歲，在那兵荒馬亂的歲月裡，做為流亡他鄉學生的賈小娥，趁那夜在舞台獨唱完畢，見到戰功赫赫的將軍，來後台和她握手寒暄慰問，竟毫無保留地愛上了這位帥氣十足的將軍。明知他有家室，抵不住他的一顰一笑，就那樣輕易地委身於他……。賈小娥從此處處委曲求全，低聲下氣的過著抬不起頭的日子。

雖然，台北金門街父親的那個家，人們背地裡稱那兒的女主人為二娘。因為，成為將軍之前，父親在鄉下早有髮妻，但娶髮妻只是為了伺候公婆。那年代，似乎盛行著那樣的病態文明。二娘顯然也不是明媒正娶……。但許多正式場合總見她出面，久而久之，大家接受了這樣的情況。人們稱那兒為韓大公館。那兒住著父親和二娘所生的三個子女。

人們稱遠在新店的家為小公館。這兒住著媽媽賈小娥、渺和飄。父親不定時會回來住些日子。媽只有在父親從台北回到這邊家裡的時候，會露出一絲淺淺笑意。那樣的時候，媽會挖盡心思，讓宋媽做各樣好吃的美食，翻出家裡最精美的瓷器盤碗，把餐桌佈置得高貴典雅，像招待貴賓那樣，讓父親感到舒適愉快……。而飄和渺也都被打扮得漂漂亮亮，像公主，討父

親歡心。賈小娥最愛聽父親讚美兩個女兒。幾杯紅酒下肚後，他會說，假如金門街的幾個混帳東西，那怕有這兩個孩子的一半出息，我都會謝天謝地了。賈小娥此時會淡淡地笑容滿面，有些矯情地說些安慰的話，比如，孩子們很快就會懂事的，給他們時間。其實，賈小娥知道二娘喜歡打麻將，經常在家裡擺上兩三桌，或是到親朋家打通宵。大多時候任孩子們自生自滅。

父親高大挺拔，渾身透露著成功男子漢的氣息。當年是戰功纍纍的年輕將領，提前退役後，做為一家企業公司董事，所到之處永遠英氣逼人。賈小娥在他面前總顯得低聲下氣，很少會伸張自己的意志。其實她是個很有才藝的女人，畫的水彩畫，常是學校籌募捐款拍賣時最受歡迎的藝術品。她也擅長設計衣服，兩個女兒的穿著，總那樣清新亮麗，讓鄰家女孩羨慕不已。但，在父親面前，她總那樣卑躬屈膝。似乎時時要爭取父親的認可和歡心……。此外，兩個女兒，就成了賈小娥的整個世界，整個生活重心。說得最多的那句話就是。

「妳們兩人一定要好好唸書，獨立自主，給媽爭口氣，千萬別像媽這樣……。」

淼自幼就非常明白媽的意思，體惜媽的苦心。努力做媽的好女兒。飆比淼大六歲，對於賈小娥的苦心孤詣不僅不能理

解，常反其道而行。記得飄十多歲時，有一天在學校自習課
上，有同學低低耳語，等飄靠近時，突然閉口不談。飄後來才
知道原來她們在議論，說買小娥是姨太太，飄是私生女……。
跟她最要好的同學，也開始用有色眼光看她，和她漸漸疏遠。
因為家長不願意自己的孩子和這種複雜家庭的孩子來往，以免
學壞。

　　飄一肚子氣，她本就是個個性強而不服輸的孩子。那天
回家見到剛從台北回來的父親，視若無睹，既不理睬，也不招
呼。躲在房間裡不出來，拒絕吃晚飯。被買小娥逼急了，隔著
房門哭喊說，她沒有爸爸，她不認識外面的那個陌生人。那是
飄第一次公開表示對父親的反感，再也不願意扮演買小娥要她
扮演的公主角色。那次父親擺著一張寒氣逼人的臉，默默地狠
狠地望著買小娥。彷彿這一切都是她的責任。那夜，原本要留
住在小公館的父親，抬起腿來，叫司機老黃把車開出去，送他
回台北金門街那個家。

　　飄從那次挑戰父親的權威以後，對於媽的遷就與妥協更持
著一種敵視與輕蔑。飄有一次因細故，對著昂貴的鋼琴發火，
雙手胡亂拍打琴鍵，讓它胡亂瘋狂跳動，聲音忽高忽低，轟隆
隆，半夜三更聽來像敵軍炮火突然來襲。吵得父親憤怒地起身
而去，好久好久沒有回到新店的家。後來，飄任性而胡亂地踏
入了一場錯誤的婚姻，最後仍是由媽媽買小娥接手，照顧著年

幼無辜的嬰兒。那時渺十六歲，十分體惜媽媽的辛勞與苦心，課餘，幫忙照顧著這個可愛的孩子。飄費盡心思，終於去了美國，把孩子留在媽媽身邊扶養。

4.

那天，電話響了，家裡只有蒲大媽在家，是紐約警察某分局幹員打來的。雞同鴨講，浦大媽弄不明白對方到底說了些什麼。只聽明白是警察。直覺告訴她這通電話很蹊蹺，心裡嘀嘀咕咕非常害怕，思仁現在在附近一家小型公司上班，立即撥通了思仁辦公室電話。說是紐約警察來電話，不知什麼事？紐約警察？思仁也覺得不妙，相信是思東出了問題，趕緊回家，撥通了紐約警察某分局電話。

思東真的出事了。思東死了！死了？怎麼可能？說是昨夜被人發現在東村一條閉靜後街角落裡。怎麼死的？車禍？意外？……？警察說，胸部有槍傷，清晨被人發現時已經死亡。乍聽到這消息，蒲大媽搖搖晃晃，幾乎昏死過去。她使勁掐自己脖子，我在做惡夢，我一定是在做惡夢！思仁，告訴我，我是做惡夢！思仁要渺即刻回家。沒有時間哀悼，即刻訂好機票，小麗交給鄰居唐媽媽照顧。次晨全家三口趕往紐約曼哈頓某分局。

根據警局史密斯幹員的調查顯示，思東確實胸部遭到槍

擊，兩槍斃命，時間是午夜十二時三十分。先帶家屬去驗證屍體，沒錯，就是他。思東在紐約的生活環境相當複雜。他的室友露易絲在同志圈裡是個很出風頭的人物，他生得俊俏，在百老匯舞台偶爾演出，很受一些朋友和觀眾追捧。思東因為手頭寬裕，露易絲雖和他同居，暗中卻有更親密的情人。為此，思東不止一次向他抗議。兩人之間的感情世界紛紛擾擾。在同一圈子裡的朋友們，大都知道兩人的生活狀況。而今，思東不明不白的遭此橫禍，涉及的範圍實在太廣，牽涉的圈子實在太複雜。演藝界、娛樂圈、同性戀圈子、他又時時顯露手頭寬焯，財大氣粗⋯⋯，等等等等，可能是情殺？也可能是單純的見財起意，搶劫？也可能⋯⋯，許許多多的線索糾纏不清，需要很長時間才能把案件調查清楚。

史密斯的建議是，待思東的屍體解剖後，家屬即刻安排思東的安葬事宜，待調查有具體結果時，會立即向家屬報告。警察幹員的一番話，讓蒲大媽幾乎再度昏死過去。這⋯⋯這⋯⋯就了結了？我的兒呀，就這樣白白死了？這日子還怎麼過下去呀？我乾脆也死了算了！蒲大媽肝腸寸斷，撕心裂肺的大聲哭喊著。思仁和渺花盡全力，好話說盡，最後才把蒲大媽從警局帶出來，回到旅館住了十多天。蒲大媽只能在旅館裡哭一陣睡一陣。思仁和渺趕著辦理各種繁瑣手續。

期間，渺通知了姐姐飄，告知了關於思東的事。畢竟姚兆

晨對紐約市比較熟悉，帶著他們進進出出市府各種衙門，省去不少時間。有時需要消耗整天時間的事，老姚一通電話也許就解決了。老姚人脈廣，認識的朋友中，也有在市政府上班的，也有律師和醫師，也有商界人士，總之三教九流都有，所以辦起事來較為容易。所謂人際關係非常重要，如今在這件事上真是發揮得淋漓盡致。各種生生死死、瑣碎繁雜的手續，老姚似乎都能有條不紊的處理。畢竟，他親愛的瑗瑗才過世一年半，為此，他經歷了那麼多難以想像的種種磨練。這次，竟遇到如此迥然相異的事件。為飄的家人，也算是聊盡綿薄之力了。

三週後，思仁和蒲大媽回到洛城。飄要求妹妹渺在紐約多待兩天。

飄和老姚住在新澤西郊區一棟獨立別墅裡，社區進門處有守護社區的保安。別墅是那種舊式昂貴的富人區典型建築設計。大廳舖著光亮潤澤的大理石地面，中間鑲嵌著繁複華麗的圖案。閃耀的水晶吊燈，發散出瑰麗的光亮。門前綠色草坪很美！室內設計裝潢很考究。最令人羨慕的，是從客廳落地窗的幕簾，可以望見不遠處的社區公園！那綠油油的草地、池塘、高縱人雲的蒼松翠柏，讓人忘記繁華的鬧市就在不遠。其實，這一切全是瑗瑗生前一手打造經營的成果。

原本，飄希望婚後能搬入一棟較小的房子，重新開始新生活。但，姚兆晨說，他不能拋棄瑗瑗而私自離去，他們畢竟曾

是多年恩愛夫妻，不能一走了之。萬一，人死後真有靈魂，如果瑗瑗偶爾想回家看看，而這兒卻成了陌生人的家，我沒法安心。這讓飄意識到，姚兆晨確實是個重情意的君子，他的翩翩風度及他對亡妻的厚重心意令她敬佩。

姚兆晨確實是一個溫文儒雅的君子。婚前，姚兆晨的兩個成年子女，提醒他再婚時必須要飄簽一份「婚前協議」。以免母親瑗瑗所精心經營的財產被後來者吞沒。這是兩個孩子的心意。姚兆晨卻拒絕了這樣的提議。飄知道這件事以後，主動找到了兩人，拿出一份公證文件，上面說明自願放棄姚兆晨婚前所有財產，並在律師事務所委任律師及公證人前簽名。

得知此事後，姚兆晨對飄格外敬重，並主動為飄的獨生女辦理申請來美國唸研究所。女兒逸自幼和外婆賈小娥生活在一起，彼此感情十分濃厚，和親生母親飄反而比較生疏。飄有時覺得十分愧疚，既對不住母親，更對不住女兒。姚兆晨不時開導著飄這份愧疚的心緒，提醒她，那是環境不允許，不是她不願意盡一份做母親的心意，而是無能為力。一面鼓勵遠在台灣的逸，並幫她辦理相關手續，希望她們母女早日團聚。

5.

許多年匆匆過去。父親去世那年，渺決定回台北一趟，雖說是奔喪，其實是替孤獨的媽媽賈小娥作伴撐腰。父親是心

臟病突發去世。但真正的原因卻比較複雜。那天，父親得知二
公館的么兒販毒被逮捕！這突如其來的消息，不僅令他暴怒更
感到屈辱與羞愧。這樣的事，竟然會發生在自己家！本來么
兒就不是讀書成材的料，中學時耍太保、跟人打群架，不一而
足。但託人送入軍校以後，好像改邪歸正了，誰知如今卻變本
加厲……竟然販毒！為什麼販毒？缺錢？還是誤入歧途？被黑
社會份子所迫？？？一定要把事情弄清楚。事發那天父親趕到
警察局，好說歹說根本見不到人。平時父親養尊處優，眾人多
半阿諛奉承著他，何曾去過派出所之類的小衙門，而今，既卑
躬屈膝，還遭受不少白眼，更可怕的是，一群記者竟然聞風而
至。有個資深記者出言不遜。

「將軍，請問您少爺販賣的是什麼毒品？」言下顯然認為
做父親的知道兒子是販毒的。

「你你你……問這話什麼意思？這……這……這不是含血
噴人嗎？」

「聽說你兒子做這事也有不少年月了？是嗎？」這記者不
依不饒，繼續尖酸刻薄問話。

「你……你……你……，這是含血噴人！你……你……什
麼居心？」

「請將軍不要發怒，聽說他是販賣冰毒，是不是？據實回

答就可以了！」

「你……你……你……，你……你……什麼……名字？那家報社的？」

「請先回答問題，那家報社不重要！」

「你……你……！」父親忿怒萬分，揮起拳頭，就要揍人，何曾受過這等窩囊氣。被秦伯伯擋住。

「我們先回家，別跟這種人計較。」陪父親來的好友，即刻把父親拉開。

回到家，父親仍氣憤不已，血壓急遽上升，滿面通紅。二媽站在門口，兒子怎麼樣？沒事吧？妳還有臉問，家門不幸，出了這樣的敗類，平時都是妳慣的結果。我？我慣？家裡什麼大小事不都是你做主，噢，現在兒子出了事就賴在我頭上？二媽跟在父親身後嚷個不停。嫂子少說兩句。秦伯伯勸阻著二媽，二媽平時說話就是高半音，現在賭氣說話，聲音格外刺耳，卻喋喋不休。父親步履蹣跚，在客廳沙發上疲倦地坐下，臉色由通紅漸漸轉成鐵青，額頭開始冒虛汗，手有些發抖。朱媽遞過來一杯茶，父親一把把茶杯砸到地上。玻璃碎片撒落滿地，滾燙的熱茶流過腳面腳跟。客廳裡一片混亂狼藉。

你好好休息一下。秦伯伯忙著安慰多年老友，示意二媽不要再說話。

　　誰知，轉眼間，老二拿了一份剛剛出籠的當天晚報，氣忡忡的跑進來。看這標題！什麼「子不教父之過」！把老么的事怪到咱爸頭上了！父親原閉著眼睛在休息，老二的喊聲讓他一把搶過報紙，只看了標題一眼，就口吐白沫，身體從沙發滾到地上。等救護車趕到，送往醫院途中，父親腦部大溢血，不治而逝。

　　父親生前人脈廣，親朋故舊多。幾個至交成立了治喪委員會，一切事宜由委員會制定指揮。家屬只是屆時出席即可。可憐的賈小娥，此時沒有收到任何通知，一切都是或從報上或從小道消息得知。顯然，人們沒有把她放在眼裡，根本不會通知她。公祭那天，賈小娥母女參加了祭拜，黑衣素顏，恭謹地對父親遺容三鞠躬。在二媽和她那些兒女們的敵視下默默離去。家祭時完全被排斥在外，母女兩人和外孫女逸就在新店家裡對著父親遺像跪拜磕頭，聊表哀思。

　　飄沒有回台北奔喪。她覺得父親生前的做為對不住她們母女，覺得他是一個自私而傲慢的父親，她沒法原諒這樣的男人。而母親對他那樣一味的討好奉承，完全失去了一個女子應有的尊嚴。如今，賈小娥獨自一人住在新店諾大的房子裡。父親離去後，賈小娥覺得失去了生活的意義，她沒必要再擺排場，再與人爭勝。於是，讓渺幫忙出售新店那處住所，那兒是兩個女兒出生與成長的地方，是賈小娥精心構築了一生的家，

如今……。外孫女很快就會出國……。

原有的房屋上市後，由於地點適中，面積寬敞，有興趣的買主不少，只是這畢竟是棟數十年的老宅，需要重新裝修的部份很多，於是洽談裝修公司，商討價目等等等等繁瑣雜事，煩神耗時，這些事全由渺在處理。待這些事項完成，尋找合適買主，又花去不少時間。

而後，替賈小娥在台北各處尋找適於入住的老人養生處所。評估各處的優劣點，陪同去各處試住……。尋尋覓覓，最後決定選擇了桃園地區的養老居處，距台北鬧市約一小時車程。那兒設備齊全，工作人員較專業，房間內部設計周全，飲食合口，空氣清新……等等。賈小娥決定申請入住。她那委屈求全的人生道路，到此畫上句點。

總之，渺盡心盡力為孤獨寂寞的媽媽處理了這一切。忙忙碌碌，待一切處理好，一年多的時間過去了。渺待在台北這段期間，停職停薪。女兒小麗在另一家房地產公司做為經紀人，處理買賣房地產業務。小麗是個溫順懂事的孩子，資質平平，大學畢業後也考得經紀人執照，一度跟隨渺買賣房地產。雖沒有什麼突出的表現，一方面大陸豪客較以前減少一些，再則競爭激烈，但由於房價仍繼續上升，所以小麗的業績仍然說得過去。

只是這段期間，自己家裡卻出了大事。主要是浦家大姐

浦思佳，把浦大媽告入官府，控告她侵奪騙取浦家財產，許多
年來，浦思佳悉心收集了許多證據。在證據確鑿的情況下，法
院下令凍結浦大媽銀行帳戶以及所有不動產。原配祝夫人一再
要求女兒息事寧人，但精通中美法律的浦思佳卻不肯罷休。尤
其見到母親祝夫人及妹妹浦思嬋生活困頓。由於病態的家庭生
活，妹妹思嬋心理受到嚴重打擊，患有憂鬱症，以至於四十多
歲仍孤身一人。祝夫人雖吃齋念佛，卻是委屈地生活著……。
是可忍孰不可忍？

　　多年來，浦思佳收集了很多證據，當年是浦大媽夥同公
司總經理偽造文件報表，通過公司財務人員，廉價出售公司資
產……等等等等。那時浦大爺年事已高，很少過問公司實際業
務，以至於浦大媽有機可趁。祝夫人帶著兩個女兒，一再忍
讓。最後落得貧困不堪。如今浦思佳已成為法律界女強人，和
丈夫開辦著律師事務所，倆個兒子也是業務好手。再不回頭針
對當年自家受騙案件出手，無論如何也說不過去。

　　渺回到洛城，思仁和浦大媽已經搬出了舊宅，那住了將近
二十年的房屋。由於房產是在浦大媽名下，法院裁定查封，等
待官司裁定。雖只是一年多的時間，浦大媽卻顯得十分憔悴，
新染的頭髮顯得那樣虛假，穿著裝扮顯得那樣俗不可耐，對渺
的神情舉止前倨後恭，她顯然被這場官司嚇壞了。見了渺，竟
然對她深深鞠躬致歉，說是當年自己無知，對她不敬，如今希

望她能出面，對浦家大姐浦思佳疏通一下，願意與她和解，把當年家產分給她一半……。

　　這不禁讓渺感到十分可笑，浦大媽竟然以為自己是萬事通了。思仁拉住浦大媽，讓她不要對媳婦這樣卑躬屈膝，浦大媽卻不依，恨不得對渺下跪。這鏡頭不禁令渺想起了許多不堪回首的往事……。一年多後，浦思佳官司勝訴，浦大媽歸還所有侵佔財務房屋等等，法官因念浦大媽年事已高，健康情況不佳，僅罰她做社區服務500小時……。

　　如今一家所住房屋由渺購買，房屋不大，卻很精緻。有樹木花草繁茂的小小院落，有一顆挺拔的玉蘭花樹。花開時，淡淡的清香隨風飄散，令人心神安寧。飄的獨生女逸也回到了飄的身邊。而今小麗已出嫁離家而去，家裡只剩下三人，沒有太多家務瑣事，浦大媽卻都要搶著做，雖然往往是力不從心，渺也都無可無不可的對她說一聲謝謝。如今歲月靜好，一家人生活在平淡寧靜之中。

原載《世界日報》小說版

2020年4月4日於拉斯維加斯郊區

花開花落

〜〜〜〜〜〜〜〜〜

1.

　　那是一九八〇年代中葉，台灣地區經濟起飛，錢淹腳目。根基深厚的企業家或其他幹勁十足的中小企業紛紛趕上大陸經濟改革開放的頭班車。幾乎人人笑逐顏開。一直經營化工及建築原料的廖家，和本地銀行界巨擘關係良好，資金運轉靈活，企業發展澎湃洶湧。那時無論海島東西南北，挖土機幾乎處處可見，許多高樓平地而起，島內一片繁華繁榮昇平景象。島民們扯高氣揚，幾乎個個荷包滿滿。世界各地均可見一批批來自台灣的觀光客，有時口嚼檳榔，到處指手畫腳，往往大包小包滿載而歸。廖家企業順風順水，對於第二代的栽培格外盡心盡力。廖家有一兒一女，送子女出外鍍金是當時盛行風氣之一。女兒不願意去國外受苦，宣布要留在阿爸阿媽身邊陪伴他們。其實那時她剛剛陷入愛情漩渦，不願捨男友而遠行。

　　那年代，島國年青人去美國留學風氣雖盛行，除部份人充滿抱負理想，認為出國深造可以學以致用施展抱負外，許多其他年青人出國，和六0年代留學生的目的就截然不同。他們在

故鄉豐衣足食，生活美滿，完全不必為未來前程擔憂。出國鍍金是為回到島內為自己增添一絲光環，在父兄或叔伯姑舅的企業界，可以理直氣壯的居高位，而不至被視為走後門或依靠裙帶關係。

　　陵申便是在這樣的情況下，申請到紐約市一所知名大學，主修金融市場發展趨勢。一則開闊眼界，再則在世界聞名的紐約生活幾年，體驗大都市的酸甜苦辣，也為今後的工作內容及生活細節增添實際經驗。那年陵申二十二歲，這是生平第一次獨自出遠門，到達紐約，真是眼花撩亂。遠離熟悉而溫情濃密的台北，來此單打獨鬥。紐約比想像中更大更亂更複雜，縱橫交錯的地鐵，轟隆隆震耳欲聾。車內人們冷漠空洞的目光令人不寒而慄。語言的隔閡讓他凡事覺得彷彿霧裡看花，朦朦朧朧。這即將是他要渡過幾年的城市。首先為尋找合適居處就花去不少心思。真沒想到為這樣一件小事，要如此煞費周章。對於居處條件其實很簡單，首先要靠曼哈頓校園本部較近，再則需單獨有間臥室，最好離地鐵不太遠，出入便利，當然最好不要太貴。如果在台北，一通電話，老爸公司秘書就會把一切安排得服服貼貼。如今到了紐約，這七百多萬人口群居的國際大都會，唉，這一切都要靠自己操勞。

　　按照報上廣告，出出進進，跑遍大半個曼哈頓，合適的住處竟是那麼難找，或是太舊，或是太小，或是貴得離譜，或

是房東的種種規定和要求太不合理……。好幾天過去了，仍然沒有著落。那天，手裡拿著紐約郵報，尋尋覓覓，在靠近校園下城地鐵出口轉彎處，見到一張中國面孔，看來較為友善。鼓起勇氣向他問路，才知道他叫柳廉，也來自台灣，是資深留學生，已經來了好幾年，現在二十六歲，竟是同一所學校校友，在數學研究所讀博士。這人看來聰明活潑開朗，對人十分友善。談話間，原來他前室友剛搬走，他目前正在尋找合適的合租室友。啊，這正是踏破鐵鞋無覓處，得來全不費工夫。就這樣因緣際會，陵申成了柳廉此後的室友。柳廉在學校人緣極佳，不僅朋友多，人際關係廣，在數學系也廣受同行尊敬。有論文發表在具專業權威的數學雜誌上，很得指導教授器重。據他朋友說，他很有希望畢業後留校任教。對陵申這位新來的小老弟，發揮了十分關鍵性的正面影響。

陵申本依照父母規劃，只是來鍍金，回去有個交代，由於柳廉的認真學習態度，陵申也就努力朝著珍惜自己擁有的幸福而認真選課，思考問題，做紮實的基本磨練。一邊有柳廉作為榜樣，給他不少建議及指導，因此不好意思浪費時間和金錢。雖然從出生到現在一直錦衣玉食，目前卻認真朝著目標前進。即使如此，週末假期，跟著柳廉的社交圈，也結識了不少人。除了恃才傲物的幾位數學天才人物，其他人大都成熟穩重踏實，見過世面，不好高騖遠。他們五花八門的豐富生活經驗，

讓他聽來感到既有趣也大開眼界。

　　比如有人騎著單車替餐館送外賣，有一次被兩個黑人攔路搶劫，險些送命。從此決定再也不幹這危機重重卻報酬微薄的行當。比如有人去酒吧做酒保，對酒客點的酒名弄不明白，而糊裡糊塗胡亂調一杯送上，卻被半醉買酒客大大讚美，給的小費特別多。另外，也有人在校園走路，無意間被拉去做了幾天電影臨時演員，報酬極低，卻讓生活增添不少樂趣。也有人去餐館洗碗打工，被洋同事喝來吼去，而不知所云，變成雞同鴨講等等。陵申的學習平順寧靜，同期攻讀學位的人們，大都相當認真，有人早已是經驗豐富的各大企業公司主管，除書本上的知識，在課業討論實際經營經驗時，也能從這些人的豐富經驗中，吸取教訓和知識。這時陵申才漸漸明白，美國商業界的繁榮發展，原來是不斷從實際經驗中吸取教訓，不僅是紙上談兵階段而已。

　　柳廉有個妹妹叫柳丹，剛從台灣來，在紐約市立學院攻讀護理碩士，唸得有些辛苦。美國一直缺少護士，柳丹以護理學士資格受聘來紐約一家大醫院做護士，一面週末選修課業。打算更上層樓，拿到碩士學位考試通過，就可以成為RN註冊護士，熬幾年後才能有資格成為護士長，否則在醫院只能聽大護士使喚，專做些勞力而非技術性的工作。陵申有一天忽然腹痛如絞，面色慘白，渾身汗水淋灘。柳廉即刻把他送到醫學院急

診室，是急性腸胃炎。好在送得即時，沒有生命危險，卻需住院觀察。

那天輪到柳丹值班，抽血、驗尿、輸液、輸葡萄糖、量體溫等等。腹瀉停止，體溫恢復正常，次日好轉許多。早晨用餐時，發現竟是一位會說中文的美麗護士，十分溫柔的對他噓寒問暖。幾天下來相處，令陵申感到十分親切溫馨。在國外，這是陵申第一次生病，而且是來勢如此凶猛的急症。內心特別敏感，柳丹的悉心照顧，令陵申特別感動。體力漸漸恢復，柳廉來接他出院。三人在醫院相遇，陵申才知道原來柳丹本是柳廉妹妹……。柳丹本就心細，這次對陵申病中的照顧，令陵申對柳丹滋生了一股難以訴說的情誼。出院後，那張娟秀美麗的面容常在眼前搖曳擺動。終於趁週末假期，以感謝她的照顧為由，約她去中城一家幽靜的法式餐廳晚餐，兩人竟有許多共同話題可談。

柳丹比哥哥小六歲，之所以決定出來唸書，主要也是因為哥哥在這兒，覺得一切有個依靠。這一次陵申的意外事件，讓她和陵申兩人由相識而常見面，總有說不完的話。柳丹喜歡對陵申聊醫院裡的八卦：某護士為那位新來的實習醫生著迷，施展渾身魅力接近他，這位仁兄卻無動於衷，令小護士傷心痛苦不已。另有已婚醫生，對漂亮護士殷勤備至，被髮妻發現，而來醫院發威……。也有幾位姿色較為出色的年輕護士，最關注

的不是病人，而是單身醫生。她們是為尋找終身伴侶而來，每天打扮得漂亮光鮮，一旦尋找到合適目標，一定緊迫盯人，成為醫師夫人以後，絕對金盆洗手不幹。這大約也是美國永遠缺少護士的原因之一⋯⋯等等。一些老資格白人護士，或沒找到金龜婿，或因工作枯燥無趣，則對新來護士頤指氣使⋯⋯。這些故事令陵申聽得津津有味。為答謝柳丹這次在病中對他的照顧，其實也是找理由接近她，他會抽空約她去林肯中心，或去逛藝廊，或去逛博物館。最常去的是蘇浩（SoHo）地段，那兒是年青人喜愛聚集的地方。五花八門的小吃店、密密麻麻的咖啡館，奇形怪狀的藝廊、書店、時尚而花俏。引領世界風潮的種種，似乎全集中於這小小方圓之內。那兒真是消閒解悶的好地方。

那天，春日末梢，柳廉的博士論文口試通過了！柳丹和曉秋都趕來為他祝賀。曉秋是柳廉的女友，兩年前拿到會統碩士後，就到紐約一家人壽保險公司做統計師。當晚四人去以麻辣火鍋聞名的四川館大吃一頓外。曉秋還安排了大家一起去大西洋城玩兩天。原來她工作的美國資深頂頭上司Joe，是大西洋賭城的長期主顧，常年積攢了許多信用，尤其在印度宮有免費房間供應。這次讓曉秋借用他的豪華酒店信用，免費住宿兩晚，讓她回公司無酬加班兩晚做為交換，曉秋滿口答應。於是他們這次為柳廉的博士論文通過慶祝大會，就擴展到了大西洋城。

　　柳廉開著車從林肯隧道轉往新澤西花園大道，一路上花木環繞，景觀綺麗，不愧被稱為「花園州」的盛名。約兩小時就到達大西洋城。進入印度宮二樓室內免費停車場，即刻就搭電梯上十九樓房間。Joe顯然是這家豪華賭場豪客，兩房間相連，有門互通，佈置得非常漂亮，落地窗面臨大西洋，木板步行道就在腳下。啊，對於日夜埋首醫院及書堆電腦數據裡的四人，這真是世外桃源！

　　柳廉的數學專業，加上曉秋的統計頭腦，兩人對於撲克牌的遊戲規則相當熟悉。於是，在觀察徘徊了一段時間後，就下海試試身手。「或然率」在此時此地果然派上用場，兩人玩得十分盡興。陵申和柳丹只在一旁觀戰，沒有意思嘗試。晚間，兩人到步行道上閒逛。初夏晚風吹來，帶著絲絲海水的鹹味。胖嘟嘟的鴿子，懶散地在四處行走，顯然已經飽食終日，對於行人既不迴避也無所求。這令人不禁記起，當年在大陸麻雀被撲殺絕跡的悲劇，那些麻雀真是生不逢時，如果那些麻雀當年生活在大西洋城，該是多麼悠閒自在。電動雙輪車的司機在向他們兜售生意，這小車是雙人座，司機腳踩馬達，輕輕鬆鬆可以載送遊客在步行道上瀏覽風景。他們在緩緩車行中，瀏覽著絲絲海水在不遠處輕輕波動，綺麗多彩的賭城倒影，在波浪中起伏蕩漾。那真是一個魅力飄蕩的夜晚。令人充滿永恆不變的美好回憶。

2.

是夜半，電話鈴聲響起，非常刺耳。該不會又是阿媽吧？這樣的騷擾，什麼時候才是個頭啊？

「喂，那位？」陵申睡意朦朧拿起電話，小心翼翼地問對方。

「那位？連我的聲音都聽不出？被女朋友弄昏了頭？」

「阿母，這兒是半夜三更，說話別這樣難聽。」

「我這兒剛好是中午，喔，打個電話還要聽你命令？」

「阿母，好好好，妳有什麼事請儘管吩咐。」

「你寒假回來，我已經跟黃家說好，可以跟他家小姐見見面……」

「阿母，你這不是為難我嗎？你明明知道我已經有女朋友……。」

「女朋友可以更換……，多認識幾個朋友不好嗎？」

「不，不是女朋友，我們已經去紐約法院公證結婚……。」

「住嘴！你膽子不小。別想騙我。」

「沒騙你，我們真的已經公證結婚……。」

「我告訴你，你在美國的公正結婚，在我們這裡無效！」

「阿母，你聽我說……。」

「你聽我說！我已經和黃家約好，他家和我們門當戶對，家財萬貫。黃小姐是人家掌上明珠。」

「阿母，你這樣勢利眼就不對了，我家難道還貪圖人家財富？」

「我當然不會貪圖他家財富，可是你選的女朋友實在太不合我心意……。」

「阿母，你還沒見過她，怎麼就說不合妳心意！？」

「明白告訴你，我就是不喜歡外省人！」

「外省人又怎麼樣？」

「這還不是主要原因。」

「還有什麼原因？」

「我找人替你們算過命，測過八字，她命硬，會剋夫！」

「妳根本不認識她，怎麼讓人替她測八字？」

「你以為我不會找人打聽嗎？」

「你這是何苦呢？至於嗎？」

「這太重要了，怎麼能不測八字？」

「現在已經是什麼年代了，還這樣迷信！」

「兒子，你現在年輕，有很多事你不懂。你阿爸當年娶我，主要就是因為我有幫夫命……。」

「阿母，你太迷信了。……。」

「你看，你阿爸現在這樣發達，不都靠我的幫夫命嗎？」

「阿母，那有這回事。妳真會往自己臉上貼金。」

「不管怎樣，我替你和黃小姐測過八字，她也有幫夫命……。」

「不談了，明天很忙，掛啦！」

「不准掛電話！怎麼這樣不知好歹？寒假趕快給我回來，明天就叫你阿爸秘書去訂飛機票……。」

「我不能半途而廢，否則碩士學位根本拿不到……。」

「反正我不承認你的婚事……。」

「阿母，妳就別反對了，我們……我們……已經就要做爸媽了……。」

「什麼？你真要造反？！！」阿母聲音突然拔高八度，變得尖銳刺耳。「天哪！」

「你就祝福我們吧！」

「不行！我絕對不承認。你寒假必須回來相親……。」

「阿母，你請阿爸來講話好嗎？」

「他正在開董事會，你以為他像你一樣沒事忙？」

「我要掛電話了，明天真的很忙！」

「反正我不承認你的婚事！我已經和黃家約好，說你寒假會回來見面……。」

「沒辦法，我不回來！你不能欺騙人家，我已經公證結婚，就要做爸爸了……。」

「你要氣死我？你⋯⋯你⋯⋯」

「阿母，這麼重大的事，你就讓兒子自己做主吧，求求你！趕快取消和黃家的約會⋯⋯。」

「你⋯⋯你⋯⋯你⋯⋯」

「阿母保重，我掛電話了！」

柳丹從睡夢中醒來，靠在床頭，靜靜地聽著這一對母子的對話。沒有出聲。陵申掛斷電話後，輕輕擁著她。相信他的決定是完全正確的。不會因為阿母的干擾而有所動搖。阿母因為近幾年阿爸企業越做越大，家境越來越富足，舉手投足常常表現得財大氣粗，說話辦事一付土豪強勢作風。這大約就是所謂的小人得志，忘其所以吧？做為兒子，只有默默容忍，也許有朝一日，阿母會頓然醒悟？但願如此。其實當年阿公阿嬤守著幾十畝土地，後來光復，由於政府減租條例，出讓土地，獲得公眾企業股份若干。企業轉型而變為民營，受到種種優惠政策。漸漸風生水起，順應時代潮流，趕上好時運，加上努力，才稍有今日規模，阿母卻⋯⋯。還是不說也罷。

3.

柳丹和陵申都十分實際，舉辦了簡單典雅的婚禮，搬入校園不遠處的兩臥公寓，他們的第一個女嬰玫玫就在那裡出生。柳廉拿到博士學位後，果然被聘請在本校做助理教授。柳廉和

曉秋搬至離校園三英里左右的教職員大樓，這是學校當局為年青教授們提供的福利之一，校方為讓教授們能夠安心教書，當年撥款購買了周遭民房，改建後成為教職員大樓，租金低廉。

　　陵申當年沒有依照媽媽的意思回台相親，著實令媽媽憤怒了好一陣，甚至要阿爸斷絕給兒子的經濟支援。阿爸是個溫文儒雅的商人，曾經在威斯康辛大學獲得經濟碩士學位，對自己的母親阿嬤十分孝順。在讀書時也曾有過女友。梅迪森美麗的校園，湖水燦燦，柳蔭遮道，他和留學生秀蓮偶然在校園相遇，一度也曾兩情相悅，可惜回台後，阿嬤認為秀蓮和兒子八字不合，測字先生說秀蓮是剋夫命。阿嬤堅絕反對兒子娶秀蓮。而算命先生卻說阿母有幫夫命，雖然兩人之間毫無共同語言，只是阿母很會討阿嬤歡心。阿爸委曲求全，娶了阿母。

　　阿爸對自己兒子陵申的婚事其實很能理解。所以，對於陵申的決定沒有反對，也沒有斷絕經濟支援。而且，有一次因公來紐約之便，還邀兒子媳婦帶著孫女玫玫一起吃飯，還給了玫玫一個大大的紅包，做為見面禮，其中的心意自不在言下。次日還應柳廉夫婦邀請，參觀他任教的校園，一同在曼哈頓一家義大利餐館午餐。商界和高等教育界雖屬兩個截然不同的領域，大家卻對當前世局，以及世界各地現勢有不少共識，席間談得非常融洽。

　　阿爸那次來，陵申問起姐姐可好？一句話勾引起阿爸無限

心事。姐姐陵玲遇人不淑。那是阿爸阿母傷心事之一。因為陵玲不聽爸媽勸告，和廖家公司裡的一個資深業務經理李懷淡戀愛。當年寧願放棄出國機會。之前雖有同齡男友秦虹文，他是藥科專業，書讀得不錯。陵玲卻嫌人家個頭不夠高，只有一七七公分，只要她穿上高跟鞋，就和男友不分高下，嫌人家不夠瀟灑。而且，秦虹文較為木訥，不善言詞，不會逢迎。這樣樸實無華的年輕人，看在長輩眼裡，是前程似錦的有為青年，但陵玲卻是個膚淺幼稚的女孩。對於這樣的男友，棄之如敝屣。轉眼間，她愛上本公司一個業務經理。

阿爸說這位業務經理，能言善道，業務發展雖然不錯，但年齡比陵玲大十二歲。他們兩人在公司聯歡晚會上相遇，當他知道陵玲是老闆千金時，便用盡了所有心機，對陵玲逢迎巴結，施展了各種詭計和手段，討陵玲歡心。比如：知道陵玲愛跳舞，總會弄到台北大型舞會入場卷，自己也練得一手舞藝，在舞會中帶著她表演飄逸的華爾滋、曼妙的狐步、神秘而性感的拉丁探戈，讓她在眾人面前出盡風頭。而且他身高一八一公分，陵玲站在他身邊，彷彿像小鳥依人。知道她愛時髦穿戴，總能託人從巴黎買到最新潮衣物首飾做為禮物。另外，什麼情人節，生日之類，總設方想法給她來個驚喜，為她施展渾身解數，經營年輕女孩喜愛的浪漫情懷。玫瑰花巧克力蛋糕等等不斷。總之，年輕而愛慕虛榮的陵玲，就那樣被輕易征服。前男

友秦虹文的樸實、穩重、好學不倦，完全被她忘得一乾二淨，甚至認為那代表著無趣無味和無聊。

　　廖家人在陵玲堅決下嫁的態度下，只得表示支持和祝福，並為兩人舉辦了十分風光的婚禮。但李懷淡一旦成為廖家女婿後，在公司裡行為變得十分囂張，言詞倨傲粗暴。對人官腔十足，常常瞞上欺下，以公司少東自居。在公司裡那副嘴臉，變得非常醜惡，讓人感到不齒。因此公司同仁對他既懼且恨。他的種種乖謬行為，漸漸傳到阿爸耳裡。還沒有來得及對他採取措施，就聽到更糟糕的謠言和同仁們的竊竊私語。說他在外面有相好女人。

　　「這讓我們做父母的非常尷尬！」

　　「有什麼辦法警告他嗎？！」

　　「警告根本沒有用！」

　　「難道他當初追求姐姐是別有用心？。」

　　「現在看來確是如此。」

　　「實在太讓人生氣了。」

　　「唉！真是家門不幸！……」

　　「我們能做點什麼嗎？」

　　「你們獨立自主。我很高興。不過，我還是希望你們回去看看。」

　　「我們會回去看看。阿爸，你放心。」

「兒子，」阿爸語重心長地緩緩道來：「你阿爸漸漸老了，經營管理有些力不從心了，你如果能加入公司業務，我就比較放心了！」

「阿爸放心，我們把一些事情料理一下，會回去的。」

「那最好。現在陵玲堅決要和他立即離婚……。李懷淡心機很深，我已經看透他的心思。正處處防範他。」

「……。」陵申點頭認同。

「現在妳姐姐要和他立刻離婚，他要趁機敲詐一筆錢財……。」

「這樣卑鄙？」

「哎，這種事多得是。你們還太年輕，太單純。」

「……！」

「我這把年紀，也不是好欺負的。」

「破財消災，阿爸，勸姐姐速戰速決，免得大家痛苦。」

「說得輕鬆，你知道他獅子大開口，價碼是多少嗎？」

「多少？」

「七位數！」

「七位數？太貪心了吧？」

「反正沒那麼簡單，有公司律師和他磨。陵玲已經搬回家。只是感情上……。」

送走阿爸以後，陵申和柳丹感慨良多。陵申這才意識到

為什麼阿母對於門當戶對這樣強調。廖家的大女婿竟是如此用盡心機。而且阿爸説，這個李懷淡祖籍安徽。當年追陵玲的時候，自吹自擂，安徽省的名人幾乎都和他李家關係密切。知道李鴻章嗎？我家是他家近親……。知道胡適之嗎？和他們家是小同鄉。知道吳健雄嗎？……。這樣多名人光環，在眼前不停閃耀，讓幼稚的陵玲仰慕不已……。難怪阿母當年那樣反對他娶柳丹為妻，原來是「一遭被蛇咬，十年怕井繩」。陵申對阿爸説，今日他和柳丹的情況完全不同，他們相愛是真。而且婚前，柳丹完全不知他的家庭背景。柳丹來自一個知識份子家庭，努力向上，識書知禮，兩椿婚姻根本不能同日而語。

「我完全同意。你們是真正的兩情相悅。」阿爸的語氣透著無限諒解。

「謝謝爸爸理解！」柳丹情不自禁地握住阿爸的溫暖大手。

「阿爸萬歲！」陵申對阿爸喜笑著舉杯。

「萬歲……。」小玫玫也快樂地重覆著陵申的語言。

4.

陵申全家回到島內，已是一九九〇年代中期。台灣錢淹腳目的日子漸漸式微，所謂亞洲四小龍的稱號對台灣已有些名不符實。大陸由國家扶持的大型企業正猛趕直追，許多新興中小型企業以廉價勞動力，發展著國際市場，學會了以商展形式

連結國際市場。如每年在廣州舉辦的「廣交會」便吸引了眾多
國外商家，每年直接訂購貨源。於是價廉物美貨物，大批銷售
北美市場。而台灣的勞動力成本增加，面對大陸，競爭力逐年
減退。而島內主政人卻本末倒置，不僅不扶持鼓勵企業商家繼
續往大陸發展，還設置種種障礙條例，阻止商家往大陸發揮潛
力。明明知道往一些貧困落後島國前進，毫無利潤前途可言，
卻鼓勵商家前往。這種種黑白顛倒的措施，令台灣的經濟成長
率越來越低，市場日益蕭條萎縮，競爭力排名遠遠落在亞洲其
他國家之後，令私人企業家唯有搖頭嘆息而已。

　　廖家的公司也因此受到影響，業務發展受到很大衝擊。陵
申阿母因為獨生子全家歸來，雖對所娶媳婦仍感失望，但卻決
定要在眾親友面前大事鋪張慶祝，補辦宴席。席開五十桌，邀
請賓客五百人。柳丹的父親那時剛剛去世，柳丹的母親本不習
慣應酬，何況是在守喪期間，決定不出席。阿母為此感到很不
爽，認為這個外省親家不識抬舉。其實那時，陵申的父親身體
狀況也露出警性，心臟機能欠佳，血壓血脂血糖三樣指數都已
偏高。業務也不順心。阿母要為兒子歸來鋪張，他沒有反對，
一切由她處理。賓客們都盡情向阿母阿嬤阿爸祝賀，對於兩位
海歸第二代，也是恭維有加。多年來阿母在眾人面前揚眉吐氣
的心願，總算獲得一絲滿足。

　　雖如此，散席以後，阿母仍感一肚子悶氣。原本看準了

的黃家小姐已嫁入盧家，那晚和夫婿盧萬富一同參加陵申的婚宴。黃家小姐著意把渾身上下包裹在名牌裡。腳踏三寸高跟鞋，走起路來顯得阿娜多姿。只是站在夫婿旁邊，兩人顯得有些不夠般配。主要盧家少東個頭不高，卻有著中年人的肥胖，尤其小腹突出，聽說染有許多不良習慣。比如喜歡酗酒，喜歡賭錢。那晚在婚宴上就喝得暈呼呼，口不擇言，高聲喧嘩等等。兩人走來向新人敬酒，盧家少東已經有不少杯下肚，說話就顯得有些輕佻。

「恭喜二位！果然比較新潮！」

「……。」

「畢竟留學生，聽說你們孩子都有兩個了！」

柳丹覺得這話有些莫名其妙，但只禮貌的輕輕點頭，舉杯示意。

「是的，沒錯。我們是有兩個孩子了。」陵申接腔。

「不是新婚嗎？哈哈，該不是先斬後奏吧？」

「……。」

黃家小姐拉扯丈夫衣袖，示意他不要口無遮攔。但他卻來了勁頭，繼續撒野。

「你看人家多有效率，我們都結婚三年了，什麼消息都沒有……其實也應該來個先斬後奏。」

一時間黃家小姐顯得十分尷尬，臉色變得非常難看。

「其實，也就是先上車，後補票……哈哈哈……。」

「你怎麼說話呢？你可不可以正經一點？」

黃家小姐對丈夫發話道。臉色十分難看。

「好了，好了……。」珠光寶氣的黃家阿母坐在隔壁一桌，站起來趕到主桌打圓場。

「你給我回去，又喝多了，胡亂開玩笑。」黃夫人對著女婿半規勸半命令。

「沒關係，盧家少東喜歡開玩笑……。」廖家阿母說。

一面憤恨兒子當年不聽話，否則……。今日，黃家的企業依然順風順水，企業越做越大，規模遠遠超過廖家。黃家和目前當政人關係密切，有親人在股市操盤，內線消息靈通，往往比其他投資人先掌握情況，不僅在企業上風生水起，在股市上也總能大大撈他一筆。因此黃家在商場上越發顯得財勢雄厚，在同行裡氣勢拙拙逼人，令阿母又羨慕又妒忌，只恨自己兒子沒福氣沒眼光。

「阿母，玩笑不是這樣開的！」陵申繃著臉對阿母說。

一時間氣氛十分難堪。

「我們該回去了，兩個孩子太小，我不放心。」柳丹對陵申提議。

柳丹對於這場婆婆導演的婚宴本就覺得勉強，既然有這種低素質的賓客出言不遜，乾脆不予理會。陵申對於這樣的場合

也不耐煩。既如此，同意走人。

「好吧！我們先回去了。各位盡興！」

那時，由於陵申父親身體不適，婚宴時只出面應酬一下，阿嬤因年紀老邁，也提前回家休養。一家人只有阿母一人興致勃勃，如今眼看兒子如此順著媳婦行事，不由怒氣沖天，看著這小家碧玉的媳婦，竟然可以左右自己的寶貝兒子，對她越看越不順眼。廖家阿母對著柳丹怒目而視，高聲阻止。

「這是你們的婚宴，不可以如此無禮！你們要送完賓客才可以離開！」

坐在主桌之一的柳廉，算是女方主婚人，此時站起來，也對妹妹和妹夫說。

「親家母說得對，你們要送完賓客以後，才能回家，這是禮貌。」

一面對妹妹示意，要她坐下來。

一場紛爭總算平息。但婆媳之間的間隙因此格外擴大。柳丹雖然坐下，卻毫無心思應酬，眉頭深鎖，完全沒有新嫁娘的喜樂。賓客們也都紛紛提前離席而去。一場婚宴很快草草結束。廖家阿母一陣心酸，原以為扶養多年長大成人的獨生子，將是自己今後可以依賴可以信託的繼承人，眼見這一切轉眼之間就化為烏有。氣憤不已，難過得幾乎落下淚來。

5.

十多年很快過去。陵申沒有繼承父業。那年代美國克林頓總統上台，經濟狀況急劇好轉，股市如虹，不僅還清國債，國庫還有盈餘。華爾街牛氣沖天，陵申在華爾街的金融市場遊盈有餘，在台灣居留一段時間後，決定回美國發展。搬到長島郊區定居，購買高級住宅，那兒學區好，附近華人大多背景相似，有共同語言，生活背景經歷類似，成長期間擁有許多共同記憶。因此，雖在異鄉異地，卻沒有絲毫飄泊的感觸。柳廉前些年已在同一社區購屋定居，過著典型華人高級知識份子的生活。而在此出生的第二代，已全融入當地生活。兒女們都在當地學區讀書成長。

柳廉的家離柳丹很近，一雙女兒，年齡和妹夫的兩孩子相近，是童年生活最好的同伴。柳廉的母親跟他們生活在一起，當年即是中學音樂老師，如今在兒子家，最初開始教孫輩們彈琴，星期假日，便抽空去法拉盛逛逛街，吃吃小館，兩家人有時同行，其樂無窮。附近華人見柳媽媽既是專業音樂老師，為人親和，便把自己孩子送來啟蒙，學彈鋼琴。柳老師的教學既親切又認真，收費低廉，一時間成為當地最受歡迎的人物之一。

至於陵申的家庭，阿爸爸八年前去世，之前便因為業務經營有些困難，大陸類似企業崛起，而陳懷淡這個前女婿，由

於離婚時沒有獲得所勒索到所企盼的金錢補償，記恨在心。被迫離開廖家企業以後，便設方想法進入對手公司，以他多年來累積的經驗，處處在業務經營上和廖家企業作對，使用各種詭計，讓廖家企業蒙受巨大損失。阿爸健康狀況惡化，漸漸有心無力，最後決定，去世前便把業務轉讓給人，這樣至少可以保住部份資金，讓家人後半生衣食無虞。

阿爸走後，陵玲和阿母很快感到人走茶涼的現實情景。商場上的應酬場合很少再見到這對母女，阿母當年熱衷的社交生活，更顯出人情冷漠。當年所謂的閨蜜，不再約她打牌、逛街、茶會等等，親密的閨中密友很少再見到。於是，兩年後母女決定移民美國，在陵申家附近，車距約二十分鐘。她們選擇居住在一棟公寓大樓裡，一則購價較為低廉，再則一應維護房屋院落等等雜事全部有人管理，是最適宜母女居住的社區。一個傍晚，陵玲從附近健身房回來，半途汽車車胎忽然漏氣，勉強行走一段，前胎實在漏得厲害，很難前行，只有停在路邊。正猶豫著不知如何處理，遇到一個好心路人，那人緩緩停下車來，需要幫忙嗎？仔細一看，原來是健身房教練之一，約瑟夫，啊，路遇熟人，非常高興。

教練約瑟夫停下車來查看，原來是汽車前輪胎左邊扎進了一隻大鐵釘。約瑟夫很熟練地替她把車廂內的備胎取出來，用螺絲鼎把車頂上去，在路邊把備胎換好，叮嚀她明天必需去車

行把車胎修補好，換回來，備胎只能暫時使用等等。讓陵玲感謝不已。次日在健身房再遇約瑟夫，對他昨晚的即時相助感謝不已，告訴他說，自己還沒有時間去車行。他即刻用手機和一家車行預約時間，下班後陪她去附近車行更換正式新胎。待一切完成，已是黃昏時刻。陵玲表示感謝，提議請他去附近餐館晚餐。約瑟夫說愛吃中餐。於是陵玲帶他去附近一家以廣東海鮮聞名的中餐館。

這家廣東餐館以乾煎龍利魚和蔥薑龍蝦聞名，另有一些具粵菜特色的佳饌，算是本地較高檔的中餐館。裝飾設備有中國傳統特色，卻融合了歐美的現代風格與亮麗，是款待賓客的理想場所。不遠處是海灣，也許因為不是週末的關係，食客不多，進門不遠處有小型酒吧，有幾個熟客坐在吧前默默喝酒。此外，整個大廳氣氛相當寧靜。他們選了靠海灣較近的座位坐下，持者為約瑟夫送來他點的威士忌加冰塊，陵玲平時沒有喝酒的習慣，為應景，也點了一杯「老傳統」。

他們既然同屬一家健身房，平時有不少同去健身的同好。約瑟夫在這兒當教練已有不少年，對於這家健身房的來龍去脈知道得非常清楚，對於一些長期會員的種種，也如數家珍，談起許多會員們的八卦和趣事，讓陵玲聽得非常開心。那晚直到餐館打烊，兩人才驚覺一個晚上竟如此匆匆而去，恍惚間，陵玲對約瑟夫竟有些覺得相見恨晚。

　　阿母和陵玲靠依親移民到美國來，轉眼間已經好幾年，阿母對柳丹始終沒法除去最初對她的偏見，「命硬」「剋夫」的咒詛始終在阿母心底作怪。對親家母更是「話不投機半句多」。母女住得離陵申雖不算遠，彼此相聚的時間並不多。陵申偶爾帶兩個孩子來看望阿母，最後多半是聽阿母數落陵申不孝，龐大的基業後繼無人……。陵申最初還和阿母爭辯，後來發現阿母只願意自說自話，便不作聲，由她發牢騷。陵申在華爾街金融市場工作，火紅的市場，讓所有投身其中的專業人員都忙得馬不停蹄，做為分析師，有時一週工作六十小時，回家後就只想睡大覺，所以母子見面的時間越來越少。

　　柳丹對於孩子們的課業和學校活動都全心投入。除了自己的一兒一女，週末還順便照顧哥哥家的兩個姪女課外活動。柳廉的妻子曉秋終於通過考試，成為這家知名公司人壽保險公司的精算師，工作非常繁忙。柳丹決定只在醫院做兼職護士長，只在上午輪班，下午三時孩子們回家，柳丹可以悉心照顧。為讓孩子們學中文，又全力支持當地中文學校，週末大多時候在學校做義務幹事，對於學校的課外活動也積極參與。至於這個對她持有深深偏見的婆婆，大都敬而遠之。永遠抱著保持距離，以策安全的態度處之。偶爾做一兩個婆婆愛吃的台式佳餚送去，阿母也只淡淡的謝謝她，彼此沒有更多話題。柳丹這樣做也算是盡做媳婦的義務，如此而已。

　　陵玲和約瑟夫好了以後，最擔心的是阿母。當年女兒和大她十二歲的陳懷淡結婚，她就已經很不贊成，竭力反對，結果果然如她所料，導致難以彌補的傷害。而今，離婚十多年的陵玲，如果遇見合適的人選，再婚是做母親應當高興的事。當年女兒嫁外省人，已經夠糾結的，而今竟是一個美國白人，年齡也比女兒大八九歲，離過婚，有一個十多歲的兒子跟前妻生活。約瑟夫每月需付前妻瞻養費若干。因此常常寅吃卯糧，每逢月底，就感到捉襟見肘，卻又無可奈何。

　　「他有固定收入嗎？」阿母非常擔憂。

　　「他是長島健身房的教練！當然有固定收入。」

　　「但我怎麼聽陵申說，教練是靠所收會員多寡決定收入的，好像是抽頭，如果會員不夠多……。」

　　「阿母，阿爸留給我們的錢，足夠我們用的，一輩子都用不完……。」

　　「你可不能這樣說，我們目前的生活，是靠每個月的紅利收入。那是陵申會經營。萬一股市下跌，有什麼差錯，你我就會成為無家可歸的遊民……。」

　　「好了，阿母。你到底是不是希望女兒有個家？還是孤獨生活一輩子？」

　　「當然希望你遇到一個好人。」

　　「約瑟夫是個好人！」

「我怎麼總覺得他有些怪怪的。」

「你根本不懂英文，他不懂中文，怎麼才能讓你明白他對我的感情？」

「好吧，好吧，只要你喜歡就好！」

話已至此，阿母只有不再多加干涉。陵玲再婚以後，僅僅一個月，約瑟夫第一件事就是要求單獨和陵玲居住，而不願意和阿母同居一個公寓。這在美國似乎是十分合理的事。什麼？阿母當然非常憤怒，這是什麼話？他要反客為主？這公寓是我老公留下的錢買的，和他這個老外沒有任何關係。他憑什麼這樣要求？首先要女兒反對這樣的提議。柳丹對約瑟夫說了許多理由。不能讓母親搬離。

「這就是我們中國人說的，喧賓奪主！不可以這樣！」

「是嗎？可是我沒法忍受家中多一雙眼睛！實在不行，那我搬出去住。」

「你，你，你這是威脅我！」

「不是，這是現實。」

「……。」

阿母很快感覺得問題十分嚴重，約瑟夫對她擺一付冰冷的面孔，連禮貌的招呼都很勉強。冷戰繼續著，一直僵持，表示「有她無我」，完全不能妥協。最後陵玲只有把陵申找來談判。雖然柳丹和陵申都表示歡迎阿母搬來同住，但阿母多年

來，既然對柳丹和親家母心存芥蒂，現在要搬往兒子家同住，似乎難以調整心態。一生風光得意的自己⋯⋯，遙想當年在台北是多麼的不可一世，周圍的人誰不對自己彎腰低頭，奉承不已？而今⋯⋯。在此晚年時刻，竟要向媳婦低頭。是可忍孰不可忍？

繁花落盡，終歸塵土。在他們居住的城市，有一家養老福利院。由基督教團體經營，屬於非營利機構。環境優美，陵申和陵玲兩人先去參觀，接待人員友善周到，帶他們參觀所有設備，有餐廳、室內游泳池、有活動大廳、健身器材、圖書館等等。此地住戶共分三個層次。首先是年老卻能自主的住戶，可以自由行動，或兩臥一廳，或一臥一廳，供三餐，有定點定時班車，或購物或就醫。有清潔工每週清理，另有醫護人員。並有各種定期活動。另一層次是，無法完全自主，比如走路需用走步機幫助，但神智清醒，只需定時由醫護人員照顧者。最後的層次是，完全無法自主，患有健忘症，心智障礙重症者。必需住入特定區域，隨時隨地由醫護人員照顧。不同層次，所付費用也不同。

兩人看完之後，覺得這也許是阿母最合適的晚年歸屬之處。回家和阿母商量，是否可以去福利院試試？這當然令阿母痛哭流涕，責備這兩個不孝兒女，全都是白眼狼，有了媳婦忘了娘。陵玲也是一樣，有了男人忘了娘。我就看不出這叫約瑟

夫的外國男人，有什麼值得妳丟下老娘不管的地方。阿母在家哭鬧一陣，最後敵不過約瑟夫的冷戰。陵玲向阿母求助。阿母雖萬分不寧願，也只好搬入老人福利院。

繳納了為數不少的入院頭款，辦理了各種手續，阿母搬入了福利院。最大的問題是語言不通，養老院裡居住的幾乎全是美國當地老人，阿母沒法找到可以說話的人。其次是對西式飲食非常不慣，喝了冷牛奶或吃了乳酪會瀉肚。院內所住住戶全是「外國人」，完全沒有社交生活。陵玲和柳丹偶爾會分別抽空帶些中國食物來，比如叉燒包、蛋撻、餛飩、春捲之類。但老太太見了她們就有說不盡的委屈。想當年在台灣，自己是何等風光？家大業大，說話辦事那樣不是我說了算？當年，誰不對我彎腰低頭，奉承不已……。而今……。連個說話的人都沒有。孫輩也在假期抽空跟隨陵申來看望，因為自幼沒有一起生活，祖孫之間竟隔著一座座大山，何況語言不通，難以交流。久而久之，孫輩總找各種理由不去福利院看望。

僅一年多的時間，悲劇終於發生了。白天對於療養院的食物不滿，好幾天沒有進食。渾身覺得軟綿綿，夜裡起身太急，狠狠跌了一跤。護理人員黎明時發覺後，立即用救護車送到醫院，並即時通知家人。但老人家見到子女時，已神智迷糊，臥床一週後便逝去。臨走似乎仍有著萬分委屈在心頭。

6.

　　陵玲和約瑟夫結婚後才漸漸發覺，果如陵申當年所説，約瑟夫的收入並不固定，除基本微薄薪水外，收入確是依靠佣金，個人所收會員愈多，佣金越高。而他離婚後必須付給前妻的贍養費卻不可或缺。因為只要過期付費，立即會收到法院傳票。在健身房的微博薪水會被扣押，往往寅吃卯糧。陵玲見他如此狼狽，便忍不住拿出錢來替他付帳。最初，約瑟夫心存感激，會説些感激萬分的話。但久而久之，陵玲替他付前妻的贍養費似乎成了例行公事。只要她猶豫片刻，不即時替他付贍養費，約瑟夫就和她冷戰，或是好幾天不和她説話，或是深夜才回家，害她擔驚受怕。

　　陵玲忍不住終於把事情原委告訴陵申。陵申氣得直搖頭，請來一位律師朋友，並即時開了家庭會議。大家七嘴八舌為陵玲的遭遇抱不平。最後律師發言，他説，本州法律規定，男女離婚後，只要一方再婚，一方就可以停止付贍養費，約瑟夫兒子已經十八歲，所以男方沒有替孩子繼續付費的義務。但對於前妻，卻必需查明。於是商量結果，決定僱用此地一家私家偵探去收集證據，查看明白。結果發現，原來約瑟夫前妻早已有親密男友，並且同居經年。但他們沒有辦理結婚登記，這分明是約瑟夫前妻早已明白此條法律。她只享受同居樂趣，卻不結

婚，因此男方約瑟夫必須繼續付費。

　　約瑟夫從第一次在健身房見到陵玲，就知道她是富家千金。因為，首先她開的車是當年新上市最貴的高檔奔馳，而穿著妝扮均屬高檔，無論首飾、皮包、耳環、項鍊、鞋襪等等，全搭配得十分妥貼，處處顯得雍容華貴。這樣的婦人，必然非富則貴。所以他時時對她用心觀察。果然發現，她所光顧的商店，所出入的場所，所進出的餐館等等……，全屬高消費去處。輪胎的鐵釘，是他籌劃的結果。這一切當然都不是陵玲所能預見到的。只是，兩人結婚前，阿母把屬於自己部分的財產，通知陵申，讓律師立遺囑，分給了兩個孫輩，阿母說她絕對不相信外國人。而婚後的一切財產均屬夫妻共同擁有。陵玲陷入這樣的困境，感到萬分遺憾，非常後悔當初沒有聽從阿母勸告。如果離婚，財產損失至少一半。來美國後，陵玲沒有任何謀生技能，也毫無這樣的準備，總覺得阿爸留下的財產可以用之不盡。唉！

　　那天，玫玫獲得了耶魯大學入學通知書。全家人非常高興，幾天來，一直為這樣的喜訊歡天喜地。陵玲也為這個傑出的姪女感到萬分驕傲。為彌補過去多年來對柳丹的冷淡以及對孩子們的漠不關心，決定即時採取彌補行動。首先在附近知名餐館邀請全家人一起慶祝。而後，從皮包裡拿出一張事先寫好的支票，六位數，當即交給玫玫，算是賀禮。

全家人都覺得非常開心，當然也感謝陵玲的豐厚贈與。當場約瑟夫的臉色就很難看，只喃喃自語：「這個姑媽真慷慨！」

回到家之後，約瑟夫板著臉說：

「你對玫玫這樣大方，以後還有他弟弟，還有……」

「別忘了這是我阿爸給我留下的錢，我願意給誰就給誰……。」

「以前也許，現在這錢是我們倆人的……。以後，你用錢必需有我同意！」

「你說什麼？」

「我說你以後用錢必需經我同意！否則還得了！你大方得離譜，你這是撒錢！」

「我願意，你管不著！」

「以後妳試試看，我還非管不可。」

「你，你憑什麼？」

「憑我是你丈夫。」

「你……簡直不可理喻！」

「是嗎？妳真是天下最愚蠢的女人！」

「你，你，你說誰？」

「說妳，真蠢！蠢女人！」

約瑟夫冷冷地笑笑，一臉輕視。陵玲忍無可忍，一巴掌朝

約瑟夫臉上抽來。沒有打著，反被約瑟夫一把抓住她的右手，順勢扭轉她的手臂，痛得她眼淚直流。

「離婚！」陵玲大聲喊著。

「正好！我求之不得。愈快愈好。」

「你這個偽君子，無賴！」

陵申的律師朋友仔細研究了陵玲的案件。覺得女方有資產，平分太吃虧。但陵玲說一天也沒法忍受這樣的無賴。自從大吵一架後，約瑟夫常常夜不歸宿，有時在酒館喝得酩酊大醉，倒在地上，被警察送回來。有時在按摩店裡和足療小姐調笑……久久不歸。即使回來，也總是酒氣沖天。總之，露出他最低劣的一面。陵玲停止替他付前妻的瞻養費，法院的傳票在信箱裡堆積了好些張。

陵玲為自己的愚昧無知感到痛心疾首。她終於明白，自己之所以陷入了如此僵局，完全是咎由自取。禁不住記起當年陳懷淡的種種劣行，情況完全如出一徹。原來這兩個男人所愛的都是她的錢，其實是阿爸的錢。不是她！她忍不住痛哭流涕。當年那樣毫不留情地拋棄了大學時的純情初戀，嫌他不夠高，不夠帥，嫌他木訥，不會甜言蜜語……。毫不珍惜秦虹文那懇切誠摯的專注用情……。永遠記得那個寒流來襲的夜晚，他孤零零地站在女生宿舍門前，苦苦等候自己，夜深了，卻眼見自己依偎在陳懷淡胸前，對他冷冷地看了一眼，沒有絲毫歉意。

而他那絕望痛苦的面容，默默地悄悄離去，多年來那身影難以從她面前消逝……。她是那樣膚淺幼稚，她毫無知人之明。目前的狀況是她罪有應得。而今，阿爸已經不在，如果阿母在天有知，還不知道會氣憤成什麼樣子。整整一夜，她輾轉難眠，對於目前狀況，她必須做個了斷。

第二天，她穿戴整齊，和陵申那位律師朋友約好，一同到阿母生前居住的療養院，和院長密談良久。幾週後，她簽了字，把百分之五十的財產，捐給慈善療養院。她必須重新調整生活方式，決定去社區學院選幾門課，她當年就喜歡畫畫，何不追求自己的興趣？她同時決定去療養院做義工。人生苦短，是該覺醒的時候了。

離婚的時候，約瑟夫拿到了有限的半部財產。恨得他咬牙切齒。他本來還想索取贍養費，經過陵玲律師的警告，並向對方律師出示證明，如今陵玲的資產已經只夠支持一個普通人的日常生活，她是一個沒有固定收入的中年婦女，憑什麼付他贍養費？這終於打消了他貪圖額外收入的企圖。陵玲這另一段短暫的婚姻終於草草落幕。

為興趣，她在附近社區學院選修了一門「繪畫101」。為今後生計，她也選修了「初級電腦」及「網路圖案設計」。生活頓時比當年充實了許多。三個月過去，她漸漸適應了這嶄新的生活方式。一天，她在校園「學生活動中心」餐廳午餐，等

待下午三時的課。一位同時選修電腦課的同學，對她說：

「下午學生活動中心有人來演講，我要去聽，你要不要去？」

「什麼題目？」

「好像是《現代藥物與健康》！」

「好吧！跟你一起去聽聽也好。反正沒事。」

樓上活動中心大廳大約有五百座位，陵玲和同學進去，已經座無虛席。她們只有分別找個空位坐下。開講前，本校副校長先介紹演講嘉賓：

「這位是來自賓州大學的秦虹文教授，」是他？陵玲有些懷疑。她不相信會是他，校長的中文說得有些黃腔走板，一定是自己的幻想。校長在繼續……。

「多年來秦教授有許多專業論文發表，是賓州大學的傑出講座教授……。今天是我們的榮幸，能請到秦教授在百忙中，來本校和大家分享他多年來的傑出成就……。」

秦虹文教授？坐在後排的陵玲懷疑自己的耳朵？會是他？是當年……？果然，在人們熱烈的掌聲中，秦教授謙虛地走到講台前，步履穩健，面帶微笑，緩緩在講台開講。雖相隔將近四分之一個世紀，是他！真是他！不太高的身架，金邊鏡框後是一雙雷射般閃亮的眼睛。全身透露出濃郁的書卷氣。深色西裝筆挺，展現出學者專家的翩翩風度。真的是他！開講了，說

話緩慢，字句之間卻帶有深度及權威。舉手投足散發著儒雅的謙謙君子風貌，瀰漫著專家特具的自信風采。啊，這竟真是許多年前的秦虹文？講台上的大螢幕，展現出不同圖表、圖片、數據、醫藥……。台下不時響起熱烈的掌聲！二十多年不見，被她棄之如敝屣的初戀男友，今日已是學有所成的學者專家，三十年風水輪流轉，啊，而自己……。

　　演講結束的時候，許多聽眾起立鼓掌，顯然這是一場很受歡迎的演講。人們也許從中獲得了寶貴知識與滋養。她卻什麼也沒有聽到。她悄悄站起來，匆匆從人叢中快步離去。她似乎明白了，樸質平淡，慢慢朝前一步步追尋自己的人生目標，才是真正的幸福。她曾經一度輕視過這一切，如今總算漸漸明白了其中的奧妙。風悄悄地掃過髮際，暮春的校園充滿朝氣，她快步走向電腦大樓，《圖案設計》課即將開始了。

原載《世界日報》小說版
2017年5月1日於拉斯維加斯近郊

千禧輪上

1.

千禧輪！一座豪華燦亮的海上宮殿！隨著嶄新世紀而命名，這是它第一次出入地中海。旅客們像踏入虛幻夢境，塵世煩惱早被忘個乾淨。十萬多噸的載重，千禧輪裝載了兩千多遊客和一千多服務人員，像一個小小王國，緩緩滑行在地中海上。地中海，承載了多少千年的歷史文明。康斯坦丁堡、木馬屠城、十字軍東征、希臘古城、亞歷山大港、巴塞羅納、羅馬帝國……。

經過將近三週的相處，原本有些雖相識卻陌生的人們，漸漸相識。原有的愛情故事褪色，取代的是另一個版本。搭乘這段旅程的中國遊客多半從大紐約區出發。三十多個團員裡，有的同屬一個卡拉OK歌唱團，有的同屬某個麻將俱樂部，有的是某個專業人士團體，有的是校友，也有零星散戶被拉來湊數。據主辦人謝甜甜說，這樣的團體票可以享受幾乎三分之一的折扣。被拉來的散戶大約有六七人，其中錢小芸便是一個，另外，王勉是另一個，他本是謝甜甜的遠親，算是表妹夫，但

表妹已經去世五年，王勉一直單身。謝甜甜便張羅著為他製造第二春。她拉來祝春梅為他作伴，祝春梅是法律專科，個性強，在圈子裡是有名的砲手，得理不饒人，有一段失敗的婚姻。

　　人們說祝春梅是女強人。聽說她當年在法學院愛上了一個同系高三年的韓國同學，這人生得一表人才，一口東北官話說得流利動聽，許多思維方式似乎和祝春梅相似。祝春梅覺得尋得了理想終身伴侶，短暫的激情令他們立即閃婚。沒想到，這人保存了高麗棒子、男人至上的性格。婚後不久這樣的性格顯現無遺。戀愛時溫柔體貼甜言蜜語令人陶醉，但婚後不久，獨斷獨行的行事作風漸漸顯露出來，凡事不僅他說了算，而且非常專斷。祝春梅既是法律專科，對於許多決定也不會輕易妥協，常會據理力爭。生活瑣碎本是讓一步海闊天空，但在這個家庭裡卻難以妥協，有時兩人為雞毛蒜皮竟會動手……。

　　加上婆家家人完全生活在封建社會的枷鎖之中，兩人凡有爭執，必然要媳婦低頭認錯……而媳婦的工作薪水需交給婆婆處理……。有一次在爭執中，婆婆也參與進來，祝春梅在憤怒中推了婆婆一把，婆婆竟然跌倒，導致腿部粉碎性骨折，除即刻就醫外，婆婆執意提告媳婦惡意傷害……。以致祝春梅被拘禁警局三天，後來還是謝甜甜為她付款具保才能回家。經久而耗神的法律程序傷人至深。這樣的日子拖拖拉拉持續了兩年多，終於在婆婆勝訴而媳婦賠款下結束。這樣千瘡百孔的婚姻

只剩下離婚一途。兩人最後同意離婚。從此諸祝春梅對於男人有一種莫名的排斥，這次因為謝甜甜的再三勸說，終於答應參加這次的郵輪之旅。至於是否要做為某人的女伴，心中並沒有接納謝甜甜的建議，只暗暗決定一切等待觀察。

被謝甜甜的拉來的錢小芸，曾有過一段刻骨銘心的愛情，原以為今後這樣甜蜜的的日子將持續至永恆，未曾料到隨著時日的流逝，一切竟幻滅成泡影。熱戀期間她未曾意識到她的前夫許旭竟如此看重世間名利，婚後四年，許旭在他那小小的律師圈裡已稍露頭角，平時所得已足夠溫飽。有一天，律師事務所來了一個中年女客戶，神情舉止處處帶著暴發戶痕跡，言談間毫不掩飾顯現她的世故與多金。她在曼哈頓經營房地產數年，累積了不少財富，買進賣出有許多法律條款需專業律師處理。她對原先僱用的律師不滿，她需要代理她公司的專業律師。經人推薦並短暫諮詢不久之後，她決定把商業上的案件全交給許旭，並果斷的迅速簽約。她記得那晚許旭回家後，高興得手舞足蹈，告訴她，從今以後，他有了最強大最具實力的靠山客戶，錢小芸也跟著他一起歡天喜地的慶祝，當晚去當地一家高檔法國餐館，點點黯淡浪漫的燭光中，他們舉杯互相祝賀，菜式中還點了一道美味多汁的蝸牛，那是一個難以忘懷的美麗夜晚。

漸漸，身價上億的寡居貴婦，對許旭非常依賴，除了要許

旭做為她的法律專業顧問，平時許多零星瑣事也會電話邀約不停。一個週末，說是一件小事需許旭親自前往她家處理，他非常興奮地趕到她家，他那晚回家已經夜深，渾身散發著濃濃酒氣。後來錢小芸才知道，其實是請許旭去她那裝飾豪華氣魄的曼哈頓公寓玩麻將。那只是引他上鉤的第一步，此後週末貴婦對許旭的邀約不斷，總以諮詢案件為由，終於從小小的華人圈子裡輾轉傳來閒言碎語，錢小芸才明白了貴婦的真正意圖。這樣的日子大約繼續進行了一年多，許旭，她的前夫，經不住萬貫財富的誘惑，終於成了今生今世的陳世美。原本一樁美好的婚姻，曾幾何時完全變得骯髒、醜陋、不堪一提。她和許旭終於分道揚鑣。雖已是多年前的往事，思想起來，仍似冰雪覆蓋全身，感到寒冷戰慄不已。

終究，她逐漸習慣獨來獨往的生活方式。那天午後，千禧輪滑過愛琴海朝著地中海南端緩緩駛去。錢小芸獨自坐在「繁星」玻璃露天歌廳的皮製半圓沙發裡，那是千禧輪的第十二層，最高，望著伊斯坦丁的碼頭，燈火點點，海港漸漸遠去。伊斯坦丁堡！「疏影橫斜水清淺，暗香浮動月黃昏。」一邊是亞洲，一邊是歐洲。這神秘而古老的文明古都，原以為只是遙遙而抽象的歷史與地理名詞，而這幾天卻活生生的呈現在自己的眼前，匍伏在自己的腳下。

錢小芸這次決定單身出來透透氣。做為時裝設計師，她

竟日裡埋頭經營，都多少年過去了，如今積攢的小小財富，看來今生今世怕是用不完了。「繁星」是她上船後偶然發現的地方，她愛來這兒獨自小坐。這兒只有晚上九時以後才有人來唱歌，平時安靜得像圖書館。她帶著那本漢密爾頓的「希臘神話」，慢慢吞嚥。平時很難抽出時間細讀，她喜歡這些神話故事，尤其醉心於神與神間的愛恨情仇，神與神世代延綿的糾纏紛爭。這些故事具備了複雜而濃郁的人間煙火，他們妒忌、貪婪、自私、殘酷……。也正是這些重重矛盾令故事特別動人，特別反應了複雜多變的人性。對著緩緩移動的海浪，遠處海港漸漸沒落在朦朧的夜色中。這是地中海初夏的黃昏。雅座的玻璃小桌上，有她喜愛的藍山黑咖啡，四處無人，那情調帶給她的是一份無限美好。

這次同來旅遊的中國團裡，王勉應是她認識但卻陌生的朋友。也許不能算是朋友，只是在大紐約華人圈裡知道這個人。是這樣嗎？當年在台北Ｔ大讀大一那年，他們建築系舉辦畢業舞會，曾有室友的哥哥，輾轉邀請她們幾個女孩參加過。那已經是多少年前的往事了？相信王勉完全不記得這事。本來，那都是一群青澀而舉止靦腆的女孩，在陰暗朦朧的燈光下，面貌模糊不清，言談舉止扭捏作態……，而且那麼多四處拉來的陌生人，他應當不會記得，她也不會提起。一路上王勉對古老的歷史景點拍照，往往落到旅遊隊伍後面很遠，她自己也常因錄

影脫隊，便跟定他，這樣不至於獨自迷途。她注意到在伊斯坦丁堡共同旅遊的幾天裡，王勉身邊也似乎有個女伴，但兩人之間似乎又不那樣契合……。有人說那是謝甜甜為他介紹的女友……。

那天，他們在伊斯坦丁堡遊藍瓷宮殿，那是回教蘇丹阿默一世所建，整個宮殿全以藍色彩瓷鑲嵌，正殿裡有二百六十扇大窗，將整座宮殿照得亮騰騰光溱溱。這兒另有內宮殿外宮殿，優雅精緻。宮殿尖塔高縱入雲。那氣勢的雄偉傲岸，建築物的龐大完整，實在沒法不令人感到自身的渺小與微不足道。王勉一面攝影，一面和同遊人感嘆著古文明的奇蹟與偉大。從建築學的觀點來說，王勉似乎有許多獨到的見解。許多人圍著他，聽他解說。這時，祝春梅對他的解說卻持有異議，對他的解說有些不以為然，後來卻也沒有足夠專業知識做有力反駁，只聳聳肩表示不以為意。那舉動讓錢小芸感到困惑，也許，學法律的人都愛較勁？也許這正是祝春梅在爭取他的注意？

後來大家需要用美元換土耳其幣，各人去不同銀行或金融窗口兌換，匯率略有高低。換完後，大家討論各自換錢的經驗。那時每一美元可換土耳其幣一百二十餘萬，王勉換得稍稍少一點，被祝春梅拿來說事，好像說曾告訴他有一家金融對換所匯率更高，稍遠一點，他卻不聽……。王勉只淡淡地笑笑，不置可否。

後來大家去「大賣場」尋寶，那真是一個非常古老卻有趣的地方，像天方夜譚，大賣場又大又神秘，古香古色，據說已經有上千年的歷史，大賣場裡面有許多羊腸小道，彎彎曲曲，稍不留神，就會迷路。裡面有三四千家攤販，五光十色，所出售的種種貨色琳瑯滿目。導遊在前面高高舉著團隊號碼的黑色旗幟，後面由王勉殿後，因為他個頭高，又愛攝影，錢小芸便緊跟著他，不怕迷路。大家尋尋覓覓，停停走走，她購買了一條琥珀項鍊搭配了琥珀胸針，半透明蜂蜜式寶石裡面有昆蟲的標本，據說琥珀裡的昆蟲標本越多越珍貴，也別具風采。另外買了幾條純絲絲巾，是百分百的純絲製，握在手裡暖而柔軟，產地是土耳其專產蠶絲製品的「薄紗」小鎮。於是人們紛紛議論起來，這不是漢代文成公主的功勞嗎？她在所戴的霞冠裡暗藏了蠶卵，以至於抽絲剝繭，而成了綾羅綢緞。哪邊卻有人說應當是王昭君的功勞……。總之，各人都在顯現各自對中國歷史的認知。

午餐的時候，分成許多小組，幾天來，刀削薄牛肉片捲餅的土耳其餐，讓這些中國胃渴望嚐嚐中餐。於是在大街小巷尋尋覓覓，他們終於在一個街角找到了一家中國餐館。餐館很小，餐館的女主來自中國，對這批上門的遊客非常巴結，除了送茶送熱毛巾，還送給每人一把檀香扇。餐館裡沒有冷氣，對於置身熱浪侵襲的遊客而言，這小小禮物真的是及時雨。人們

拿起檀香扇輕輕搧著，輕風帶著微微的檀香氣息，讓人感到清涼。人們紛紛感謝女店家的熱情及細心，大家拿起檀香扇搧個不停，隨意選擇了幾道家常菜：豆乾肉絲、蒜香大蝦、紅燒排骨、乾煸四季豆……。在船上好久沒吃中國菜了，雖然這兒大廚的手藝馬馬虎虎，大家也覺得非常過癮，對老闆娘稱讚不已。

付帳的時候，由王勉負責向大家收錢付帳。祝春梅說，其中有一道菜味道不對，嚐了一口後退了回去，這道菜應當扣錢免付。王勉像是沒有聽見她的建議，照單全付，對於這樣的反應，祝春梅非常生氣，幾乎要把帳單從他的手裡搶過來。這時有團員打圓場說，這樣小的餐館，經營起來不容易，看在老闆娘這樣巴結的樣子上，就別那樣計較了，檀香扇買起來也是要錢的。王勉沒有作聲，只淡淡的笑笑。對於王勉這樣的表情，祝春梅格外不高興。臨行時，老闆娘遞給大家一張海報，說是轉彎一條街上有一家土耳其人開的夜總會，很具當地風味，價廉物美，晚上不妨去看看。

這家號稱夜總會的餐館，很像美國小酒館，除了供應晚餐，另有酒吧賣酒。特色是有當地舞孃表演肚皮舞。有三位舞孃穿插表演。她們身上裹著鮮艷亮麗的半透明衣衫，頭上戴著叮叮噹噹鮮艷奪目的頭飾，手臂上更是串串的項鍊手鐲戒指，琳瑯滿目。肚皮是裸露的，卻顯現出她們十分健美的身材，她們隨著柔美的樂曲扭動，不時穿插在餐桌與餐桌之間，與顧客

互動不已。情調別具的阿拉伯情調在空中盤旋飛舞，賞心悅
目。晚餐在歌舞昇平中進行著。突然：

「高……山青……澗……水藍……阿里山的姑娘……美如
水……啊，阿里山的少年……壯如山……啊啊啊啊啊啊……啊
啊啊啊啊啊啊！」哇，多親切感人的鄉音，啊，啊，大家全體
大聲跟著唱起來。舞孃跟著節拍在舞動……。這是在校園裡聯
歡嗎？青春的氣息在空中盤旋著。

又突然，空氣裡響起另一段音符。

「在那遙遠的地方，……有位好姑娘……人們走過她的
身旁，都要回頭留戀地張望……她那粉紅的笑臉，好像紅太
陽……我願變一隻小羊，跟在她身旁……」。大家唱得更熱烈
更投入了。人們霎那間似乎回到了那早已逝去的青春歲月，忘
情的唱著。

而後，空氣裡響起另一段熟悉悅耳的歌聲。

「達阪城的姑娘辮子長，兩隻眼睛真漂亮……你要是嫁人
不要嫁給別人……一定要嫁給我……」

大家敞開喉嚨，盡情大聲的唱著。在橫跨歐亞大陸兩洲的
土耳其，一個陌生的小小酒館裡，大家竟開了一場熟悉而美麗
的鄉音演唱會。啊！啊！

那晚，回到旅館，大家談論著這天各自不一樣的經驗。那
邊，精明幹練的謝甜甜卻有些懊惱。怎麼啦？唉，真是不說也

罷，她和另三個團員要求導遊單獨帶她們去買皮貨：皮夾克、
皮大衣、皮靴、皮手套……，因為聽說土耳其的皮貨價廉物
美。這要求被導遊拒絕了。導遊說他是帶大家參觀土耳其伊斯
坦堡的特色，不是負責購買商品的，如果那樣，妳們還不如參
加購物團……。最後導遊給了他們指引，讓她們單獨行動，說
明後果自負。她們決定搭計程車前去，誰知，在擁擠不堪的商
業鬧區，謝甜甜的小錢包遺失了，但不能確定是否被偷走，當
時人潮洶湧，商業鬧市擁擠不堪，人們摩肩接踵，誰知這錢包
是怎樣弄丟的，因此沒法報案……。好在小錢包裡的現款不是
太多。這大約便是所謂的「聰明反被聰明誤」？

2.

　　這時，王勉在大廳面向伊斯坦堡的角落，專心用他那零件
多、而裝備繁重的高端照相機，對著漸行漸遠的海港攝取各樣
特寫鏡頭。王勉業餘作品也曾在不同雜誌上得過一二等獎，對
於文明古國的土耳其，他覺得是一個非常值得拍攝的地方。這
次旅遊，謝甜甜雖動用了不少功夫，努力說服，其實他後來說
他不需要說服，早就決定要來瞻仰這世界古文明發源地之一。
不知不覺間，祝春梅也來到大廳王勉身邊，好像給他的攝影提
供意見。沒有多久，其實轉瞬間，祝春梅卻又轉身離開，口中
不知說些什麼，踏著她那兩寸高跟鞋，登登登地往大廳門口

走去。

「哎呀，我們正在二缺二，原來你們躲在這裡！」

謝甜甜身材高挑，幹練事故，多年來做為骨科醫生夫人，養成了居高臨下的架勢。這次組團出來，更格外顯現了她的魅力和組織能力。只是謝醫生臨行前，微感風寒，血壓飆升，為安全起見，沒有同行。

「從這個角度照遠景最理想！」王勉一面收拾照相機，一面對謝甜甜說。

「現在天已經黑了，明天再照吧！」

「確實太黑了，也好，聽妳的。」

「這才像話。祝春梅又不知道跑到哪裡去了，是不是你又得罪了她？」

王勉不置可否，只專心收拾自己的工具。

「這小姐實在很難伺候……不說了。」

謝甜甜為了晚上可以玩麻將，竭力邀請錢小芸加入。說了很多恭維的話，王勉也查看了今晚郵輪上的節目，似乎沒有什麼精彩演出節目，於是也跟著謝甜甜說服她。他們原本是和祝春梅約好今晚一起玩麻將，誰知她不知為了什麼小事，賭氣離開了。錢小芸答應了謝甜甜，但說明，這是替代祝春梅，只要她回來，就立即讓位。當然，當然！

麻將間在第四層樓，和電腦間及小型會議室相連，牆壁是

光亮華貴的核桃心木，優雅貴氣。壁燈散發著溫暖的氛圍。這兒共有八張方桌，上面鋪著綠色絨布，每張桌子配置了四把舒適的皮椅。室內已經有兩桌開始玩牌。靠窗的一桌已經有位團員坐在一邊等候，他是謝醫生的朋友，對進來的三人微笑點頭示意。

「看，我請來了兩位高手！」謝甜甜對那位團員得意的說。

「有本事，佩服！」

錢小芸和這些人輾轉有些認識，但平時沒有來往。自幾年前因為前夫攀上高枝，她下堂求去以後，就格外和大家疏遠起來，避免人們的閒言碎語，自己過得清閒自在。王勉如今是大紐約區華人圈子裡的單身貴族。王勉的妻子比他小五歲，是藝術系高材生，生活方式和個人氣質都很具品味，畫作和攝影創作在小小藝術圈子裡也被許多朋友認可。家裡的裝飾擺設都別具特色，典雅高貴。兩人在一起是典型的神仙眷屬，被大家羨慕。可惜她天不假年，四十多歲就患乳癌而逝。難怪王勉對逝去的妻子念念不忘，五年來保持單身。必然是「曾經滄海難為水，除卻巫山不是雲」。人生尋獲一個知己何等困難，何況曾尋獲的是人生伴侶，得而復失……。元稹喪失年輕知己髮妻的痛，雖是千年前的往事，內心深處的悲痛卻和今日的心情定是毫無差異。

錢小芸那晚牌打得順手，不停的胡牌。一會兒是對對胡，

一會兒是混帶么，一會兒又是大平胡自摸……。她自己對這樣好的手氣也感到奇怪。只是平時很少打牌，當年婚姻失敗，前夫一度沉迷於麻將牌，終究落入那中年女人圈套裡，也是原因之一。那晚王勉的牌卻打得亂七八糟，不僅不胡牌，還莫名其妙的放了她很多砲，他似乎有些心不在焉，那晚直至夜晚一時牌局才散。謝甜甜小贏，笑著對三人說：

「看來我們棋逢對手，有機會要再較量較量。」

「好哇。」兩位男士都禮貌地回答。錢小芸沒有作聲，只禮貌地笑笑。

回到艙房，錢小芸攬鏡自照。鏡中顯現的是個中年女人。也許因為個頭嬌小，看起來比實際年齡年輕許多。那晚她穿的是件黑絲洋裝，大圓領，上面披了一件鏤空網狀黑絲披肩。渾圓的肩臂從網間隱隱約約露出來，十分嫵媚也十分性感。兩粒翡翠耳環，搭配同色翡翠葫蘆項鍊，加上手腕處的翡翠手鐲，在搓牌出牌的剎那輕輕搖曳擺動，無意間似乎為她增添了不少風姿。那是母親當年留給她的嫁妝之一，歲月催人老。鏡中的自己和當年相較，似未曾老去多少，倒是平添了幾許人生閱歷。

3.

次日清晨電話把她吵醒，原來已經七時正。匆匆梳洗完畢，換上一套天藍色運動裝，頭上戴一頂同色遮陽草帽，背著大背

包，趕到九樓餐廳準備吃早餐。放眼望去，整個餐廳只稀稀落落有五六個旅客，和平時的熱鬧擁擠完全無法相比，怎麼了？

「你大概沒有時間坐下吃早餐了！」

王勉不知從何處走來，顯然已經吃完早餐，全身裝備整齊，準備上岸。她趕緊喝了一杯果汁，王勉在默默等候她。原來今天是上岸的日子。

「大家都在碼頭等車，早班車已經出發了。」

錢小芸後悔昨夜熬夜，差點誤了今日行程。一面暗暗感謝王勉的細心。船的出口在四樓，像迷宮，她雖走了許多次，卻常常迷路。今天遊輪無法靠岸，因為港口海水較淺，遊輪必需在深水處拋錨，乘客需分批乘坐水上小艇到達碼頭。小艇在海水中飛馳，掀起白色翻滾海浪，倒也別具情趣，約十分鐘到達碼頭。王勉帶著錢小芸匆匆上岸，他們這團的旅遊車已生火待發。

今天要去的地方是土耳其的庫沙達西，又名鳥島和周邊的古城。這兒本是一個沉睡的小島，但這兒依岸而建，地勢起伏，下臨海灣，海灣內碧海銀波。這裡的海水碧藍，陽光璀璨，風景綺麗，是郵輪公司地中海的重要停靠港口。離這兒僅三十公里，有半島國家公園，不僅景色優美，還有珍稀的野生動物和鳥類。離這兒二十公里就是著名的以佛所古城，在「聖經」新約中出現過的地名，如今是世界上保存最大的希臘羅馬

古城。這兒曾經是羅馬帝國五大城市之一，在古希臘和羅馬時代曾經繁榮盛極一時。

車開半小時來到古城遺址，雖是殘垣斷壁，卻到處可以見到古文明的豐富遺跡。那寬闊的石板路，沿著石板路邊殘存的建築，不禁引人遐思。那邊，深深庭院留下的石磨，恰恰印證了古麵包烘烤店的遺址。這邊，那石雕腳印十分明顯，留存在妓院進門處的大石上。啊，這說明了那遠古時代接待尋芳客的習俗。圖書館前的巍峨圓柱，炫耀著知識的尊貴。更妙的是，一排排青石板下是深深的溝，原來那曾是公共廁所，那樣遠古的年代便有了沖水馬桶的構思及設備！

這種種跡象全說明了這個城市，早在三千年前就已是文明昌盛，社會秩序發達的所在。這兒曾車水馬龍，富商顯貴聚集，他們建廟拜神，傳播各種宗教信仰。這兒殘存的阿天米斯教堂，被尊為古代世界七大奇蹟之一，目前雖只剩下一根粗壯的參天石柱，它卻彷彿直直插入天際，令人無法不感到它的威儀。

中午到達這兒的一座小山，滿山滿谷都是綠油油的桑樹。這兒的桑樹林再度引起這群中國遊客的濃厚興趣，都相信中古時代，遠遠來自中國和番的公主們，偷偷把蠶繭藏在高高的髮髻裡，從此為這兒帶來了絲綢綾羅。

小山頂上有一座古堡式的餐廳，全用花崗石建成，有上百年的歷史了吧？外面是爬滿了藤蘿的木架，下面放了一排排

原木長桌，桌上有沙拉、葡萄酒、麵包、牛肉丸、羊乳酪、水果……。原來是招待這批旅客的午餐。人們吃得十分盡興。不遠處有一條小狗，瘦得皮包骨，兩隻碩大的眼睛癡癡地望著桌上的食物，人們用零星的麵包和肉圓餵它……。

早半小時前出發的旅遊團已吃完午餐。謝甜甜和祝春梅都屬早班車，他們此時正集合，要往庫沙達西的陶瓷廠參觀，買！買！買！這是謝甜甜和許多女士們的最愛。臨行，謝甜甜不忘笑咪咪地問錢小芸，今晨是不是睡過頭了？是我提醒王勉去餐廳找你的。不然，錯過了這個景點多可惜？錢小芸只有十分誠懇地向她道謝。原來在九樓餐廳和王勉的相遇，不是巧合。那邊祝春梅大聲招呼著本團人馬去古堡餐廳前面集合照相。也許是錢小芸過於敏感，只感到祝春梅斜視她的眼光裡浮現著一絲輕微敵意。

4.

郵輪緩緩停靠在這小小海島的碼頭上。這天要去的地方是塞普路斯（Cyprus），這是地中海南端第四大島。導遊是一位中年婦人，旅遊車十分老舊，在搖晃不已的車廂內，她拿著麥克風，對旅客們講述著這個島上王國的苦難歷史故事。她是希臘人，信仰的是希臘正教。她說這是島上百分八十多人們的信仰，他們驕傲的繼承了希臘千百年的歷史文明。她們是塞普路

斯共和國的子民，她們過的是民主自由的生活。她說，可悲的是，自1974年以來，由於政變，土耳其出兵，佔領了北部，北塞普魯士土耳其共和國成立。至今島上有百分之二十的人是回教徒，由土耳其控制。雖然沒有得到聯合國的認可，卻一直由土耳其佔領，說到痛心處，悲憤不已。

　　旅遊車開到一座城牆前停住。看到那城牆上的士兵嗎？他們在巡邏，那是分割南北兩地的守護者，導遊說起此事時恨得咬牙切齒。車停在南北分界線之南，讓旅客們拍照。真是沒有料想到，德國柏林圍牆倒塌以來，世界上還有另一道因宗教信仰迥異，因政治制度不同而畫地為牢的另一道高牆。導遊帶大家參觀了一個當地的博物館，說真話，看過了伊斯坦堡的宮殿和建築，這兒的博物館實在無物可看。

　　下午導遊帶大家上丘陵上的農莊，說那兒有很多手工藝品。一路上黃土遍野，灰塵飛揚。山丘上幾乎沒有什麼生命的跡象。偶爾在某戶人家門前發現一棵檸檬樹，結著特大號檸檬，綠油油的，大家就會鼓掌喝采。這是個非常貧瘠的地方。遊覽車爬到山頂，山丘上零落地散置著一些小屋，屋前靜坐著一些老婦，多半穿著黑色大袍，低首在白棉紗布上刺繡。太陽毒辣辣地斜斜曬著。看不到兒童或壯年男子，真仿佛進入了義大利當年的寫實電影裡，這兒的生活是如此嚴酷，鏡頭是如此逼真無情。小店裡有些手工藝品出售：絲質女衫、塗金絲黑瓷

盤、神話故事妝點的瓷花瓶……。

　　必然被這兒的荒涼貧瘠感動了吧，大家都紛紛購買了小店裡陳列的紀念品，雖然這些紀念品不具特色，製作不夠精細。那邊小店門前角落，王勉遞給一個老婦十美元，謝謝她允許他對著她攝取鏡頭。回到郵輪，大家對於今日所見大多默默無言，貧瘠落後，令人沉默。

　　次晨，郵輪準時在埃及的亞歷山大海港靠岸。埃及歡迎旅客的場面十分盛大，碼頭出口處鋪著大紅地毯，空氣裡飛燿著歡樂的舞曲。交響樂團團員們的白色制服和各樣樂器，在清晨的陽光下閃閃發光。裹著阿拉伯白紗莎蕊的埃及小姐們，向每位女性旅客殷勤地獻上一隻深紅玫瑰。行走在紅色地毯上，迎面吹著地中海微風，手中持著一隻美麗的玫瑰，啊，這片刻令人沉醉。王勉在前後左右奔走著，顯然不能讓如此魅力四射的景象不攝入鏡頭裡。

　　亞歷山大海港，是公元前三百年亞歷山大大帝所建，被稱為「地中海之珠」，是個充滿歷史古蹟的古都。埃及艷后及安東尼大將的浪漫愛情故事飄灑在海港的空氣裡。可惜行程不允許大家在此徘徊。停車場上是一輛剛出廠一個月的豪華遊覽車。導遊是一位英語流利的現代埃及女子，她穿著白色西式套裝，看來精明幹練。埃及在她詼諧幽默的介紹中，充滿資訊。她說我們必須即刻趕往吉沙，那是金字塔所在地，如能九時以

前趕到最為理想，既涼爽又避免擁擠。

　　汽車前座坐著一位彪形大漢，黑色西裝，手機在握，是我們的安保人員。遊覽車後緊跟著一輛機動軍車，上有許多保安隊員。經過公路收費站時，竟赫然見到兩側架著自動旋轉機關槍。近些年來，外國遊客在埃及各旅遊勝地多次被極端分子槍殺，或引爆炸彈，或開槍射擊，種種恐怖襲擊影響旅遊業至深，讓埃及政府顯然再也不敢掉以輕心。

　　從亞歷山大開往開羅的公路平坦開闊，沿途綠意盎然。穿過開羅市往南駛向吉沙鎮時，即刻進入荒漠，兩側黃土飛揚。也許僅僅一小時車程，竟已到達吉沙鎮。轉瞬間，三座金字塔縱立在大家面前。儘管世上有無數關於金字塔的描述與傳說，然而站立在這樣的荒郊野外，眼見縱立著這樣傲岸宏偉，氣勢萬千的龐然巨塔，這份激動恰如千軍萬馬奔騰胸際。啊！三千年前，這樣宏偉壯觀的金字塔是怎樣建成的？

　　導遊在解說，奴隸，可悲的奴隸，把巨大的石塊從阿拉伯山區搬運到尼羅河邊，再運到目的地。日以繼夜的操作，至少十年，十萬奴隸……。再一個十年，動用三十萬苦力……。這樣一座金字塔才能完成……。這三座金字塔中原有不少寶藏，現在已是空空如也。導遊說，整個埃及原有一百多個金字塔，但不少已經風化，漸成廢墟。離這三座金字塔不遠處，站立著人面獅身石雕，幾千年來護衛著那三座金字塔，不離不棄。

　　黑瘦的中年男子驅趕著駱駝過來了，兜售著讓遊客體驗騎駱駝的樂趣。許多小販也趕來來販賣紀念品，大都是貧苦的男孩和老人。蘆葦紙上印製了古埃及的神話故事，彩色斑斕，故事淒美浪漫。有個男孩手裡拿著大把笛子，醬紅色笛子油光滑亮，向遊客兜售，一美元一根。那迫切的眼神令人記起小三峽撿鵝卵石的男孩們，他們在淺灘和石塊之間穿梭跳躍，向旅客們兜售手中的鵝卵石……。而今，許多年過去，如今中國已自貧困衰弱中異軍突起，擺脫了昔日的貧困，這些小三峽的孩子們該不復出現了吧？也許都已成為了社會中堅？

　　從開羅回到亞歷山大海港，天色昏暗，經過公路收費口，兩側的機關槍又增加了幾座。夜色中也許殺害旅客的暴徒會更難預防？一路上機動吉普車上的衛士一直跟隨著我們，即使進入市區，仍然不離不棄。市區裡但見處處是攤販人群。多想在這充滿歷史古蹟的海港停留幾日啊。瞻仰一下妖豔的克利奧帕特拉艷后的昔日皇宮，看看安東尼將軍當年的神采……。

　　碼頭上燈火點點，各樣的埃及特產：以艷后為圖案的絲質絲巾、披肩、成串的金絲手鐲、戒指、大串耳環、各樣以金字塔為主題的紀念品。遊客們紛紛留戀地尋找著自己喜愛的東西。碼頭上燈火輝煌，亞歷山大海港的海水浮泛起美麗的燈光……。千禧輪預訂夜晚十一時開船離開，遊客們在這最後兩小時，正紛紛盡力多撿拾些屬於埃及的記憶。

　　錢小芸再度佇立在十一樓大廳的玻璃窗前，遠望著海港漸離漸遠。不遠處王勉正收拾起他那繁複而專業的攝影器材，一面緩緩朝她走來，去四樓咖啡廳喝杯咖啡吧，明天郵輪整天在海上行駛，不上岸，可以不必早起。兩人經過露天游泳池的時候，彷彿看到祝春梅正躺在熱水池中泡水，一面和同池泡水的遊客們興高采烈的談論著什麼。埃及，這古老而神秘的國度，原蘊藏著多麼燦爛而豐富的歷史光環。

5.

　　王勉回到自己艙房已是凌晨二時，看到門上掛著一隻大信封，打開一看，是這次旅遊團員名單，另有一張便條，草草寥寥幾個字：

　　「我兒遭嚴重車禍，需立即返美。這是此次旅遊團名單，不過諸事大都井然有序，如有需要請幫忙代勞。謝謝。謝甜甜留字。」

　　嚇了一跳。團員們他不太熟悉，不過這次旅遊已接近尾聲，團員們多半是專業人士，見多識廣，處事常識豐富，相信不會有太多需要他處理的事……。沖洗完畢，他合上眼矇矇矓矓睡去，睡夢中禁不住出現公路上車禍頻發的惱人畫面……。次日沒有旅遊景點，大多數旅客都起的較晚。到達九樓自助餐廳，客滿為患，尋尋覓覓，終於在角落找到一張圓桌，圍坐著

的都是自己團的幾位團員，正七嘴八舌的談論著，見他來即刻招呼他入座，原來大家都已經知道謝甜甜兒子的事。

謝家在當地有些名氣，一則因為謝醫生在當地行醫多年，二則是他們有一個叫謝昊的兒子，許多年來在當地鬧出好幾場桃色糾紛，當地小報曾加油添醋的報導過。聽說這次是因為他的第三次婚姻發生矛盾，正在糾纏不清的階段。第三任妻子發現並抓住他婚外出軌，而對方竟是自己的閨蜜之一，非常憤怒，趁他開車載閨蜜去某處約會時，被她雇來的私家偵探發現跟蹤，即時通知了第三任。第三任立即用手機騷擾並威脅謝昊，說是已聯絡本地某小報記者跟蹤。這通威脅電話使謝昊心神慌亂，誤闖紅燈而發生了嚴重車禍。

謝甜甜緊急從開羅搭機飛往美國東岸，要為兒子處理這一團糟的臭事。謝醫生原本血壓就高，此事令他血壓即刻飆升至危險邊緣，除了對不肖兒子震怒以外，也沒法替他處理善後，他對兒子說得最多的話就是自作自受。而謝甜甜疼愛兒子，多年來兒子但凡惹了禍，她總有辦法替他解決。也許正因為媽媽的寵愛有加，養成了兒子驕縱橫蠻，對人對事都毫無責任感？

那晚，郵輪節目主持人湯米安排了一場「旅客才藝表演大賽」。由旅客報名參加，讓當晚旅客觀眾評分，得獎者可獲郵輪免費遊加勒比海一週。許多人對此都感到非常高興，磨拳擦掌，躍躍欲試。中國團裡本就有卡拉OK團員，有的團員歌喉

修養很夠水準，也有社交舞的佼佼者。總之，凡稍具才藝的朋友都打算爭取免費遊玩加勒比海的大獎。

湯米是加拿大籍，三十多歲，是郵輪上的節目主持人，十分英俊，個頭高挺，言語風趣，是節目主持能手，許多平常話到他的口裡說出來就讓人笑個不停。女遊客中好多人對他迷個半死。晚上十一時節目才開始，整整一個白天，他見人就叫大家今晚加油，雖然表演的旅客是少數，但參賽的氣氛卻被他炒作出來。晚上，十時三十分左右，容納兩千多旅客的環形劇場便已客滿。

夜晚十一時，劇場舞台絲絨帷幕展開，湯米穿著黑色燕尾大禮服，說了一串風趣幽默的開場白後，旅客才藝表演開始。第一位是來自俄亥俄州的朋友，表演鋼琴獨奏，一首舒伯特的小夜曲，陪著螢幕上點點繁星，讓聽眾沉浸在靜謐的夜色裡。而後是波士頓來的一對夫妻，裝扮成海軍水手，表演了一場踢踏舞，踢踢踏踏，踏踏踢踢，簡捷的韻律，令人覺得神清氣爽，得到不少掌聲。緊跟著是來自維加斯的業餘歌手，他專門模仿不同歌星唱歌，一會兒是富蘭克辛納屈、一會兒是吉米戴維斯、轉眼之間又成了貓王……。贏得全體觀眾熱烈掌聲。後來有來自紐約的一對情侶表演熱情的拉丁舞，其中，女主角口中含著一隻紅玫瑰，男主角手中舞著一方紅圍巾，似鬥牛卻又似調情，悠揚的探戈舞曲令人著迷。節目在湯米的說笑聲中熱

烈進行著。

而後，湯米說，午夜到來，大家注意，一場動人心弦的舞蹈即將登上舞台，請大家張開即將入睡的眼睛，盯緊舞台。震耳欲聾的音樂排山倒海而來：「Bad boy, Bad boy……」，出場的是一個壞蛋模樣男子，頭戴禮帽、手拿拐杖、一副黑色墨鏡、緊身白色西裝，外罩一件皮大衣，踏著音樂節拍舞動著雙腿，抖動著全身，一付玩世不恭的模樣出場。兩旁伴隨著兩個妖冶豔麗的女伴，三人環繞著整個舞台且跳且舞……。觀眾們的熱情被挑動起來，有的吹口哨，有的大聲叫好。三人跳著舞著，在觀眾熱烈掌聲中，男舞者開始在舞台上脫衣……。首先手杖被丟得老遠，而後脫皮大衣、短夾克、禮帽、西裝外套、白色襯衫……。誇張的假動作配合著快旋律，全場跟著呼嘯騷動起來……。「脫！脫！脫！」人們重複喊著，觀眾們起哄要他們繼續舞動下去……。絲絨帷幕降下再度開啟，所有才藝表演人員到場，向台下觀眾致意，熱烈掌聲響起，一次又一次。

湯米上台，大聲宣布比賽節目到此結束，明天宣布獲獎團隊。下面更精彩的節目是：十一樓露天游泳池旁今夜準備了非常豐富的宵夜，泳池旁的流理台上準備了許多美食：上海春捲、羅馬披薩、紐約牛排、巴黎麵包、東京素喜、西班牙火腿、義大利香腸、楊州蛋炒飯、四川涼麵……。更多的是各色水果、飲料。酒？酒也免費？抱歉，酒需要去吧台自己掏腰包

購買。人們嘟囔著，歡笑著，離開劇院，紛紛往十一樓露天游泳池走去。人叢中，王勉找到了錢小芸，電梯前擠滿了人，兩人決定同往十一樓步行上去。

露天游泳池旁在夜幕下，已妝點成童話故事中的夢幻世界。各色各樣的美食，在彩色繽紛的燈光下，展現著各自的魅力。啊！王勉的攝影機再度忙個不停。這是郵輪公司費盡心思安排的最後告別儀式之一，再過兩天，就是這次旅程的終點。泳池旁有一個小小的舞池，不知何時起，帶點兒世紀末的迪斯可，換成了優美的慢華爾滋，王勉找到了在一旁欣賞冰雕的錢小芸，兩人十分默契地在舞池中慢慢旋轉。剛才的喧囂消失，璀亮的燈光黯淡，濃重華麗的音符在夜空裡飄蕩，舞伴們的舞步纏裹住絲絲浪漫與纏綿。王勉似乎在這次遠航的郵輪上找到了女伴。夜已深，舞會已經結束，他們到四樓徹夜開放的咖啡俱樂部入座，對著地中海暗暗的海水，她對他講著希臘的神話故事，他聽得十分入神，讓她講得格外起勁起來。

6.

巴塞羅納是一個美麗的海港，地中海的海風吹在身上帶著醉醺醺的葡萄酒意。對面不遠處是美麗半山，水面泛起點點白帆，好一個浪漫的渡假港都。想當年，三毛不就是在這兒遇見了她的荷西？接待大家的是一位上了年紀的比爾先生，他右手

拿一根拐杖，左手腋下夾了一個黑色公事包，說話緩慢且具權
威，他不像導遊，到像一位教授。似乎不太把遊客放在眼裡。
從他的言談舉止可以覺察，他有股文化人所獨具的驕傲。對於
旅客毫無章法的問話很少置理。他只按自己的節拍，慢慢對待
旅客。後來才知道他當年在西班牙一家很大的報社做特派員，
後來成為專欄作家，見多識廣，現在剛剛退休，空閒時替旅行
社做兼職導遊。他對於一般遊客的無知、膚淺不太耐煩，如果
安靜的聽他講解，內容不但充實而且幽默有趣，是一流的導遊
人才。

　　從千禧輪下來的大紐約華人團，許多人有不同的行程，或
是在巴塞羅納停留一段時間，或是即刻回美國東岸，或去歐洲
其他城市旅遊，總之，千禧輪的旅程到此為止。祝春梅也決定
回美，說是律師事務所有突發案件待辦，王勉和錢小雲決定
留下。

　　巴塞羅納在西班牙的東北角，和法國邊界相隔一百英里。
上千年的歷史文明斑斑駁駁，處處顯現著盎然古意。市街顯
得凌亂擁擠，現代與傳統似乎緊緊糾纏在一起。也許正因為如
此，巴塞羅納市容別具風趣，令人覺得奇特、溫馨、親切。

　　舊區裡的街道狹窄彎曲，鋪著鵝卵石。小巧的月牙門後藏
著許多戶人家，從偶爾斜開的門後，可以看到庭院裡的盆栽和
美麗的花草。有幾條大街，大樓緊緊密集，許多樓頂上建有鐘

樓，鐘樓的裝飾別出心裁。有的雕塑了插翅天使、有的是猙獰
面目的守護神、有的是聖經中的一段故事、有的是中古時代的
古堡……。總之，幾乎每一個古老的鐘樓，都講述了一段傳說。

　　軟波拉大街是巴塞羅納最具魅力的一條大街，從海港直
通大街。多的是梧桐樹、是鮮花、是情趣別具的各種特色小
店。比爾說，軟波拉大街是巴塞羅納的驕傲，是巴黎的香麝麗
麝大道，是北京的王府井大街，是東京的銀座，是紐約的四十
二街……。如果來到巴塞羅納而不去軟波拉大街，是旅客們莫
大的損失。於是，大家漫步在軟波拉大街。那天是星期五，雖
是清晨，週末的氣氛已經在空氣裡播散。大街上已經到處是人
群。各樣的大小店舖，鮮花異草，手工藝品……。顏色瑰麗的
絲巾，印著皮加索的抽象圖案，在空中渲染成一幅幅色彩奇異
的旗幟，為大街增添了濃濃的懷舊氣息。比爾給大家自由閒逛
的機會，以三小時為限。

　　錢小雲和比爾一同坐在濃密的梧桐樹下的石凳上。他談
起當年在西班牙及歐洲流行的一本暢銷書「軟波拉大街的女
人」。是他一個親密的朋友所寫，裡面多得是街頭賣花女和出
賣青春儷人的淒艷美麗動人故事，這本書被翻譯成許多語言，
在「紐約時報」的暢銷書排行榜上也曾流行過一段時間。可
嘆，原作者思想激進，和當年當政者弗朗哥大元帥的思想背道
而馳，那是西班牙近代史上一段黑暗時期，朋友被捕並關入監

牢，三年後被槍決。許多悲劇就那樣無可奈何的發生了。比爾搖搖頭說，罷了，還是談談巴塞羅納一流大師們的趣事吧。畢加索、米羅、達里、高狄⋯⋯。

畢加索的畫廊坐落在舊區，入口在一個彎曲狹窄的巷子裡，青石鋪地，黑漆大門，完全是古老宅邸模樣。畢加索早期的兩千件作品以及晚期的代表作，大都陳列在這棟二層樓裡。二樓走廊兩側掛滿早期作品。初期的作品大都形象清新，和一般初學繪畫的朋友毫無區別。從一端走到另一端，畫面就開始了變化。形象開始模糊，開始扭曲，開始變形，那幅「哭泣的女人」完全是一副分裂的幾何圖形，據說那是他妻子生氣時他體會到的模樣，也許就那樣，畢加索開始使用心靈而不是使用眼睛作畫，終於開創了抽象畫的廣闊天地。

地下室還有很多成人畫，當時正在整理編排之中，目前不對外公開。這些畫當年不登大雅之堂，如今卻已成西班牙國寶。博物館的書店很吸引人，出售畢加索名畫的複製品，也有許多關於他生平事蹟的書籍和畫冊，更多的是印著畢加索抽象畫的絲巾。一個世界成名的大畫家為如今日漸沒落的西班牙，帶來了前所未有的財富，滋養著無數西班牙百姓，不得不令人感慨。

第二天，比爾帶大家來到巴塞羅納一座怪異而奇特的教堂，西班牙名字是La Sagrada Familia，比爾說這是巴塞羅納的重

要地標之一，它象徵著一個大天才高狄的非凡創作。它不像教堂，倒像童話中的碉堡。高躥入雲的四座尖塔，象徵著耶穌的十二個門徒，由十多座稍矮的尖塔把它層層環繞在內。這座尖塔遠在1882年由高狄開始承建，直到四十四年以後，那是1926年高狄被汽車撞死為止，教堂一直在建造中，一直沒有完工。難怪，半空中還高置著雲梯和鋼鐵鷹架，施工仍在進行當中。

　　遊客可以從正門進入，有小電梯可以乘坐，每次乘客不可以超過十五人。塔內有大理石建造的樓梯，彎曲狹窄，每次僅容一人蜿蜒而上。沿著樓梯有許多小窗，陽光可以照射進來，迴然異於古代教堂的陰森幽暗。遊客們可以選擇怎樣到達頂層。大多數中國團遊客都選擇搭乘電梯，開電梯的是個中國小伙子，會說標準的普通話。驚喜之餘，問他可知三毛的事，他說知道。啊！太好了連忙繼續發問，但他說只知道巴塞羅納有位中國女作家，名叫三毛，其他便一概不知。原來他是在西班牙出生的第三代，只會說不會讀中文。那麼，三毛和荷西遺留在西班牙的浪漫愛情故事，在巴塞羅納竟是永遠的失傳了？

　　巴塞羅納是個閒散熱情的海港，滿大街的閒人。地中海的暖風，把整個城市浸泡在懶洋洋的現世享樂中。夜晚，街頭多得是閒散的遊人。小吃店燈火通明，街頭藝人彈琴賣唱，活人扮演的雕像，在暗夜裡對行人擠眉弄眼，令人驚喜不已，吉普賽女人招攬著過往行人，要替人們算命看相，驅兇化吉。賣花

女拿著鮮花向遊客兜售⋯⋯。

　　王勉和錢小雲漫步在街頭，在大街角落看到一家餐館，門前有帥氣小哥用紅酒招攬遊客，倆人拗不過小哥的殷勤招呼，於是決定入內用餐。餐館內部很深，彎曲有致，食客眾多，看來這餐館遠具盛名。招呼他們的持應生也是帥哥，是暑假打工的大學生。在他的建議下，他們先品嚐了西班牙火腿片夾微烤焦香的薄麵包片，真的是口舌生香，不愧為西班牙盛名遠播的火腿。那是從火腿架上師傅用薄刀一片片從整隻火腿一片片批下來的，火腿片薄如蟬翼，半透明，厚薄均勻。而後在帥哥再度的建議下，他們點了鮮嫩生蠔，烤乳豬，白灼蝦，鰻魚海鮮燴飯以及紅酒。餐廳裡有歌手彈著吉他，唱著抒情歌曲，浪漫的氣氛在空氣裡播散著⋯⋯。

　　王勉和錢小雲緩緩舉杯對飲著，一杯又一杯。王勉朦朧中似乎見到了她，那個離他遠去五年來未曾再見的她，她舉杯在對他微微淺笑，恍惚中似乎在對他說著什麼！她竟然回來了？他伸手要緊緊抱住她，五年，多麼漫長的五年，妳知道我多麼寂寞嗎？啊，不，那不是她，是錢小雲，你醉了，喝口冰水吧，醒醒酒。

　　「林花謝了春紅，太匆匆！」回到紐約已經四個多月，年終是個節日瀰漫在空氣裡的季節，金戈鈴聲在各個角落不停地響著，震耳欲聾，花花綠綠的聖誕燈飾點綴著大街小巷，漫天

暴風雪幾度來襲。一個週末錢小雲去王勉的住處，選擇他們這次拍攝的旅遊景點照，總共超過千餘張，有些要刪除，有些要編輯，有些要加註解，有些……。這是兩人共同的愛好，也讓兩人分享了許多共同記憶。嚴冬的白晝黑得快，還不到五點天色就暗下來，外面的暴冰雪仍然未停，車道上錢小雲的凌志車頂上已經積雪盈尺。電視新聞警告再三，除必要公務，其他居民禁止外出……。

　　南美洲卻正是春暖花開的季節。「別為我哭泣，阿根廷！」艾薇塔的命運令人感動也令人悲嘆。他們決定與其困守在冰天雪地的世界，何不去南美洲，探看風靡世界探戈舞的發源地，觀賞那座艾薇塔轟動世界演講的粉紅色玫瑰宮，還有，要去那號稱是南半球陸地尖端的小城（Ushuaia），去看遍佈海岸的企鵝，它們挺著大大的白肚子，戴著黑頭巾，一張寬而長的橘色嘴巴，站立在海邊岩石上，成群結隊，那樣的與世無爭，安詳而美麗。

於拉斯維加斯郊區黑山村自宅

2022年8月14日初稿、9月19日定稿

無緣

「所有偶然也是必然，人生充滿偶然。」

1.

藍家「吉屋出售」的牌子出現在大門前碧綠的草坪上以後，緊鄰欣妍就感到有些不安。全世界將近三年的瘟疫還沒有銷聲匿跡，而將近一千個風聲鶴唳的日子實在令敏銳的神經消磨殆盡，對於死亡，人們似乎變得淡然冷漠了許多。

「藍大哥出事了！」。然而，這消息卻太突然！誰都沒法相信，更沒法接受。

欣妍做了一盤涼麵，敲開藍家紅漆大門，等了好一陣子，心湄終於打開了大門，沒想到幾天不見，心湄竟顯得如此憔悴。平時兩隻閃閃發亮的大眼睛，此時竟紅腫得剩下一條縫，對著清晨的陽光，竟有些睜不開來。看著欣妍端來的涼麵，淚水悄悄滑落瘦削得只剩顴骨的面頰。

終於，她們還是在藍家摩登時尚的廚房流理台前坐下。

疫情以來，許多許多日子藍大哥和心湄都沒有出門，而這一天藍大哥非去紐約下城不可。他最近常常失眠，夜間翻來

覆去，血壓飆升，為著把和前妻及兒子的事做個了斷，顯得心煩意亂，有時眼睜睜從夜半一直熬到天明。他不能讓唯一的兒子委委屈屈在前妻的懶散和無知中過下去，這樣會毀了孩子。而心湄是個溫柔善良充滿智慧的女人，是他離婚後的第二任妻子，她喜歡孩子。他必須儘快把孩子的扶養權爭取回來，讓他在健康和充滿愛的家庭中成長，對於兒子未來漫長的成長歲月，這至關重要。這思緒無時無休地煩擾著他，為解開這個困擾他無休止的結，他幾乎有些神經衰弱了。這讓心湄擔心不已。

　　當年戰亂釀成了無數悲劇，不幸，許多人家被陷入漩渦之中，無可選擇。當年心湄在台北寄居在堂哥家，沒有父母照顧。那時她的父母暫回無錫老家處理家務，原打算半年後回台北定居，誰知這一去竟是整整三十多年的骨肉分離。心湄一直寄居在堂哥家。堂哥一家三口生活也是捉襟見肘。那時心湄放學後總喜歡到藍家廝混。她是藍大哥妹妹藍荳最親密的好友。藍家父親是水果貿易商，生活十分富裕。家有廚師、司機、及女僕。藍家媽媽最喜歡見到心湄來家裡和女兒藍荳一起做功課，說悄悄話。因為兒子和女兒相差將近十歲，兄妹兩各有自己一片天地。儘管妹妹對哥哥十分仰慕，大多時候兄妹兩，各自有各自的玩伴。那時藍大哥愛穿一件黑色皮夾克，戴一付飛官專用的擋風鏡，一表人才，瀟灑倜儻，騎一輛摩托車，風馳電掣，從巷子裡出出進進，一時風靡了附近多少少女。青春期

的心湄，也兀自暗戀著帥勁十足的藍大哥，但也僅止於此而已。

那時藍大哥一度想做飛官，經過短暫訓練，發現眼睛視力未達2.0標準，因此只得放棄。好在很快考入理想大學，進入理想的電機系，畢業受完軍訓，像當時成長在台灣的年輕人一樣，「去去去，去美國」的口號，是所有大學畢業生的理想。他很快獲得美國東海岸一家知名大學助教獎學金，順理成章畢業。在一家電力公司獲得一份酬金優厚的初級工程師職位。過起了悠哉悠哉的單身貴族生活。

那時留學生中，男多女少。一次，偶然在朋友舞會裡遇到一個女孩伊妹，嬌媚迷人。一襲半透明薄紗裙在舞池中飄蕩飛舞，舞步嫻熟而優雅。無論是浪漫的華爾滋，俏皮的恰恰，沉穩莊重的狐步，快速的吉力吧，性感纏綿的探戈……，她都能熟練地翩翩起舞。那晚，她成了舞會裡最出風頭，最令人矚目的一粒閃亮的星星。那晚許多單身貴族紛紛向她示好。那時留學生有私家車的不多。而藍大哥擁有一輛漂亮的摩托車，再次發揮作用。舞會完畢後，奪得護送美女回公寓的特權。一路風馳電掣，好不風光。

伊妹原本家境清寒，在台北跟寡母生活，典型的小家碧玉，日子過得苦哈哈。勉強讀完職業學校。跟朋友看了《飄》那部電影以後，暗暗決定一定要學女主角郝思嘉，要為自己而活，決不能像母親那樣自苦。她處心積慮地學社交舞，她知道

這是進入花花世界的敲門磚。她不惜代價的學化妝，把節省下來的伙食費，用來購買昂貴的化妝品，把自己裝扮成高貴誘人的名門閨秀。又利用各種人際關係，輾轉得到一位神父的幫助，表面上說是來紐約唸書，其實心中暗暗決定，是來尋找未來伴侶。

藍大哥拿到碩士學位以後立刻就業。而藍爸本是成功的富裕商人，所以藍大哥的優厚薪水，完全自由支配，比同時代繼續攻讀博士學位的同齡人手頭寬裕得多。為了追女友，乾脆把摩托車賣了，換來一部二手紅色馬自達小跑車。平時搭地鐵上班，週末就開著跑車拉風。或是去長島海灘曬日光浴，或是去花園州大西洋城賭場觀光，或是去百老匯戲院看舞台劇，或是去洛克斐勒中心看豔麗的大腿舞，或是……。這種種都令伊妹陶醉不已。每逢藍大哥約她，她必定答應，即使事前已和其他單身貴族約好，也必定推託掉。有一次，她剛準備坐入藍大哥小跑車時，卻被一個年輕人攔個正著。那人叫黃之星，也是紐約留學生圈子裡的熟人。那時正在準備博士論文口試，幾個月來忙得不見人影。

「你怎麼回事？」黃之星鐵青著臉，質問伊妹。

「什麼怎麼回事？」伊妹理直氣壯的反問。

「我們……不是……？」黃之星伸出右手，指著無名指上的白金戒指。

　　藍大哥忽然明白，原來他們已經訂過婚！但是伊妹雙手手指上什麼也沒有。

　　「妳……妳……才兩個多月不見，妳就……。妳……妳……氣死我了！」

　　黃之星臉部慘白，轉身把右手無名指上的白金戒指用力脫下來，對著伊妹狠狠地扔過去。

　　「妳是真正的水性楊花，將來誰娶了你，會倒一輩子霉……。」黃之星轉身大踏步離開。

　　「我們走吧，不要理他！」

　　伊妹只站在原處，嘴角露出一絲俾倪的冷笑。一面催促藍大哥快快發動他那輛紅色馬自達小跑車。

　　這場景令藍大哥內心深處有一絲不安。他忽然決定取消出外兜風的行程。

　　「對不起，我忽然想起來，有件重要的事要辦。今天晚上沒法陪妳兜風了。」

　　「什麼意思？……？人家推掉了好幾個約會……特地來陪你……。」

　　「對不起，真的有事。抱歉，抱歉。」立刻開車離去。心中翻江倒海，五味雜陳。

　　這件事在熟人圈子裡立即引起了風言風語。藍大哥決定減少約伊妹約會的次數。他雖然對伊妹一度有興趣，但是，她畢

竟曾和人家有過婚約，黃之星在紐約留學生圈子裡也是一個令人尊敬的人。見到伊妹對黃之星那樣決絕的場面，藍大哥對伊妹開始有些懷疑。那次之後，他決定撒，決定不淌這潭渾水。既然她和黃之星已經訂婚，兩人顯然相識相戀過，他不能拆散人家姻緣……。而且一個女人如此善變，正如黃之星所說，將來誰娶了她，一定會倒一輩子霉……。藍大哥相信這不是咒詛，是預言，是先見之明。

他此後不再約伊妹外出，他不喜歡善變的女人。然而，不久之後的一個週末，伊妹堵在了藍大哥租來的公寓門前。她說她懷孕了……。藍大哥雖然對此充滿疑慮，對未來的婚姻遠景感到懷疑，但，他必需對自己的行為負責，他不能始亂終棄……。就這樣，伊妹成了藍夫人。

2.

藍大哥工作的工程顧問公司包攬了世界各處的工程，藍大哥做為公司資深工程師，經常被派往世界各處為公司爭取合同，即使戰亂紛擾的中東地區也不例外。而去這樣的地區出差，經常出差時間較長，或二十天或一個月等等。而且中東地區氣候異常炎熱，有時為解決技術問題，必需親自趕到工地指揮，常常揮汗如雨，消耗很多體力。而不同的飲食習慣也是一個問題，因此常感到身心俱疲。而每次出差回來，也需要許多

時間調整。在家裡養尊處優的伊妹對於丈夫的態度往往充滿抱怨，覺得自己十分委屈，不僅要照顧幼兒，更需守空房……。

　　是婚後十多年左右，那天藍大哥從沙烏地阿拉伯王國出差回來，回到家裡是下午，真渴望吃一口熱哄哄的無錫家鄉美食。在沙烏地一個多月吃不到一絲豬肉，嚐不到一滴豬油……！想像著無錫肉排骨，幾乎淌下口水來。他要給伊妹和兒子一個驚喜……。是的，他要伊妹去超市買排骨……，去買五香豆乾……。終於到家了，人呢？怎麼見不到伊妹身影？兒子剛放學回來，見到他果然有一份驚喜，用雙手緊緊抱住他。梁媽媽也推門進來了，她就住在不遠處女兒家。從大陸來美國探親，順便在藍家幫忙照顧，賺一點零用錢。

　　「媽媽呢？」

　　「不知道！」兒子仍用雙手緊緊抱住他。「爸爸不要再出差了好不好？好想你。」

　　「好兒子，爸爸以後少出差。媽媽呢？」

　　「我不知道！」

　　「好像去什麼……綠草地……」梁媽媽説。

　　「什麼綠草地？」

　　「聽説是什麼……健身中心……？」

　　「健身中心？」

　　「我也不清楚……什麼……反正藍太太每天都去……。」

梁媽媽説。

「天天都去？」

「可不！……」梁媽媽説。

「晚飯都不回來吃，都是梁媽媽陪我吃飯……哄我睡覺……」兒子似有無限委屈。

「陪你吃飯？哄你睡覺？」

「我反正沒事，又住得近，都説遠親不如近鄰嘛，我又喜歡你這個兒子……。」

「真謝謝你！梁媽媽，麻煩你替我們叫兩個外賣吧，好久沒吃中國菜，饞得很。」

晚餐過後藍大哥渾身疲乏，沖完涼，就倒頭睡去。醒來已是第二天中午，整整睡了十五六個鐘頭。兒子在學校，屋子裡很安靜，伊妹在客廳看電視連續劇，衣著整齊，臉上畫著濃妝，彷彿要出門作客的架勢。

「你回來啦？」見藍大哥從臥房出來，輕描淡寫地問了一句。

「怎嘛？不希望我回來？」

「反正，你回不回來，日子就是這樣過。」

「什麼意思？」

「你一年到頭不在家，我們還不是過得很好……。」

「妳的意思是，這個家有我沒我無所謂？」

「反正……好了，不說了，我下午有事，對不起不陪你了！」

她轉身拿起漂亮的LV包包，穿著渾身名牌，踏著名牌高跟鞋，從從容容地打開大門，毫無留戀地緩緩走出去。

藍大哥後來從流言蜚語中，漸漸知道了伊妹紅杏出牆的點點滴滴。他其實很早就覺得和伊妹的婚姻是一場錯誤的決定，一時的激情，釀成了難以挽回的命運。他們之間沒有共同語言、對事對物沒有共識、對生活沒有同甘共苦意願。她認定他是這個家庭唯一應當提供一切享受的負責人。她無知、膚淺、不思上進、缺少同理心、物質享受是她人生追求的終極目標……。對目前的景況，藍大哥默默無言。年輕時的激情令他陷入目前的深淵，他沉思了很長一段時日，他決定是該主動改變命運的時候了！

3.

離婚手續辦得比想像中緩慢了許多。主要是伊妹獅子大開口。首先她要求獲得目前居住的房產、而後竭力爭取獲得兒子的撫養權、並且，要求高昂的贍養費。只要她不再婚，藍大哥的退休金也必須和她平分……。知情人紛紛傳言，伊妹早已和健身房一位教練有婚外情……。但，做為丈夫，總是最後得知事實真相的人。即使如此，只要她和情人沒有正式結婚，藍大

哥便有贍養伊妹的義務……。美國法庭對於離婚後兒女的撫養
權絕大多數是判給母親，即使出具各種證據證明母親不符合扶
養子女的資格，但大多數案件仍由生母獲勝……。

　　兒子判給伊妹扶養以後，並沒有負起慈母照顧兒子的責
任。藍大哥常常接到兒子來訴苦的電話。每逢這樣的時候，藍
大哥都會非常激動，非常憤怒。往往會親自趕到原來的地方去
找兒子。有時伊妹不在家，藍大哥會帶兒子出去吃頓飯，安慰
兒子一番。偶爾，如果伊妹在家，那就會爆發一場大戰。最後
讓大家鬧得精疲力竭……。

　　心湄是藍大哥離婚後的第二任妻子。當年在台北對瀟灑自
如的藍大哥便有份暗戀，因為相差十歲，這份暗戀也只有藏在
心底。後來到紐約讀書畢業上班，從藍荳那兒常常聽到藍大哥
的消息。知道他的婚姻很不幸福，心底深處為他感到難過。偶
爾趁藍荳來探望哥哥的時候，也幾度和藍大哥見面聚首。因為
和伊妹沒有交集，每次見面也都是吃吃飯，淡淡地話話家常
而已。

　　後來藍荳得知哥哥的不幸婚姻狀況，鼓勵哥哥離婚，而且
特地從芝加哥趕來，暫住在心湄的公寓裡，為哥哥出謀劃策，
加油打氣。那時藍大哥下班後就被妹妹拖來心湄處吃飯，商討
對策。一年多下來，離婚官司告終，雖不理想，至少擺脫了不
幸婚姻的枷鎖和煩惱。而心湄是多麼令人愛慕，是個充滿智慧

的淑女。她善良、成熟、凡事站在不同角度為他人著想……。在台北的那段歲月，溫馨的藍家讓他們擁有了許多珍貴美好的共同回憶。在妹妹藍荳竭力的催促維護下，藍大哥後半生終於有了一段美好和諧的幸福婚姻。

那天藍大哥又接到兒子電話，說是爸爸額外給他的夏令營活動費，被媽媽沒收了。不准他去為期一週的郊外夏令營，說是為他的安全著想。兒子很生氣，悄悄地說，其實是被媽媽拿去給那個人賭博賭輸了，那個人還喝酒，還罵人……。正說著，突然電話被掛斷了。藍大哥非常憤怒，知道兒子偷偷給他電話，一定是被媽媽掐斷了。他決定找律師，必須把兒子撫養權要回來。整整一夜，藍大哥在床上輾轉反側，徹夜難以入睡。

第二天清晨藍大哥決定去曼哈頓城裡辦事。心湄見他精神狀態欠佳，眼圈發黑。勸他不要激動，先把降血壓藥和各種藥吃下去。每逢他激動，不僅血壓會飆升，還會引起身體各處不適，頭昏腦脹、身心憔悴。年輕時，由於常常長期去中東地區出差，飲食習慣不一樣，胃腸消化不良，弄得常年慢性疾病纏身。當年那一度夢想做飛官的瀟灑壯年郎，如今已今非昔比。真是歲月加煩惱不覺催人老。心湄想陪他同行，他說這樣的事不需要興師動眾。要她在家做點好吃的等他，他辦完事很快會回來。

然而，那天他出門以後，她在家裡等他，覺得有些心神不

安，她很後悔沒有陪他同去。下午三點左右，預計是他應當回來的時候，卻不見蹤影。也許律師太忙？也許還需準備更多文件，以便證明她伊妹不是一個合適的媽媽？也許他又去探看兒子……也許……？總之，也說不出什麼道理，心湄就是有些七上八下，心神不安。她非常細心地烹調了一道無錫肉排骨，那是她當年跟藍家大廚師學來的絕活，她曾在藍家試做過幾次，獲得藍府上上下下的讚美。又燉了一鍋海帶蘿蔔排骨湯，還用海蜇皮涼拌小黃瓜絲，冰了一瓶紅酒……。她覺得他們兩人都需要稍稍鬆懈一下……。

後來時間慢慢過去，已經接近黃昏，她忍不住撥打他的手機，一次兩次三次，卻一直關機。也許電池沒電了？他總是這樣的粗心大意，許多事不拘小節。等啊等，一直等到夜幕低垂仍然沒有消息。她開始有些惶恐，不知會不會出什麼事？他畢竟昨夜一整夜失眠……。

門鈴終於響起來！啊！回來了！心湄一顆懸著的心終於放下了，自己太神經質！小步跑去打開大門，站在門前的卻是兩位挺拔帥氣的警察，車道警車上閃著紅燈。警察來了？難道他出事了？！出事了？會出什麼事？不可能！

「夫人！你好！」警察禮貌地問好。

「請問有什麼事嗎？」

「哦，請問家裡還有其他人嗎？……可以陪伴妳！」

「陪伴我？為什麼？」

「我，我可以陪伴她！」這時緊鄰欣妍見隔壁車道上警燈閃耀，立刻趕來。

警官問明欣妍身份以後，非常抱歉的說，藍先生在地鐵7號站等車的時候，出事了！出事？出什麼事？……他……他……被一個遊民，也許是個白人至上主義者……推下軌道！……而那……正是火車進站的時候……紐約市警已經把肇事嫌犯……逮捕……。血液忽地沖上腦門，眼前漆黑一團，什麼都看不見了，身體搖晃了一下，被欣妍用力扶住。好一陣，她醒過來，恍恍惚惚，似夢似真，那場景斷斷續續在眼前飄忽不定，她感到疲憊不堪。入夜之後，她勉強努力回警官的問話。是的，今晨為趕火車，他急忙中忘了吃藥。他今天去紐約主要目的是和律師談爭奪兒子的撫養權……，是的，他昨夜幾乎整夜沒有睡覺，他出門時神情正常……。他平時本是一個非常機警的人……。

警察的問話非常詳盡，好像沒完沒了……。心湄覺得好累。終於，警察似乎理出一絲頭緒來。藍大哥站在月台上必然心神不安，完全忽略了周遭環境，更沒有注意到對亞裔仇視的遊民……！而火車匆匆進站了。轉瞬間，悲劇就這樣發生了。是偶然也是必然。

幾年的病毒蔓延擴散，導致全世界不安，做為美國亞裔公

民，遭受了嚴重而偏執的種族歧視。天曉得，這樣偏頗的悲劇摧殘了多少家庭！將近三年的時間，多少美籍亞裔成了被迫害的犧牲品！而他，一個偶然間的錯誤，讓她永遠失去了她的終身摯愛。如今，心湄只有任淚水無休止地默默流淌。

2022年6月11日於拉斯維加斯、黑山村寒舍

系裡那些事

1.

　　那年剛到東部這座小城，浩初來這兒教書，系裡沒有一個東方面孔，除了教學的壓力，社交上更感孤立。系裡畢業自哈佛和普林斯頓的長春藤教授們自成一個體系。其他盎格魯‧撒克遜白人教授另成一派。至於來自國外的異邦人，自是自成單元，自生自滅。

　　這時只有一個來自德國的資深教授夫朗茲對人十分友善，不僅在工作上給予指點，也常在週末邀約。夫朗茲是個才情橫溢，內涵豐富的人物，除了本行應用心理學教得好，課堂上總是滿堂彩。他也是校園裡攝影協會主持人。對於古希臘羅馬文化藝術，更是如數家珍。他是紐約大都會藝術館的常客，對於百老匯的歌舞劇，費城的藝術館展覽，他都會提出獨到看法。更妙的是，他是美食專家，偶爾在家自己動手，可以烹調出極佳美味。大家都戲稱他為「文藝復興人」，對於他那通古博今，蘊藏豐富的古典與現代知識，實在是十分恰當的恭維。

　　記得第一次到他家做客，便是一次特別的經驗。他住在賓

州一個小鎮，靠近德拉瓦河，那兒是年輕藝術家群聚的地方，山水秀麗。他的住屋前有幾棵高大的那威楓，正是初秋，楓葉黃中透紅，迎著落日，金黃艷紅，十分燿眼。進門是光線充足的大客廳，懸掛了極具特色的大副版畫。順著走廊往下便是地下室，卻像畫廊，陳列著更多版畫，多半是當地畫家的作品。原來他既是畫家的朋友，也替這些畫家推銷，可以算是業餘畫商。其他兩面牆壁佈滿書架，密密麻麻全是書。

那晚他請了六位客人，連主人在內共八人，卻只有兩個女客。換言之，主人和同居人，以及另一對來客都是同性戀伙伴。那是1970年代，民風還十分保守，大半同性戀者都不願公開亮相，而他卻非常瀟灑，不以為意。作為來客，對於這樣的組合，最初確有些訝異，尤其對於幾位十分女性化的男賓，有些不知如何應對。但漸漸發現，那晚大家的話題相當豐富，客人中多得是文化藝術修養深厚的行家。言談間，不能不令人對他們的丰采見識十分敬佩。他們多半是歐洲來此的第二代，對於歐洲文化藝術特別喜歡。無意間討論起卡夫卡的「變形蟲」，對於人性的深入探討紛紛發言。他們也討論李斯特的「愛之夢」第3號，認為李斯特強調的是宗教的崇高之愛，不是男女之間的愛情。而李斯特晚年病逝異域，萬分悲涼……，他們談來如數家珍……。那晚，夫朗茲做的主菜是德國烤豬腳，外加烤乳酪鮮貝做頭菜，兩樣都是他從《紐約時報》烹飪

版學來的，做得非常美味。巴西進口的咖啡豆，現磨現煮，真正是異香撲鼻。入口更是莫大享受。

飯後大家坐在陽台上，清涼月色照著兩株爬在木架上的曇花木，粒粒花苞靜等著將臨的時辰。那是第一次見到含苞待放的曇花，如此令人愛憐，止不住仰慕驚歎。夫朗茲說這曇花最初是來自一個朋友家的插枝，答應過些天為我們插枝。三個月後夫朗茲來我家晚餐，果然帶來他的插枝。五六支葉片各有一呎多長，肥大壯碩，鬚根已經出來，令人欣喜。次日把它們種入瓦盆裡，澆水施肥，盼望著它們長大。隨著歲月流逝，曇花木越長越高，花盆越換越大，卻總不見它們開花。夫朗茲說曇花需要月色，便把它們搬到陽台上。晚秋夜涼，再把它們搬回室內。年復一年，曇花枝葉越長越高大茂密，卻從不見它們結苞開花。「好好呵護，總有曇花開放的時候。」夫朗茲多半時候這樣說著，卻也貢獻不出什麼具體建議，只有隨緣吧！

他愛美食，到我家做客，總要事前點一道烤鴨。那時附近沒有什麼出色的中餐館，只有按照食譜依樣畫葫蘆，漸漸摸出門道，烤鴨變成了拿手好菜之一。每次他來，會一面津津有味地評嚐著薄餅包裹的烤鴨，搭配著蔥和甜麵醬，開懷猛吃，一面用那美食專家的口氣品讚美。

他每年夏天帶學生團到希臘、羅馬、巴黎、伊斯坦堡、開羅、巴塞隆納各地旅遊，參觀博物館並探訪名人故居。這是

他的愛好也是他的副業，許多學生旅遊歸來，對於他的淵博知識仰慕敬佩不已。後來他打算組團到中國去，和我們來往就格外頻繁了。每次看到那兩棵來自他那兒枝葉茂密卻不開花的曇花，他都止不住出些主意，但好像總沒有什麼功效。後來提議要再從他家裡插幾枝來。日子過得忙忙碌碌，曇花的事便沒再放在心上。

沒想到兩年後的一個夏天，這兩棵老曇花木竟結出粒粒花苞來。那晶瑩淡雅如纖纖細指的花苞，塗著淡淡的色，靜等著某個時刻的到來。這真是天大的喜訊。那幾天，天天靜等著曇花的綻放，卻也憂愁著那曇花綻放後的宿命，就這樣顛三倒四地盼望著。一個初秋的夜晚，滿枝的曇花開放了。纖細的乳白花瓣，鵝黃色花蕊襯著淺淺的粉紅心。似有似無的清香在夜空裡播散，夫朗茲的曇花木終於開花了。這樣的喜訊只有夫朗茲會在乎，他會大聲開懷暢笑，說三道四一番。可惜，他因為攝護腺癌，三年前去世了。朋友們為紀念他，在賓州小城的博物館天井裡，為他豎立了一個小小銅碑，後面便種植了一棵插枝來的曇花木，偶爾去那兒探訪，都能見到那枝葉茂密的曇花木，越長越高大，卻不知何時才會開花。

2.

和喬治相識相交，至今已二十多年。那時浩剛來這座州

立學院教書，除了平日兢兢業業，最怕的就是期終評審新人制度。期終考試完畢，必需發下卷子，讓學生給自己一項項打分，品頭論足，真是尊嚴何在？更糟的是，由資深教授組成的三人評分小組，給自己評分。評分高低，關係今後去留至巨，如今回想起來，那番滋味仍然讓人難以消受。

那時喬治已是心理系裡資深教授，在系裡具相當地位及影響力。那次評審浩的三人小組，便由他任召集人。經過了聽課、討論、評分、開會，像經過了漫長的永恆，最終評分過關。如此折騰新人，四年下來，輪到定奪江山，決定去留的節骨眼上，喬治大力推薦，令浩的終身職聘書順利拿到手。兩人的友誼從初識時就開始，直到喬治退休，大約也算是兩人之間有緣吧。

那時喬治和他的妻子露絲之間已出現裂痕，茶余飯後，喬治便常對浩訴說婚姻的苦惱。除了聊天，他還約浩去深海釣魚。那年代海邊渡假屋不貴，喬治用加班費，向銀行貸款，在長灘島買來那棟海邊小屋，面海背灣，景色秀麗。週末偶爾駕駛機帆船出海釣魚。趁黎明天色微黑出發，帶些食品飲料，在海上消耗五六小時，可能會抓幾條大魚回來，有時空手而回。不管是否有所藝穫，但每逢釣魚完畢，兩人都感到身心無限輕鬆。回到系裡再繼續打拼。

喬治教書很叫座，最拿手的一門課是「病態心理學」，這

門課受學生歡迎，一則課題本身吸引人，再則喬治在講課時加入許多實例，不僅內容豐富，更讓人有實感。他的實例源源不斷，主要因為他除了在本系教書，更在州立監獄每周做一天心理咨詢顧問。

州立監獄離鬧市不算很遠，用土灰顏色的高大圍牆死死圍住，上面是密密麻麻的鐵絲網。圍牆四角有崗哨亭，亭裡永遠站著荷槍實彈的警衛，夜間還有定時向夜空或牆角掃射的探照燈。這兒關的多半是重刑犯，因此戒備十分深嚴。喬治的諮詢室緊鄰重刑犯牢房，牢卒進出必需用特製的大鐵鎖把牢房鎖住。做顧問的許多年裡，有一次喬治被犯人抓住做人質，鬧得天翻地覆，差點送去一條老命。

那次事件之後，喬治有意辭去這份差事。但這時正和露絲談判離婚，三個孩子有兩個在讀大學，經濟負擔也不允許他辭去兼職。為安全計，徵得獄方同意，把咨詢室遷往警衛室隔壁，有警衛看守，不怕囚犯造反。再則在家中也養了兩條德國大狼犬，電話號碼也密而不宣，免得出獄後的犯人對自己有任何不軌企圖。這些安全措施，讓喬治得以繼續在州立監獄做他的心理咨詢顧問。

浩為做統計分析論文，和喬治合作，以問卷方式也去監獄和許多重刑犯接觸，做心裡訪談記錄。其中不乏市井小民，或因陰差陽錯，或生活環境惡劣，種種因素鑄成滔天大禍，鋃鐺

入獄，終生監禁。犯人中有的很愛講話，有時侃侃而談，是心理訪談的最佳人選。其中有一個黑青年，長得一俵人才，讀了兩年大學，卻因細故，在酒吧失手把一個同伴誤殺，被判十五年徒刑。在喬治的輔導之下，獲得獄方同意，在服刑假釋期間到大學繼續修課。

他在浩的「初級統計課」上表現出色，能說會道。因此當系裡助教出缺，他去申請，很快獲得做助教的位子。這年青人本就比同屆同學大幾歲，又有許多社會經驗，口才好，很容易得到班上女生青睞。也不過三四個月功夫就和班上一個女生談起戀愛來。這女生成績好、屬於清純型，她並不知道此人的過去。浩暗暗希望，這個年青人也許受女友正面影響，從此規規矩矩，走入正途。

寒假休息三周，春季開學，班上學生人數依舊，這門課是全年修完，如果只修秋季一半等於浪費時間。但這對戀人卻沒有在班上出現。下課後去喬治那兒詢問。唉，真是不提也罷。喬治滿臉沮喪。說來都是作為顧問的他疏忽，認為這人可以暫時假釋出獄，而竭力推薦他假釋。誰知寒假期間，他竟洵酒駕車，黑夜裡把車闖上電線杆，女友當場死亡。更糟的是，警察在車上搜出一包海洛因。

浩記起女孩那張清純而開朗的臉，由於她「初級統計」學得好，暑假曾推薦她去附近一家知名公司做臨時雇員，上司

十分欣賞她優異的成果，而約她次年暑假再去，如今卻香消玉
殞。那之後，浩去監獄繼續問卷的時候，又見到了他。憔悴的
淺黑面孔，曾是個聰明又自信的年青人。這一次卻套著腳鐐手
銬，見到浩的煞那，低首沉默不語，也許回顧悠悠往事，悔恨
不已？

　　由於對這個重刑犯的判斷錯誤，喬治除了受良心責備外，
對再推薦重刑犯假釋的審查上，變得非常嚴苛，不再輕易簽
字。這引起獄中許多犯人不滿。喬治又想辭去這份兼差，但那
時和露絲的婚姻已經走到盡頭。他煩悶極了。便約浩去附近餐
館晚餐。這家餐館座落在普城西南角，從大玻璃窗可以看到淺
淺運河水從橋邊流去，情調溫馨。喬治先是飯前兩杯烈酒，等
主食上來，喬治獨飲整整一瓶葡萄酒。餐畢再飲飯後甜酒。酒
量了得。

　　那晚又談了許多關於他和露絲之間的矛盾。喬治本已對露
絲的懶散雜亂不滿，近來她又變得痴肥。更糟的是，她和一個
鄰居離婚婦人來往甚密，他相信兩人是同性戀。那以後不久，
喬治和露絲正式離婚。兩人為節省費用，選擇了「無錯離婚
法」，將財產一分為二，住屋歸露絲，海邊房屋歸喬治。三個
孩子都已上大學，不涉及監護權問題。這份離婚證件，浩是他
們的公證人之一。

　　離婚似乎為喬治帶來新的喜悅，本就生氣勃勃的他，如今

更是意興風發，除教書外，對系中業務也更感興趣。常常早到晚走。原來系裡新來一位女秘書，長得嬌小俏麗，很會撒嬌討好，很快便和喬治打得火熱。喬治又感到困惑了，先是需要浩的耳朵靜聽，而後便要他出謀劃策。就這樣輕鬆玩下去？還是再人牢籠？浩大多時候靜聽，很少給具體建議。他知道喬治自有定奪。

久蒂曾離過婚，這次她是認真來尋找第二個春天。因此很快向喬治攤牌。喬治雖被第一次失敗的婚姻弄得身心憔悴，甚至狼狽不堪，但，把前後兩個女人做了一番對比後，覺得這第二次應當幸福。再則，久蒂也不允許他拖延，所以，離婚僅六個月，喬治就再度拋棄單身貴族頭銜，很快再度乖乖進入了圍城。側面小道消息，說是久蒂的兩個孩子很累人，高中沒法畢業，男孩還吸毒等等。既如此，喬治又多了一份煩惱。

久蒂辭去秘書職位以後，把新家整理得井井有條，到處窗明几淨，和原來的露絲相較完全是天上地下。喬治十分感激擁有這樣一個漂亮的新家。不久，喬治七十九歲的老母，白內障開刀，視力不濟，暫時在喬治家中住段時日，以便調養。視力不佳，難免掉三拉四，生活習慣也很不一樣。久蒂和婆婆之間衝突越來越多，這令喬治非常苦惱。於是午餐時間，浩又成了他的聽眾兼心理醫生。

喬治是獨子，老母有病，這兒是她唯一的避難所。雖說

西方親子之情較為淡薄，但也不致不相聞問。老母依子三個月後，沒法忍受寄人籬下的種種約束，便毅然搬入養老院。據喬治說，他的母親曾任中學體育老師，個性極強，凡事主觀積極，身體一向硬朗。多年前，曾不止一次拿到業余州際登山選手冠軍。養老院很歡迎她這樣身體建康，心胸開朗的老人。

為慶祝自己八十歲大壽，她決定參加加勒比海豪華郵輪旅遊，事前並沒有通知兒子。不知是舟車勞頓，生活起居程序突變，還是郵輪上的飲食過份營養，竟在旅途中心臟病發。喬治兼程趕往加勒比海小島，郵輪已將老母用直升機送往波多黎各，山灣聖馬丁醫院急救。喬治即刻安排把老母轉機，送往邁阿密醫院治療。課暫時停，由系裡其他教授代課。機票、旅館、遙遙無期的療養，巨額花費是一項沉重的負擔。久蒂和他的旅遊計劃被迫取消，新屋的裝璜改建停止。

喬治的老母在邁阿密醫療三個月後，被送回新州原養老院。復建過程緩慢耗錢。老人家心情十分惡劣，求生的意願極低。多次把賴以維生的橡皮喂食管道扯掉，對醫護人員的態度也非常惡劣，完全不與他們合作。晚境的悲涼便這樣展開序幕。。。

與此同時，久蒂七十五歲獨居的老母，一天，穿戴得異常整齊漂亮，坐在舒適的別克豪華轎車裡，把自家的車庫車門緊閉，發動汽車引進，任二氧化碳散發出的毒氣在車庫裡瀰漫蔓

延，最終讓它奪取了自己的生命。她的遺書清楚地寫著，她之所以選擇了這樣一條道路，實在沒有勇氣面對癌症病痛纏身的老年，晚境的悽涼固然可悲，而更令她不忍的是，如此即將無休止的拖累子女和親人……。

那天，浩按照約定的日子，到達喬治的海邊小屋。好幾年不見，喬治顯得蒼老許多。其實看在喬治眼裡，浩也蒼老不少。兩人互相緊握著手，拍著肩膀，似乎有千言萬語不知從何說起。他們談了些系裡的往事，晚間到長灘島附近一家意大利餐館晚餐。晚上，他們談到各自的家人……。

喬治說他為自己準備了一份「生前預囑（Living Will）」，大意是：本人如遭逢類似植物人境況，僅余呼吸及脈搏跳動，而神智不清時，請醫生或親屬結束自己生命，他要帶著尊嚴走到生命盡頭。他的母親如今已經九十多歲，仍在養老院中。求生的意志越來越低，但沒有一紙「生前預囑」，生活品質越來越低，卻沒有任何醫生或親屬，膽敢為她做出任何結束生命的決定。苟延殘喘，真是何等悲涼的字眼！

這樣的話題似乎太沉重。兩人決定早早入睡，明天黎明前就要出海去釣魚，聽說今夏附近深海的青魚過多，相信明天定會滿載而歸。明天他還約了幾個系裡的老同事們，下午大家可以一起在陽臺上烤青魚吃。畢竟，這是大家在這座小屋的最後一次聚會。這海灣、沙灘、陽臺、朝陽與日落都曾給過他無限

依戀，無限惆悵。多少歲月就那樣悄無聲息的溜走。這海邊小屋一個月後便屬於陌生人了！

3.

聽說系主任要改選了！改選？史密斯要從系主任的位置上下來？要從他一手創立打造建立而成的心理系的寶座上下來？大家都沒法相信這樣的謠言。有人說這不是謠言，是系裡資深教授們的建議。建議？史密斯會同意嗎？絕對不會同意！一場紛爭即將到來？

這座東海岸學院介於紐約和費城之間。西面緊鄰世界聞名的長春藤普林斯頓大學，校園風光幽雅。這所學院雖小卻歷史悠久，古樹林立，兩座天然湖環繞校園本部，風景秀美。心理學系座落在校園西北角，是一座古舊的小樓，面對湖水，景色宜人。史密斯有響噹噹的哈佛心理學博士學位，之所以決定來這兒屈就，主要是校方當年應允他優厚福利，並發揮長才，由他創建當時學院裡尚未成形的心理系，因此，史密斯抱著寧為雞首無為牛後的心情來這兒招兵買馬，許多年來，心理系在史密斯的經營下，漸漸成長壯大。

而今，要改選系主任？二十多年來史密斯把青春及中年歲月全消耗在心理系裡，「系」幾乎成了他生命的全部。如今，真要改選？情何以堪？

　　浩記得非常清楚，自己初來應徵的那天清晨，提前十分鐘
到達心理學系大樓，雖說是大樓，其實只有兩層，和他唸書時
的摩登大樓相較，實在有些矮小簡陋。樓裡已經燈火輝煌。史
密斯辦公室在二樓。室外有秘書，是位面貌祥和的中年婦人。
問明事由，立刻通報。史密斯十分精明幹練，看來大約四十多
歲。初見面，他對於身高六呎的浩，有些好奇，是純正中國
人？是的。至於浩的資歷早從往還信件中知道得很清楚。為慎
重其事，又詳細地詢問了一番。然後，他說，目前學校獲得一
筆充裕經費，正要擴充心理學系，他準備大刀闊斧的策劃推展
系務。系裡歡迎不同族裔教授。史密斯說讀心理學博士學位的
華裔屬於少數。歡迎他來應徵。

　　午餐時，系裡有幾位舉足輕重的大牌教授，他們都屬於
本系「聘請教授委員會」，大家共進午餐。話題似乎天南海
北，其實這是另一種面談方式。業餘嗜好？喜歡運動？愛打
球？籃球？網球？喜歡看電影？比較喜歡那些明星？喜歡看些
什麼書？……。下午第一節課，是「心理學入門」。那天請浩
談「憂鬱症的成因」。由他講四十五分鐘。這是面試中最令人
擔憂的部份，除全班學生外，凡當天沒有課的教授一概歡迎旁
聽。這是面試最吃重的部份，不僅教授們給分，學生也給分。
分數的高低決定是否聘請任用。應試的人對這樣的安排覺得非
常緊張。

　　「憂鬱症的成因」是大學一年級課程中的一個章節，是必修，系裡對這門入門課非常重視。這門課似乎可以決定許多一年級學生的動向，將來是否主修心理學？是否喜歡心理學？是否恨透這門學科？全看教授是否講授得法？是否能把素材講得深入淺出、既有內容更講解得美妙誘人。因此，浩來應徵前，指導教授曾對他再三囑咐。那天，他的講課內容含蓋了憂鬱症的生理因素、外在環境的刺激、個人性格的傾向、遺傳、人際關係的綜錯複雜等等。四十五分鐘的講課，他使盡了所有招數。也不知是否有趣、生動？也不知教授們的給分究竟如何。在回程的飛機上越想越感到沒有把握。他記得在上課時，他曾給過幾個事例，講到當年在中國，一些因仕途失意的文人，常以詩詞吟唱發洩情緒的低沉與憂鬱，其實也是憂鬱症的一種，只是表達的方式不一。也提到林肯夫人唯一倖存的長子羅勃，為儘早獲得遺產，而導演了把母親關入瘋人院九個月之久，其實林肯夫人因丈夫林肯總統被暗殺，常年患有憂鬱症，以致在外人看來行為乖謬。等等，也不知案例是否合適。

　　等啊等，終於一天清晨，史密斯通知了過關的好消息。就那樣，浩帶著全家從樸實的中西部來到繁華多彩的新澤西州。許多年就那樣過去，許多人聚集在一起，漸漸隨著歲月的變遷而流散。心理系從一個小系變得越來越大。心理系從原來的二層小樓，遷往嶄新摩登的四層大樓。史密斯全心全意經營著這

片天地。他除了教課，其他時間全泡在心理系大樓，清晨的第一壺咖啡也親手送上咖啡爐，等秘書到達的時候，他往往已經喝了兩杯濃咖啡下肚。

　　系中教授的聘用、昇遷、課程的安排、學生課程的擬定、系裡經費的爭取、心理系大樓的軟件硬件，全由他說了算。每年開學時，所有教授無論資歷深淺，都被邀請到他普林斯頓的家裡去開酒會，享受美酒美食。他的家坐落在普林斯頓昂貴的富人區，花木扶疏，房屋是英國多德式，頗具規模，兩個孩子都已成年，各自成家。史密斯夫人在附近聲名遠播的ETS做高級主管，這是一對強勢夫婦，令人仰慕。酒會裡除了供應昂貴的美酒，更具備了精緻的美食，人們趁著美酒佳餚的催化作用，談話變得越來越輕鬆愉快，平日的拘謹嚴肅此時此處全化為烏有。總之，史密斯家每年舉辦一次的餐酒會，是全系同仁們的一種莫大享受。

　　這樣許多年下來，史密斯在系裡建立起無限權威。直到有一年秋天開學不久，他連著好幾天沒來系裡。最初消息封鎖，秘書只說他這幾天有事，後來才知道，原來他心臟病突發，是用救護車送入醫院急診室。就在他因心臟病住院多日，在家中休養三個月，一切系務由資深正教授康菲代理。康菲畢業於常春藤大學系統，心機深，她的丈夫是普大經濟系資深教授，她是史密斯非常重視的接班人之一……。

　　三個月後，史密斯回到系裡，雖然他重新回到辦公室，對於系裡許多事他似乎有些力不從心了

　　。他是個驕傲的人，他永遠不願意服輸。但系務繁重，系主任一職至關重要，資深教授們主張改選，史密斯百般反對，但有些人認為系主任必需改選。他找來幾個較為中立的教授談話，例如李麗和浩都是其中之一。他們或是初來乍到，或是對自己的昇遷還沒有什麼把握。因此，他們雖然有心卻沒有實力，雖也試著尋找機會表達自己的意見，卻沒法為他搖旗吶喊，所謂位低言輕。因此對於史密斯的支持也變得微弱乏力。溫釀了好幾個月的改選，終於成為事實。

　　大家終於改選了系主任。從此，這位在心理系叱吒風雲的權威人士，就那樣失去了權勢與威信。而這位新系主任康菲，當年一直在史密斯的羽翼下被保護、被栽培。如今在系裡早已形成了自己的一股勢力。當選系主任後，第一個條件，便是要求史密斯不得參與系裡的各種會議。表面上是希望他療養休息，實際上是懼怕他這個系中強人。這個龐然大系幾乎是由他一手建立起來的，事無巨細，他全知道它的來龍去脈。康菲凡事不願受到他的牽制。換句話說，她剝奪了他的發言權。史密斯為這樣的局面憤怒極了，但，局面似乎無法圓轉。一向在人們眼裡最具影響力的史密斯，突然間漸漸老去。從此，這位在心理系叱吒風雲的權威人士，就那樣失去了權勢與威信。他變

得十分消沉、易怒、對於許多新規定持著對立態度，漸漸淪為當權派的笑柄。這格外令他憤怒，如此惡性循環不已。

　　一年多以後，滿含怨恨不滿的史密斯再度心臟病發，十分無奈的去世。史密斯夫人對於丈夫這樣的結局非常感嘆，她自己是統計學博士，一直在附近頗具聲名的ETS研究機構指導年輕後進做研究，常勸丈夫把系務看淡些。她說他們銀婚紀念時，她要求他同去威尼斯渡假，當年他們的蜜月便是在那浪漫水城渡過。她希望和他同去彎曲小巷漫步，和他共同迎著地中海吹來的微風喝杯咖啡，和他無憂無慮的觀賞這座讓萬千人迷戀的現代古城。卻一再被他婉言謝絕，理由是系裡事情太多太忙，心理系離不開他。這是多麼大的諷刺！啊！強勢的史密斯夫人轉過身去，不願讓人們看到她的淚滴。

　　康菲當選以後，大刀闊斧，做了許多不必要的改變。也許為了證明她比當年老系主任更優秀更幹練吧？把系裡的課程做了大幅度調整，有些必修課程改為選修，這樣一來，有些比較紮實卻難度較大的課程，某些功利心較重的學生為避重就輕，往往不去選修。學生人數不能達到開課最低要求，這種重頭課就沒法開課。因此學生素質會因為避重就輕而降低。有些比較認真的教授，對康菲這樣的做法很不以為然。湯瑪斯就很不客氣的提出質疑。好幾次在系務會議上公開批評康菲。也有少數教授認同湯瑪斯的看法，對康菲的做法表示不滿。雖說是對事

不對人，畢竟，彼此之間對此會感到不愉快。

　　日積月累，許多類似的情況，讓浩及一些資淺教授們感到對康菲的專斷獨行不滿。於是，有異議的一群人們，漸漸開始感到被「穿小鞋」。開的課突然被更改，或者被取消。上課時間被安排到清晨或晚間或週末等等，讓學生或講課人不方便。這樣的事越來越多，這時湯瑪斯會找康菲理論。久而久之，湯瑪斯似乎成了反對派的代言人。康菲對他十分頭大。

　　好幾年來，湯瑪斯申請升級，希望從副教授升為正教授。一切手續具備，有論文發表，但卻卡在系主任手裡。許多冠冕堂皇的理由，讓湯瑪斯的申請無功而返。那時湯瑪斯三十八歲，生得一表人才，在課堂上極受學生歡迎。正因為如此，一個叫羅莎的女生對他著迷。上課時總坐在最前面，衣著相當暴露，毫不掩飾對他的喜愛。下課時總找藉口纏著他不放，或者到他的辦公室找些話題流連不去。

　　湯瑪斯有一個酗酒成癮的太太溫蒂，本在校本部生物系做秘書，由於遲到早退的壞習慣，後來被辭退。因此怨天尤人，酗酒的惡習格外加重。湯瑪斯為躲避妻子的騷擾，後來大多時候待在自己的系辦公室裡。有一個星期五下午，整個大樓十分空曠，學生和教授似乎都在忙著過週末。溫蒂突然出現在大樓裡，用力推開湯瑪斯的辦公室，發現羅莎正坐在湯瑪斯的大腿上。於是竭斯底力的大聲喊叫，快來看看這樣的美妙鏡頭啊！

快來看啊。大樓裡雖然人數不多，畢竟仍有一些人們為這樣那樣的事留在大樓裡。他們雖然沒有目睹其中情況，但誹言流語立即在系裡傳遍。

學校政策，大學校園禁止師生戀！何況湯瑪斯有妻室。雖然感情已瀕臨破裂，但那是另一碼事。總之，這次事件以後，康菲以最嚴厲的措施，解僱了湯瑪斯。算是從此擊敗了一個強勁的反對派。後來有傳言，說那一幕戲是由康菲主導，由助理教授阿蘭執行，羅莎和溫蒂都被利用了，也不知是真是假。溫蒂後來轉學到北部一所大學畢業。系裡的氣氛變得越來越不友善，人們雖有一些不滿，大都默默承受。史密斯時代的溫馨畫面被破壞無遺。如今康菲當政，所使用的政策是「順我者昌，逆我者亡」。有一小群圍繞在康菲身邊的人們為她助威，系裡這樣的狀況繼續了好些年。

4.

一天，是秋季開學不久。那天原訂下午二時全系教授開教務會議，大家坐定等候康菲。已經超過半個小時，仍不見康菲出席。人們開始不耐煩，終於，秘書鮑太太進來宣佈，說康菲家裡突然發生事故，沒法前來。事故？什麼事？鮑太太稍稍猶豫了一下，清了一下喉嚨，對大家宣佈，她家女兒……自殺……未遂！什麼？妳說什麼？鮑太太後來補充了一句說，大

家遲早都會知道這件事，我也沒有辦法隱瞞。鮑太太的聲音裡帶絲歉意。啊！原來康菲的女兒在賓州知名大學唸醫學院，本來壓力就大，最近相戀兩年的男友忽然移情別戀，雪上加霜。讓她心灰意冷，決定在宿舍裡用藥自殺，幸虧被清潔女工發現。啊……？康菲夫婦趕去照顧。

兩週後，聽從醫生意見，女兒從醫學院休學回家休養。期間必需定期去看心理醫生，必須服用鎮定劑，必須……。許多後續規定必需遵循。康菲為全心全意幫助女兒渡過難關，宣佈辭職不幹系主任。而且申請每七年輪到的休假（sabbatical），加上家庭事故，可以整整休假十八個月。這系主任的位置由她一手扶植的阿蘭代理。阿蘭是康菲新任系主任時聘請來的助理教授，無論學術地位和工作能力都遠低於許多資深教授。因此，在代理位置上只能執行原任系主任的各種政策。系裡的氣氛顯得十分低沉，似乎整個系都患上了憂鬱症。不僅如此，康菲所留下的爛攤子留給這樣一個資歷淺薄而且能力有限的人，對內固然沒法起到振聾發聵的作用，對外更沒法為整個系爭取權益……。於是，人們開始考慮，是不是該從新選舉系主任了。

多少年下來，浩和李麗兩人都已先後升為正教授，在系裡算是較為資深人物。而李麗本就十分幹練，不僅書教得出色，行政能力強。而且她一直雄心勃勃，在校園裡十分活躍，參加各种學術團體，露臉的机會很多。兩年前被彭校長聘請去做副

校長之一，專管全校學術科目研究發展。所以，李麗對於系主任這個位置不予考慮。喬治已是半退休狀態，州立監獄的兼差待遇高，為家庭的巨大開支，已由每週一天，增加為兩天。無暇為系務繁忙。資深教授中，浩應當是較為理想的系主任候選人。李麗和喬治都私下鼓勵他競選。

問題是阿蘭，她既然做了代理系主任，在這樣的舞台上嚐到了權利的美好滋味，不願意從這樣的舞台上鞠躬下台。阿蘭決定競選系主任。既然如此，喬治和李麗格外鼓勵浩積極參與這一次競選，浩也決定出馬。目的在於看看自己系裡唯一的華裔教授，多年來給大家的印象究竟如何？再則，實在打算扭正一下系裡這些年來的病態風氣。

電話鈴聲打斷了浩的思緒，他正在電腦鍵盤上操作，全心全意推敲著競選系主任的理由，以及今後系務發展的主要方向和綱要。雖然沒有勝算把握，但周密的準備功夫是必要的。他仔細慎重的推敲著詞彙和文句。許多年過去了，如今已不再是當年的菜鳥，這次決定出馬競選系主任，實在看不過去系裡被幾個小人物弄得分崩離析，決心出馬整頓一下，恢復心理系往年的名聲。

電話那頭傳來蘇珊的輕聲細語，帶絲神秘。

「我相信不少人會投你一票！……。」

「謝謝妳！」

「是真的！我會替你拉票。」

「別……，千萬別拉票。」

「阿蘭早就開始拉票。她還請那兩個新來的教授去她家吃飯！另送他們音樂會門票。」

「噢？」這一點他完全沒有想到。

「听說，副校長李麗也決定回來投票！」

「是嗎？」

他相信李麗回來投票，主要是為幫他一把。他們當年同年來到這兒教書，都是從助理教授做起，那時大家都很年輕，心理系規模很小，人數是現在的三分之一。系辦公樓的辦公室是個大通倉，角落裡放了張大長桌，上面是大家共用的大咖啡壺，整棟樓都可以整天聞到空氣裡的咖啡香氣。女教授和女秘書輪流帶早點來，男士們定時交點錢，大家常常見面，教授們關系大都親密無間。史密斯像個大家長，對大家噓寒問暖。如今心理系遷入整棟新四層大樓：一樓是教室，全部電气化設備。教授們在二樓，每人一間漂亮辦公室。三樓是會議室和休息咖啡間。四樓是實驗室和特別教室。人們彼此之間很少見面，大家感情生疏多了，和初來時完全不可同日而語。

李麗的教授名額，仍屬心理系，因此，只要她願意，隨時可以回來教一門課，過過教書的癮。如果系裡有什麼重大事情，她可以回來投票，表達她的意願。因此她和本系的關系密

切。系裡有她，如今和校長幾乎平起平坐，也是好事，畢竟朝裡有人好做官。

蘇珊為他競選系主任的事，非常賣力。當然，天下沒有白吃的午餐，如果他這次競選成功，僅僅對付蘇珊，大約就夠他頭大的。說良心話，對於這次競選系主任，他完全抱著試探心情，看看大家對於他這個東方華人持什么樣的心態。而這次蘇珊卻比他還起勁，似乎要他志在必得。這讓他有些不自在。

蘇珊的對頭常罵她莫名其妙，看來還真有幾分道理。當然浩也明白，幾年來蘇珊在系裡的處境。她到系裡來教書，如今已經整整九個年頭，其間，她申請升級至少兩次，但至今仍是助理教授。她自己本身也有些問題。每次學生期終給教授評分，她的分數永遠很低，分數低得有時讓人看了感到尷尬。她的書也實在教得不高明。再者，她的婚姻也有些令人費解。來系裡九年，換了三次丈夫，而且對方全是學界人物。第一任丈夫是講師，和她是同等級位置，在附近社區學院教書。第二任換的是經濟學院副教授，比她資深。第三任換的卻是本校一位工學院院長。她每次所換的丈夫都是地位越換越高，也許，她以為這也算是成就之一？教學地位沒有升級，婚姻生活等級卻越升越高。

如今蘇珊在校園集會時，常以工學院院長夫人自居。盡管如此，工學院院長卻管不到心理系，或者可以說根本就是風馬

牛，毫不相干。系裡教授們沒有一個人把這個頭銜放在眼裡，對她根本不買賬。多年來，蘇珊和阿蘭以及阿蘭的死黨整日對著干。而阿蘭掌握著系中大權不少年，蘇珊想升級，説實話，門都沒有！所教課程時間表也往往不是晚上，就是清晨，或者周五下午。總之，都是那種吃力不討好的時間，蘇珊固然在臺上講得辛苦，學生也大都聽得睡意綿綿。

而今，系主任要改選，浩決定出馬，這讓蘇珊大大出了一口氣。她和浩九年來相處得還算和諧，主要因為彼此雖同系教書，所教科目完全不相干，浩以統計學和實驗心理為主，蘇珊主修兒童心理，可以説是南轅北轍。在咖啡間見面，多半説些無關緊要話題，大家客客氣氣，沒有厲害沖突。蘇珊是個電腦白痴，而浩卻對電腦有股狂熱。因此，常幫系裡教授們解決一些小問題，其中包括蘇珊的電腦在內。而她的問題比許多人都多，因此兩人比較更熟悉。

本來，浩在系裡一直生活得很平靜，做他的資深正教授。本來他就喜歡教書，天生詼諧，講起課來，能讓學生笑聲不斷。他很少點名，听課學生卻出席踊躍。主要愛听他夾雜在課文外的幽默笑談，正所謂一堂課下來如沐春風。有時隔壁教室因他課堂的笑聲太大，還需要把自己教室前後門關上，免受影響。還有一次校園裡校友會開同樂大會，學生會主席還特地請他出席去台上講話，主要喜歡聽他那逗趣的幽默內容。

　　而這次，以他的資歷相信是足足有余，只是，在整個系裡他是唯一華裔。雖然他來此已好幾十年，自己在美國這兒拿的是名校學位。每天所說所思所見所教全是清一色西方文化，所說的語言是道地英語，所用的文字是道地英文。但，他畢竟是華裔。系裡的教授們來自四方八面，個個自我感覺良好，頭角崢嶸，全是驕兵悍將。平時大都我行我素，誰也不買誰的帳。真會投他一票？讓他作為他們的龍頭老大？仔細想來，他到真沒有什麼把握。

　　何況阿蘭鐵了心，要保住這山頭塞主的地位。雖然幾年來，跟隨康菲的路線，把好好的一個系搞得分崩離析，教授之間形成了兩大壁壘。阿蘭自己沒什麼大本事，書教得平庸，幾年來毫無任何論文發表，之所以混了個代理系主任頭銜，是因為康菲家中女兒出事，突然辭職。事出突然，大家沒人願意半路出來接納這個爛攤子，怕出力不討好。阿蘭等於毛遂自薦，就這樣做了一陣代理系主任。幾年來趁機坐大。她拉攏初來乍到的新人，或送人們音樂會入場卷，或帶來大蛋糕在休息室吹吹蠟燭，唱唱歌。排斥一些和她不合作的、或是和她非同族類的。因此把個好好的心理系變成了內戰戰場。

　　如今浩一則時間比較充裕，精力相當旺盛。他有心把心理系恢復到昔日良好平和境界。畢竟，他來此數十年，原來的老系主任史密斯心胸寬闊，把一個小系擴展到今日的大系，很

不容易。從一棟設備簡陋的舊樓，搬入如此美輪美奐的現代大樓，從前系裡全職教授大約十多人，如今全職教授已超過二十多人。加上兼職教授、講師等，人數眾多。如今心理系，在文學院裡舉足輕重，受到人們重視。主修心理學的大學部學生已達五百人左右。豈能讓阿蘭之流再胡搞下去？這是浩這次競選的真正動機。

5.

　　星期五中午投票！結果是二十一票對五票，其中一人棄權。換句話說，浩的當選是獲得了系裡大多數人的支持。阿蘭獲得了她們整個死黨的五張票。看在浩的眼裡，這樣的鐵票集團對於整個系實在不是什麼好事，他決定上任後要個別擊破。看來使用「孫子兵法」的時機即將到來。這幾天，蘇珊看來比任何人都高興，她毫不忌諱的在咖啡室裡宣布，這是她來系裡教書九年中最最高興的一天。她甚至說伸張正義的時代終於到來。這些流言閑語當然很快會傳入阿蘭的耳裡。

　　浩雖然當選，阿蘭卻心中感到不舒服。對於排課、對於新政策、對於人事安排……。都持異議或以過來人的經驗囉嗦不已！阿蘭在系裡原不是什麼實力派，學生每年給她的期末評分屬於低等，前幾年系裡沒有人願意出頭做系主任，她自告奮勇連續做了幾年，自我感覺良好，開始自我膨脹。對於浩這個

被投票選出的華人系主任，有些不是滋味，總擺出一付前輩姿態。吹毛求疵，來系主任辦公室對浩發出的通知文字上指手畫腳，說三道四。被浩毫不客氣，指著辦公室大門，請她出去。並警告她，管好自己。她覺得非常委屈，對幾個死黨哭訴，被路過她辦公室的蘇珊聽見，很不客氣的告訴她：「別忘了，你現在不再是系主任了！感謝上帝。」

此後，阿蘭雖然比較收斂，但諸如此類的小小摩擦仍然不斷。終於有件大事來臨。一場大戰似乎就要爆發。導致事件爆發的原委早就在暗中滋長。事情的原委是：有兩位助理教授莎莎和琳曼，同時申請終身聘用資格。系裡今年只有一個終身聘書名額，兩位具同樣資格，孰去孰留？這關係著兩人今後的身家性命，這可不是件小事。兩人都來自名牌大學，資歷相當，兩人同年來此教書。學生對兩位教授的評分幾乎無分高下。於是新來兩位的去留問題，由這次「心理系顧問」教授們投票決定。

那天，「心理系顧問」會議開會。會議成員連系主任在內共五人。其中二人由系主任邀請，其他二人由全系教授投票選舉，以得票高者當選，這是一種榮譽，也意味著個人在系裡的地位和重要性。能進入顧問集團的教授屬於當權派，可以主宰全系的成長或沒落。其中系主任為當然成員。激戰終於在會議中爆發。

　　莎莎今年三十三歲，曾在費城一家社區學院教過幾年書，為人處事較為老練，和阿蘭集團搞得親密無間。浩對她沒有什么個人偏見，但知道此人不是省油的燈。她雖然是助理教授，還沒有得到終身聘書，在校園裡已經非常活躍。校園裡教授們的各種集會，幾乎都有她的身影。她也不停有著作發表，看來，她打算在兒童心理學領域做出一番成績來。

　　琳曼三十歲，個性較為內斂，在感情生活上曾有過一些波折。教書認真，很受學生喜愛，每年學生年終評分都是優等。她很少參加學校裡的各種課外活動，除教書外沒有什麼野心。為升級及留任，她不停有論文發表，而且，內容十分紮實，是典型的學者。其實，客觀說來，這是很理想的好教授。

　　究竟把誰留下？教授終身職聘書究竟給誰？那天的系務顧問會議，最主要的就是決定兩人的去留問題。莎莎？還是琳曼？第一輪投票結果：2對2。系主任通常不表示意見，不投票。除非出現這樣的結果。這一票決定兩人去留。投誰？

　　顧問成員中，阿蘭兩個死黨，投票時步調一致。另兩位成員厭惡莎莎在系裡野心勃勃，欣賞琳曼的教學方式及學者風度。客觀而言，莎莎和琳曼兩人確實旗鼓相當，不相上下。考慮著其他方方面面，因此很難輕易決定。

　　「這樣吧，先休息二十分鐘，出去喝杯咖啡。回來再第二次投票決定。」有人提議。

「我們應當一口氣把事情決定，最好不要休息。」有人反對休息。

「我……贊成休息。」浩決定要緩和一下氣氛。

既然兩派勢均力敵，誰也不會讓步，也只有這樣才能緩衝一下。浩回到辦公室，剛坐下，秘書鮑太太進來，遞給他一份急件，是文學院院長辦公室剛送過來的。什麼？嚇了一跳。原來院長室通知，暫緩決定終身教授聘書的事。噢？原來琳曼委託律師控告莎莎，說莎莎的一篇論文，剽竊了琳曼的原始數据。莎莎論文中沒有說明數据出處，顯然是把琳曼辛勤做出的結論据為己有。所以，目前不能決定把終身聘書給誰。必須等到水落石出才行。原來如此。天曉得！還會有這種事！幸好休息了這二十分鐘。回到會議室，浩宣佈今天暫緩投票。有這樣的事？站在莎莎一邊的同路人，表示懷疑。

「請各位保密，這事不可以對外宣佈！」

顧問會議沒有做出具體結論，兩派人馬都很不高興。雖說請大家保密，浩知道，走出會議室誰都管不了誰。莎莎和琳曼兩人十分鐘之內就會知道會議中的情況。做為系主任，他必須依章辦事。至於人們聽不聽，那是各人自己憑良心的事，沒人管得了。要想讓幾隻貓排列整齊前進，是完全不可能的事。

代表莎莎的律師辯白說，她那篇論文確是引用了琳曼的數據。但，這篇論文是她指導一個學生寫的，偏偏這個學生也在

琳曼的指導下，在寫另一篇論文。數據是學生收集編輯而成。換句話說，這個學生是作者之一，她有權應用她所收集來的數據。兩篇論文重點不一，但這個學生在兩篇論文中既然都屬於共同作者，那麼，她便沒有犯所謂的剽竊罪。莎莎只是其中論文的共同作者之一，更談不到剽竊。

代表琳曼的律師卻說，雖然學生是兩篇論文的署名人之一，但，和莎莎共同發表的論文，莎莎是第一個署名作者，顯然表明莎莎是最重要作者。既如此，數據的出處必須註明。否則便表示所有資料數據都出於原作者之手。因此，必須查個水落石出。雙方所說似乎都言之成理，相持不下。系裡雖然希望儘快把問題解決，事實沒理清之前卻沒法推動。蘇珊此時打算動用她工學院院長夫人的地位，看看能不能影響大局。儘管工學院和心理系毫不相關。

浩早就開始厭惡蘇珊的行徑。自從她幫忙他選上系主任寶座以後，她常常提醒他，自己功不可沒。她總是誇大其詞，覺得這是她莫大的功勞。他曾覺得蘇珊九年仍停留在助理教授位置，確實夠委屈，上任後倒是很快幫她一把，把她申請升級的事當正事，花了一番心力。以至他上任一年，她便順利通過審查，升上了副教授位置。蘇珊卻覺得，可能因為她自己目前是院長夫人，大家買她丈夫的帳的關係。因此對於浩的努力，並不十分領情。總之，浩越來越厭惡蘇珊這種行徑。

　　蘇珊和她的幾個同黨不喜歡莎莎，覺得莎莎對他們威脅太大。他們想盡方法要把琳曼留下來。因此，除了在系裡活動，還利用各種關係在校園裡活動。至於莎莎，雖在論文這件事上有些理虧，其他方面卻表現得毫不示弱。除了在系裡有阿蘭的死黨支持，她在校園的各種重要委員會裡儘量表現自己。看來，兩人的事，如今演變成了兩派人的事。如此一來，事情就變得非常複雜了。

　　她們如此旗鼓相當的爭執了一陣，究竟誰去誰留，久久無法決定。兩派爭執卻愈演愈烈。一天，在「教師聯盟」裡十分活躍的斯坦，敲開浩的辦公室，說是請教他一個問題。浩不太願意和教師聯盟的人打交道，他們總是和行政部門對著幹，不管有理無理，名義上是為教職員謀福利，其實不然。斯坦的來意，原來是替莎莎助陣，說了她許多優點……。浩當然不為所動，只客客氣氣，對他說了一些莫稜兩可的應酬話。心中卻感覺到了莎莎的深厚功力，看來這人確實不是省油的燈。

　　此後不久，事情突然有了壹佰八十度的大轉變。原來，琳曼此時突然呈遞了辭職書。原因是，她獲得了紐約州的一所大學聘書，各種條件都和這兒同樣優厚。而且，還答應給她一個專用實驗室。那兒的校園固然很美，更吸引她的是，她的多年男友，摒除了兩人間的誤會，如今和她同歸於好，就在同一所大學教書。她的男友暗中為她的事花了不少力氣。兩人從此不必

兩地奔波，令她喜出望外，因此，她立刻接受了那兒的聘書。

在這件事上，大家深深吐了一口氣，算是功德圓滿。阿彌陀佛！上任以來的第一件比較麻煩事就這樣解決了。蘇珊和她的集團感到非常失望，琳曼無法留下，讓他們覺得十分惆悵，卻無可奈何。妙的是，在歡送琳曼的餐會上，所有人馬紛紛出席。送禮物，致惜別辭，相互敬酒，好像什麼不愉快事都沒有發生過。最後，莎莎還主動去和琳曼擁抱道別。看在浩眼中，真感到既虛偽又諷刺。蘇珊也一樣，在席間高聲歡笑，讓人覺得，她和莎莎、琳曼都是最親近的朋友。也許，這是美國或西方文化與中國文化不相同的地方？就事論事，事過境遷，事過以後一切以和為貴？玄。

6.

坐在酒吧櫃檯的遠遠角落，浩有些侷促。雖明知和李麗之間沒有什麼瓜葛，但，單獨和她在這兒相約，總有些彆扭。李麗在系裡是有名的風騷，尤其當年她親愛的丈夫一度遠渡重洋，到澳洲去客座兩年。那時大家都年輕，都還沒有得到終身聘書，處處小心翼翼。即使如此，她也以奇裝異服在校園裡聞名。和系裡的年輕教授們往還十分親密。

記得她的八歲男孩喜歡吃餛飩，丈夫愛吃烤鴨。那時此地中國餐館不多，浩全家和李麗家住得不算太遠。週末時常聚

餐。李麗烘烤的胡蘿蔔蛋糕一流，既美味又健康，因此兩家各取所長，常在一起聚餐，關係親密。許多年來，大家經歷了人生的起起伏伏，關係已不止只是同事，許多時候，漸漸成了息息相關的朋友。

李麗來了。儘管渾身穿得時髦，黑色薄皮緊身短夾克，配著一條緊身黑皮窄長褲，腳下是兩寸高跟鞋，名牌小皮包掛在右肩，卻掩飾不了她的胖勁，近兩年來，她實在是長了不少肥肉。

李麗把夾克脫下，裡面是件低胸敞領無袖絲織同色襯衫，十分肉感。她上前和浩來了個熊式擁抱。她當年在系裡和同事見面大都如此，人們也都見怪不怪。如今，雖說上了些年紀，摟在身上，浩仍有些不自在。反正，這就是李麗的一貫作風。如今雖然貴為副校長，作風依舊。

他們今晚見面，本是李麗的主意。兩人平時都忙，今天是星期五晚上，週末開始。她如今是校長身邊的紅人，系裡許多事透過她辦起來比較方便。她如今主持全校學術課程改革，她所提出的方案在文學院遇到許多阻力，她需要拉攏一些較有實力的大系，心理系是其中舉足輕重的大系之一。她需要對他把前因後果說明白，這樣才能拉攏浩。他們天南地北先東拉西扯了一陣，終於言歸正傳。

「現在系裡怎麼樣？事情辦起來順利嗎？」李麗抿一口酒。

「怎麼說呢，還行！馬馬虎虎吧！」

「好在琳曼辭職了，不然還真麻煩。」

「誰說不是。」

「兩派人馬勢均力敵啊！校長室都替你們捏把冷汗。」

「是嗎？。」

「不過，什麼系能平靜無波呢？總有些事上上下下。」

「反正盡力而為吧。」

「目前大家對心理系風評還不錯！看得出，你是盡力公平處理。」

他們談了一陣學校事務。

「麥克又到澳洲去了？」

「可不！我沒法跟他去，你知道現在學校裡暗潮洶湧，有人要想搞垮校長大人。」

「有那麼嚴重？」

「很嚴重。這也是我希望你和心理系能支持校長的原因之一。」

「至於嗎？」

「可不！他（她）們，包括你們心理系的幾個活躍份子，經常聚集在文學院院長家開會。

他們反對的事可多啦。。」

浩當然明白，校長來學校十九年，把個小小學院整頓得井

井有條。近年來頻頻被登上暢銷雜誌，成為「東海岸最佳小型學院之一」，評分越來越高，知名度也越來越響。學院入學門檻越來越高，錄取學生所要求的分數也越來越高，因此學生素質與日俱增。只是，人們覺得校長大人越來越專斷，凡事他說了算。他只在意學校董事會的幾個董事，不給教授或其他領導階層任何說話余地。董事會的幾個董事多少年來，都和校長合作無間，等於是校長的應聲蟲。所以校長越發不把教授們的意見當回事。這都什麼世紀了？強人時代早就過去，何況是在大學校園裡？

李麗是校長一手提拔上去，是近幾年來學校裡最紅的紅人之一。她對校長的命令絕對服從，並全力推展。站在教授的地位，大都和行政人員唱反調，教授們強調獨立思考，凡事民主。站在行政人員立場，認為事事投票，眾說紛紜，很多事都辦不成。因此越專斷越好辦事。李麗如今也是行政人員，是副校長，當然和校長站在同一立場。他們談到更改學術課程內容的事，如今教授聯盟和校長室鬧得很僵。

「更改課程是件大事，各個教授對課程自認是專家，憑什麼由校長室說了算？」

「唉，只是要求嚴一些，課程內容當然是各門教授說了算。」

「那也需要由學術會議委員會，慢慢研究討論決定。」

「討論研究太花時間，我們急需向高等教育局交差，那樣才能申請到大學補助基金。」

「補助基金數目很大？」

「幾乎佔總預算十分之一！」

「這樣大的數字？」

「可不？！要不然那會這樣緊張？」

「這關係著校長的去留？」

「人們用這件事做藉口！」

「真要趕校長下台？」

「可不！這事，希望你能關心一下你們系裡狀況……，」

「我們系的狀況妳是知道的，我個人的影響力很小……。」

「盡力而為吧！」李麗說。「你知道，假如校長被趕走，我大約也待不下去。」

「有這樣嚴重？」

「當然，人家都說我是他的應聲蟲……」

「你……你有義務執行學校政策，但願不至於到這個地步。」

「你知道教師聯盟勢力很大……。」

「他們唯恐天下不亂。」浩說。

站在行政立場，浩明白其中厲害。兩人各自喝完酒，談

起當年老系主任史密斯被康菲排擠的事，談起湯瑪斯被解聘是康菲暗中使壞的事，又談起喬治退休後的生活狀況……。不禁讓浩想起元稹那首《行宮》的詩來：「寥落古行宮，宮花寂寞紅。白頭宮女在，閒坐說玄宗……」。一時間真有些往事不堪回首的悵惘。服務員來帶領兩人前去餐廳點主食。等晚餐完畢，已是夜裡十時半。回家的路上，浩決定要為更改課程的事盡力。憑良心講，這是件好事。許多教授討厭更改，主要還是怕麻煩。對於學校而言，進步是必需的。何況為學校爭取補助基金也是一件非常重要的事，今晚算是被李麗說服了。

7.

這是一家意大利老字號餐館，大約有八十年的歷史了。這兒停車場可以停放五六百部汽車，週末通常還很難找到車位。可見它在當地的地位和聲望。這兒是當地大型集會的最佳場所，地方大，歷史悠久，餐食價廉物美。浩繞了好幾圈才在最冷清的角落把車停好。進門處站滿了等候座位的散客，學校的「教授聯盟大會」在餐館的一個大廳舉行。推開203號大廳大門，裡面早已擠滿人，至少有三十桌，換言之，來出席的至少有三百人。校園裡的知名人物，活動份子，除教授外，許多資深職員都到達了。

今天的集會主要任務是選舉兩年一度的聯盟主席。副主席

以及會計、財務、秘書、文宣等。但暗潮似乎洶湧澎湃。有心人要趕校長已不是秘密。校長在此已經做了十九年，在本學院的歷史上已經屬於破記錄。以前，幾乎每五年便換一任校長，這兒的教授聯盟難纏，在高等學界是出了名的。因此許多長遠計劃沒法執行。而本次校長在位置上待了將近二十年，幾乎是個大奇跡。

候選人一一發表意見，最受歡迎的演講內容，是數說現任校長的種種劣跡。批評他目前越來越專斷。完全不把教授們放在眼裡。比如說，他決定更改學院校名，覺得原來的名字以當地地名為首，而當地地名在全國既無知名度，更因治安有問題，而損害學校形象，因此非改不可。這對於一些珍惜歷史價值的畢業生，還有些已功成名就的校友們，覺得自己當年畢業的學校竟不再存在，感到不滿。於是發起反對運動。

更改校名之前，校長根本沒有讓大夥兒提供意見。由自己親信組成一個小小三人委員會，選定了兩個新校名，讓校董過目。其中之一因為和本地當年名校歷史名字衝突，就選定了另一個新校名。轉眼間這樣重大的學校重新命名之事，就那樣決定了，而且下令立刻更改！所有的公文、標誌、登記註冊手續等等等等，全跟著更改。不僅費事費時，還花費許多無謂的金錢。不願為教職員加薪，卻如此浪費公帑，是一個好校長應做的嗎？憑什麼？他忘了這兒是高等學府，不是幼稚園。這是最

大罪名之一。

　　再比如，他看到校園附近有許多民房出賣，便徵求某系主任意見，因為他精通房地產經營、會打算盤。討論後，兩人認為把它們收購為校產，最為划算。因為如此一來，凡新聘請來的教授，付極低的租金，就可以入住。而且離校園近，甚至可以步行到校園上課，而不至於為尋找住處而分心。當時房價平平，但有些房主聽到校方要收購的消息，便開始抬價。當然，最後校方仍以合理價格收購了不少。所謂釘子戶在此很難立足。但，「教職員工會」反對，認為這是校長專權的另一例證。其實，美國許多名校，包括不少長春藤名校在內，也多半在校園附近置產，免去許多私人房主抬價漲租等等，對學校不利。但工會成員認為，如此重大決定即刻執行，沒有徵求教職員意見，太獨斷獨行！

　　教職員聯盟大會開始，那晚主要是重新選舉大會主席和主要幹事，許多較重視學術成就的教授，大都不積極參與競選。反而平時愛搞活動，不專心教學或不花時間做學術研究的人們，努力朝這方面前進。其中有不少是猶太裔，不知是否因為揹負著沉重的歷史包袱，他們特別敏感，特別害怕被動，因此，那晚好幾個重要聯盟位置都由這些人當選。其中之一，是心理系的一位教授。平時和浩的關係還算和諧。當選後，首先來到浩的餐桌前來握手。從許多側面蛛絲馬跡，浩明白，這位

老兄要推動的第一件要事，就是決定要趕走校長。因為這位仁兄一直不同意校長所推動的政策，認為校長太專斷，妨害了大專院校所強調的學術自由。其實，大家心知肚明，這批人所謂的學術自由，是真正的掛羊頭賣狗肉。真是不說也罷。

　　會議結束以後，浩把會場裡的情況告訴了李麗。結論是，校長今後的去留顯然很不樂觀。李麗在電話一端深深嘆了一口氣！淡淡的說，看來我所準備的履歷表和求職信要很快發出去了。無奈。

8.

　　春季將盡，又到了一個學年即將結束的時候。浩收到了校長邀請晚宴的請帖。校長的小樓離校園十五分鐘車程。獨門獨院，座落在一條死胡同的巷底，楓樹參天，是個寧靜的住宅區。六時到達，門前已經停滿車輛。進門處有位年輕女士恭候來客，伸手向來客收取風衣或外套，替客人掛妥。往裡面長廊走去，便見校長和夫人親自和來客握手，問好。並帶往客廳小酒吧前，由站立酒吧櫃檯後的年輕男士招呼，他替賓客調製各種不同風格美酒。

　　客廳裡已經有不少來客。原來今天所邀請的賓客全屬系主任、院長、副校長等等管理階層。也有一位是「教授聯盟」主席斯坦，等於工會理事長，凡事他通常和管理階層對著干。名

義上是代表教授利益。實際上和工會頭頭差不多。這位仁兄在學術上沒有任何成就，因此為勞工階層爭取利益特別賣力。許多其他教授並不認同他的努力，浩平時多半和他只是點點頭。如今在校長客廳相遇，也只是說說笑笑。但他緊追浩身後，似乎有話要說。看來，他是要趕走校長的積極份子。他竭力遊說浩本星期五去開「教授聯盟會議」，說有緊要議題投票。緊要議題？無論什麼雞毛蒜皮，到了斯坦口裡都是緊要議題。浩前幾天和李麗見面，心中已經有底。

這是棟古老住宅，飯廳顯得華貴排場，餐桌很長，鋪著白色桌布，裏著雷絲花邊，每邊放了五把座椅，兩頭各放一張有把手的座椅。天花板正中懸掛著華麗的水晶吊燈，晶瑩的水晶玻璃球折放出晶瑩燈光，顯得溫馨而具品味。牆壁上有印象派油畫，好像是馬奈的作品，典雅舒適。校長坐在一端，另一端坐著李麗。她再三謙讓，卻抵不過校長及校長夫人的堅持。另一桌在客廳，餐桌兩邊也各坐五人，主座一端是校長夫人，另一端坐著商學院院長。

雖說是校長每年例行宴請高級行政人員。校長安排浩坐在他的左手，使於談話。今晚是典型的西式意大利餐宴。先上頭菜，是番茄醬裏意大利通心粉，緊跟的是生菜沙拉。主餐是義大利麵條，分三種：蝦仁、或貝殼、或魷魚，至於調面醬分兩種：番茄醬或白色透明橄欖油外加海鮮。最後的甜點是拿破侖

鬆糕，另有現磨的巴西咖啡或是綠茶。

　　席間校長問起心理系狀況，對於浩上任幾年來的政績毫不保留的加以讚美。對於前任，默默搖頭。言談間，十分垢病各個院系裡搞小圈圈。也許，大家都屬管理階層，於是紛紛發言。對於校長的各種措施多半持讚同意見。另一桌笑聲喧天，話題非常輕鬆。那頓晚餐浩和校長近距離交談，覺得這是個辦大事的人才。他有擔待、心胸寬廣，對學校前景具備前瞻性眼光。他也算得上是個優秀的宣傳家。教育電視臺有他定期的節目播出，所談大都是如何提高高等教育素質，如何與國外高等教育界接軌，如何推動與其他國家交換大學學生與學者等等。是個有過人眼光與胸襟的領導人。而平常所接觸到的同事中，不少人十分短視，喜歡搞小圈圈，所關心的全是以個人利益為中心，談不到國際眼光。

　　他記起幾年前被校長邀請來自雲南的錢副校長。校長對他禮遇有加。分給他一間辦公室，就在校長室隔壁，另分給他一名半職秘書。那是九零年代中期，錢校長是應邀前來半年，研究參考美國學院制的課程綱要，一面做為參考，一面為國內同階層學院做比較。錢來自溫暖的昆明，初來就遇到東北部冬季暴風雪，沒有足夠禦寒衣物，忽然病倒。浩緊急把錢校長送醫治療，痊癒後送厚重大衣外套，棉被絨毛帽圍巾棉靴等等禦寒。並把家中腳踏車運來，以便他能在校園及宿舍間往還方

便。總之，後來浩和錢副校長變成了很好的朋友。

　　錢校長返回母校後，把半年多來在美國的參考資料寫成論文發表，得到一些中國高等教育學者及行政人員共鳴，漸漸在一些大學行政部門做了一些積極有益的改進。有一年暑假，浩全家去中國西南部旅遊，特地去看望錢校長，那時他已升為校內第二把手。彼此相談甚歡。

　　這是本校校長創建的「國際院校高級主管交換計畫」。由於第一次的交換計畫很成功，浩熱心主動幫忙推展，才有了第二次，第三次。後來源源不絕，增進了兩國間高等院校間的了解及合作。那晚大家談到學校有許多系裡，有不少人所關心的是如何抓權，如何內鬥。而今，許多人卻打著學術自由的旗幟，煽動他人參與趕走校長的活動。浩此時心中為此感到非常遺憾。

　　晚餐即將結束前，校長和夫人同時起立，請大家安靜。他和夫人舉杯向大家致敬，說是感謝十九年來大家對他的支持。他說今晚的餐會其實是向大家告別的。告別？大家有些錯愕！是的，向大家告別！原來他早已意識到學校裡暗潮洶湧，對於他的政策措施感到不滿，他知道這兒已非久留之地。他向大家宣佈，他已經接受了大公國教育部長給他的聘書，秋天即將去那兒創辦一所女子師範學院。他說，屬於大公國教育部的「人才搜尋部門」一直在尋找這樣的人才，已經尋找了大約一年有

餘。終於讀到了關於他在高等教育界的種種措施及成就，他們仰慕他的果斷毅力及國際眼光。他們以最高的敬意以及最優厚的待遇，爭取他的同意，恭請他去那兒施展他的抱負及理想。

　　賓客們忽然安靜下來。似乎全感到錯愕與震驚。好一陣，李麗打破沉默，舉杯向校長及夫人表示祝賀。這真是天大的喜事！不僅是校長個人的光榮，更是學校的光榮！乾杯！氣氛突地變得歡樂起來。慢慢地，一個接著一個，賓客們或是各自舉杯，或是跟著舉杯，一一向校長表示了深沉的祝賀之意。啊，大公國！富足而遙遠的沙漠王國！人們開始喋喋不休地談論起那浪漫而陌生的國度。歡樂的氣氛漸漸替代了瀰漫在空氣中的失落與遺憾。人們久久不願離去，似乎都要緊緊抓住這稍縱即逝的片刻。終於，夜深了，散席了。李麗和浩行走在戶外人行道上，李麗說，她的辭職信也已經寫好。辭職？是的。校長走了，她也不會有好日子過，原來她早已為自己後路做妥準備。而且已經收到了一份聘書。校長的離去，令她下達決心。秋天即將去遠在南方的一家私立袖珍型學院，擔任那兒的校長一職。李麗不無感嘆的說，是該離去的時候了。

2018年6月24日於拉斯維加斯近郊

發跡者

1.

那天午後，黎荔在網上隨意瀏覽，發現有個當年舊識竟赫然高居發跡者的名人榜上，艾片人！這不是我們當年認識的艾片人嗎？哇！竟成了富豪名人！令她禁不住想起「拍案驚奇」和「儒林外史」中許多稀奇古怪的案例來。這真是所謂三十年河東三十年河西啊！

她忍不住呼喚她的另一半也來瀏覽這篇名人報導。其實報導還不止一篇，而是好幾篇。是嗎？這位舊識，身價上億。在富人群聚的珊瑚灣，擁有一座價值三千萬的豪宅。六臥四廳八廁，泳池、花園……。豪華艷麗的照片一一展現出豪宅的非凡。屋後是清澈見底的海灣，停泊著一艘白色機帆船。哇！兩人禁不住搖頭驚嘆！另外，網上還提到，艾片人還擁有另兩座豪宅，分別在曼哈頓及新港。哇！還有更多令人驚訝的信息。他們禁不住回憶起當年事。

黎荔和印謙當年都是來自台灣的典型留學生，按部就班，循規蹈矩，孜孜不倦，在學術殿堂消耗了人生大好青春。他獲

應用數學博士學位，她獲生物碩士學位。畢業後，他在P城一家頗具知名度的大學任教。她在聯邦政府一所研究部門實驗室任技術人員。那年代在P城，他們很快融入高等華人社交圈。當地華人舉辦各種大型活動，或救災捐款、或推動中華文化傳承發展、或為理想競選人站台……等等，印謙和黎荔大都會積極參與和推動，幾年來有了既定的社會地位，在P城華人圈子裡很受敬重。

他們記得第一次遇見艾片人印象十分深刻。那是一次春節假期，在一個大型活動場合。一個男子，大約三十多歲，長得一表人才，特地走過來向他們坐在首席的貴賓們敬酒。他簡單介紹自己，名叫艾片人，自己來P城好幾年，忙著讀學位，忙著生活，一直沒機會拜見大家……。現在舊工作剛被辭退，新工作還沒有確定，如果各位有什麼工作機會，希望能夠幫忙引薦……。大家很熱情的收下了艾片人的名片。

印謙瞄了名片一眼，上面赫然印著，艾片人！某大專院校校長，啊？校長？這樣冠冕堂皇的頭銜？非常驚詫。

「艾先生，你……是這家學院校長？失敬，失敬。」

「那已經是過去式了！」

「過去式？」人們開始好奇。

艾片人開始敍述他這段經歷。他說這個學院其實實質上就是一個工業專科學校。創校人菲利浦是校董，他原是本城一家五金

行老闆。菲利浦因為世代居此，祖上留下來一座頗具規模的老店。他個人在當地人脈關係深廣，他接手後善於經營，陸陸續續，連開了好幾家連鎖五金分行。小城居民家家需要五金行服務，生意越做越大。菲利浦需要很多水電工、自來水管工、冷暖氣工……。每次找這樣的工人既費時又費力，而且有些工人根本基本知識不夠，經驗不足，常出紕漏。害得做老闆的菲利浦常要出面去善後，或賠款或道歉或被起訴……不勝其煩。

　　為解決這個問題，菲利浦最初決定開辦訓練班，凡是來店裡找工作的人，一概加以專業訓練。必需過關領得執照才錄用，成績越好工資越高。這樣的訓練方法漸漸招攬來不少人員，訓練班越辦越盛大。既如此，菲利浦經高人指點，乾脆就辦學校。工業專科學校申請執照比較容易。何況菲利浦在這兒人際關係遼闊，辦起事來格外簡單。不久就有了小小規模。從三棟樓房擴展到五棟樓房，增加了機械實驗室，修護廠房等等。不少本地初高中學生覺得一技在身，生活不愁，對於普通大學反而興趣缺缺。許多年下來，學生越來越多。因此把職業專科升級改為學院。但校董菲利浦本人不是教育家，也不打算教育出什麼了不起的人才。所以常和聘請來的校長們有觀念上的分歧。因此許多年來，已經更換了八九個校長。

　　而艾片人那時剛拿到碩士學位，正到處找工作，常常碰壁。忽然發現P城工業學院急徵校長職位。原校長因故憤然辭

職，似乎事出突然，立馬走人，學校業務青黃不接。艾片人跑去應徵，其實自己覺得希望渺茫，只當做碰運氣。艾片人身架高挑，眉眼端莊，英語會話能力高強，而且非常善於交際，言談舉止頗具大將之風。一場面談，竟然獲得這位校董大人青睞，立即獲得聘書。後來才漸漸了解，其實，這個校長位子是完全被架空的，許多事情都是這位校董大人決定。難怪他換校長就像換走馬燈一樣。大約為合呼法律規定，必需設置此一虛位。艾片人並不介意，能夠有個機會，領份薪水，就已經心滿意足。何況「校長」這頭銜也頗值得炫耀，即使做個傀儡校長也無所謂。

校長室在行政大樓底層。進門牆上是一幅創校捐地的校董半身油畫像，那是菲利浦的祖父。兩邊各放一面校旗及郡旗。整個校長室的氣氛就被這張嚴肅的半身油畫主宰著。沉悶、蕭索、權威。一張桃花木製深咖啡色巨型書桌，華貴氣魄，面對同色木質巨型玻璃櫃，裡面陳列著各色各樣的鏡框、錦旗、金杯、銀杯、盾牌……。琳琅閃亮。更有許多繽紛璀璨的獎牌，各自述說著久遠光榮的事跡。

那天，艾片人進到校長室，還沒有在那把厚重舒適優雅的座椅裡坐隱，機要秘書東尼夫人便踏著她那穩重威嚴的半寸粗跟高跟鞋跟了進來。東尼夫人在校長室工作了二十多年，學校裡除了董事局首席董事外，沒有人不對她敬畏幾分。艾片人到

這兒做校長這是第二年，聘書即將到期，心中不無幾分恐慌。

東尼夫人有著微微泛白的灰髮，總在腦後盤個美人髻。一對珍珠耳環，碩大橢圓，散發著貴婦的富麗與尊嚴。永遠是深色套裝，同色皮包和高跟鞋。她身上流露著無言的威力與能量。據傳聞，她是菲利浦的遠親，更是心腹。説良心話，艾片人在這位置上做得越久，對她的畏懼越深。總害怕自己被她抓住什麼把柄。

「艾博士你早！」

她從不稱他校長，艾片人其實正在一家佛羅里達函授大學修博士學位，現在還不是名正言順的博士。也不知她是否知道實情，還是心存懷疑。總之，艾片人覺得心虛！

「東尼夫人早！」

東尼夫人那天對他報告了一下當天的時間表，其實除了要見見學生代表，談談宿舍區的管理和監督問題外，整天幾乎是空白。而且他的第六感告訴他，當天幾位校董大人正在遴選下一屆校長應聘人。總之，他必需儘快為新工作找機會。東尼夫人離開校長室後，他小心翼翼，翻閱了兩份報紙上的事求人廣告，用紅筆勾劃了出來。

在報上同時注意到一則消息。那天華人社會當晚正在舉行春節聯歡。P城華人商會及許多華人社團紛紛贊助。他雖然沒有報名，但決定屆時臨時參加，他相信應當沒有問題。大廳裡

張燈結綵，密密麻麻，大約三四百位嘉賓，在富麗堂皇的宴席中入座，啊！P城有頭有臉的人物全都在座。他覺得今晚真是來對了地方。他對門口接待人員說明來意，兩個年輕人立刻為他找到一個位子。晚宴還沒有開始，會長正在致詞，主題是歡迎所有各界華人參與聯歡活動，團結一致，發揮華人正能量。聽眾報以熱烈掌聲，而後是不同團體負責人上台致詞。

艾片人來此目的是尋找機會，希望結識當地有實力有地位的華人。他臨時被擠入的這桌，大多是些年輕人，他們對於席桌上的美食饗宴有興趣，諸如蝦子大烏參、京都片皮鴨、清蒸游水魚、法式龍蝦、骨香龍粒球……等等。但今晚他對美食一概沒興趣。他四處張望，終於找到了貴賓席的賓客們。謙恭有禮的說出了自己的願望。

「你既然做過校長，相信行政能力一定很強。」

「拜託各位了！」

「好說，好說！」

人們對他很友善，對他說了許多鼓勵的話。後來大家問及他的家庭狀況。說是妻子剛帶著一兒一女來和他一起生活，當年他在台灣結婚好幾年後，獨自來美國打拼。兒子已經大學畢業，現在打算申請本州的醫學院。不知各位朋友是否了解這方面的情況？貴賓席中有一位是某醫學院教授，對於這方面情況非常熟悉。於是告訴他，申請醫學院的學生非常多，競爭十分

激烈，醫學院對於申請的學生要求相當嚴格。美國各地醫療人員缺乏，一些窮鄉僻壤往往好幾千人只有幾個醫生。美國醫生一方面收入高，一方面受人尊敬，但即使如此，大多數醫學院對學生仍要求非常嚴格，以此既保持醫師的高水平，更保護醫界的既定利益，毫不妥協。艾片人對這種狀況頻頻點頭，十分虛心受教，同時表示理解。

那晚，聯歡晚會遊興節目結束後，開始社交舞會。艾片人的舞步純熟，無論優美的華爾滋、端莊的狐步、浪漫的拉丁探戈、或是活潑有趣的吉魯巴、扭扭舞等等，全掌握得恰到好處。當晚，許多女士都被他邀請，也都十分樂意和他做臨時舞伴。即使對舞伴比較挑剔的黎荔，在艾片人的悉心帶領下，也樂意和他跳了一圈華爾滋。兩人的曼妙舞姿，旋轉在華麗飄渺的樂曲中，令眾人讚嘆不已。

那次和艾片人認識以來，見面的機會並不多。只輾轉得知他的兒子艾強申請了好幾個醫學院都被拒絕。來自台灣的妻子谷琪已在本市一家瓷藝工作坊找到繪畫員的工作，女兒進入了社區學院唸書。至於艾片人是否找到了合適的工作，大家都不清楚。

2.

那次聯歡會見過艾片人以後，黎荔和印謙平時忙著工作，

除偶爾在大型活動碰面寒暄外，沒有再和他多聯絡過。只是，兩年後的秋天，小城發生了一個大新聞，在電視螢幕上見到艾片人現身，著實嚇了一跳。

小城當地的媒體，那幾天可是抓住了可以大大熱賣的頭條新聞！原來當地一家開汽車旅館的店主，忽然收到兩具屍體，男女各一，是從紐約上州一家醫院運送來的。司機硬說是店主一個月前訂購的。店主拒收，而且通知了警察，倆輛警車在汽車旅館的停車場上，車頂警燈閃耀著嚇人的光芒。有一些附近居民圍觀，竊竊私語，指指點點。敏感的記者們紛紛趕來，要一探究竟。

平時便泛貧血的店主五十多歲，如今在眾多記者面前，更是鐵青著臉，說不知什麼存心叵測的人，想要搞垮他本就夠冷清的小本生意，這樣的惡作劇令人深痛惡絕⋯⋯。店主語無倫次的謾罵著，記者們從店主這兒弄不清楚究竟，有人便趕著去訪問當地市長。這城麻雀雖小，五臟俱全，也有人去訪問衛生局長、警察局長，一時間鬧得不可開交，小城顯得非常熱鬧。

此時艾片人正用電話和紐約上州供應屍體的醫院惡言相向。怎麼回事？下週四，二年級的解剖學必需要用屍體。不是一個月以前就敲定了嗎？如果耽誤了學生課程，你們必需後果自負⋯⋯等等。供應方急急查看檔案，發現原來那次辦事的是臨時新雇來的職員，辦事出錯，讓司機把屍體運錯了地方，因

此惹來天大的誤會。怎麼可以鬧出這樣低級錯誤？艾片人非常惱怒。供應方再三道歉，緊急通知司機，把屍體急速轉送到所租用的醫學院所在地。總算即時解決了這場誤會。

但正因為這場天大的誤會，引起記者和一些好奇者的追蹤。不僅小報記者咬住這條新聞不放，某家大都會電視台也派記者前來，要弄個水落石出，紛紛追蹤到這家所謂的醫學院來。其實這地址是本地社區學院的所在地。只是部份校園樓房出租給他而已。不追蹤還好，追蹤以後，竟讓人發現這家醫學院太簡陋。這實在不是艾片人最初料想得到的。

面對伶牙利齒的記者們，艾片人好整以暇，輕輕調整了一下那付名牌金絲邊眼鏡，以做過校長經驗的平靜，和言悅色的回答了一些問題。屍體是為解剖課程準備，這是醫學院學生必修課程……。這兒有醫學院的學生嗎？說到這裡話鋒一轉，開始對聽眾解釋並強調醫學院的重要性，積極性以及如何可以為廣大民眾的健康提供服務等等。艾片人口齒清晰動人，不愧當年受過威廉絲傳教士的教導，讓群情激憤的記者及聽眾，一時間變得啞口無言，甚至對他有了一份敬意。艾片人內心深信，其實這些聽眾也很容易忽悠，幾乎打算滔滔不絕的說下去，當然，他很快打住。因為由於這個誤會他還有許多事要即刻處理。

即使如此，他仍然有些心虛。心中只希望這場來得不是時候的臭事趕快過去。他知道人們都十分健忘，只要應付得法，

不引起司法部門的誤會而深入調查，就可以高枕無憂。本來，
這是個荒僻落後的小城市，人們本就沒有見過太多世面，那經
得起如此具爭議的荒唐事件。好在無論如何，現在已經把記者
們安撫下去。

緊接著他去拜訪了這家汽車旅館的老闆，承諾給他二千元
做為陪賞精神損失。而後宴請小城內警界政界教育界人士，陪
著笑臉說明事情原委。當然，在席間他也再三提及醫學院的重
要性，漸漸說服了幾個官員。而後他補充說明他這所醫學院目
前初創，只有兩班，大約有一百多名學生，但這只是臨時的校
園分部。真正校本部在加勒比海一個小島上，那兒有一千多名
學生。此地校園因為初創時期，有些簡陋，但沒有非法之處。
一面說明，一面放映簡短影片。加勒比海的海島校園裡有一排
面對海岸的樓房，紅瓦屋頂，米色牆壁。椰子樹迎風搖曳，有
年輕學子騎著單車在校園悠遊。這是一幅美麗安詳的校園美
景……。就這樣，他順利過關。

其實，他心中非常明白。憑他生花妙舌，這次算是安全
過關。他目前的校址是從社區學院租用而來。當年社區學院學
生人數不足，經費短缺，因此也樂意用他所付租金補貼短缺金
額。他之所以敢於如此冒險，主要還是因為他從菲利浦那兒得
來的靈感。既然一個五金行老闆，幾乎是個老粗，都可以辦成
了一所工業專科學院，何以憑他艾片人的知識學歷見解，不能

成立一所醫學院呢？既然美國渴望學醫的人這樣眾多！而正軌醫學院的門檻又如此高高在上，何不設法改善這個現象？說不定像菲利浦那樣，可以名利雙收。

　　何況他兒子不也渴望能做個醫生嗎？兒子前後申請了好多所醫學院校，全被拒絕。申請費就花了不少。越想越覺得自己的想法有實踐的可能性。他四處鑽營，到處打聽，聽說加勒比海地區有很多個醫學院，收取學生的入學資格要求門檻低，而且距離美國本土近，既如此，何不去那兒試試？兒子艾強本不甘心在美國本土被再三拒絕，既然加勒比海島另有乾坤，便催促老爸帶他去試試運氣。

　　輾轉探聽，艾片人用盡全力搜索這方面資訊，那年代沒有谷歌，沒有網站網址，他便泡圖書館，埋頭資料室，尋找資料，也見人就探聽是否有華人在那兒定居等等。終於探聽到在聖‧馬丁有一位舊識的朋友，便千方百計輾轉拜託他的舊識，詳細詢問那兒醫學院的種種狀況。經過一番周折，終於探聽到，那兒醫學院對於申請的學生資格，遠沒有本土嚴格，錄取率相當高。說那兒有不少學生來自美國本土，很多都是在美國申請被拒絕的學生。如果能讀完所有課程，回到國內，如能獲得去美國醫院做為實習醫生機會，而後再通過美國醫生資格考試，那麼就可以名正言順的在美國國內成為正式醫生。

　　啊！這真是一條捷徑，何樂而不為？他越想越覺得這事大

有可為。他費盡心力，努力不懈的仔細鑽研這種情況。他瞭解到這位舊識的朋友的朋友，M君當年不知經營那種事業，不知是否是捲款而逃的經濟犯？躲到到溫暖而生活品質不錯的地方去避難。聽說開曼大島似乎是這種人物的天堂。報章雜誌上常有些類似報導，總之，艾片人不去追究細節，只知M在當地和一位護士梅同居。梅因婚姻失敗而遠走他鄉，兩人惺惺相惜，很快便生活在一起。M在當地沒有什麼正當職業，日子卻過得美滋滋，顯然手中握有足夠的財富。平時M深居簡出，不和陌生人來往。

但艾片人生就一張生花妙舌，使盡了各樣招數，通過朋友的朋友再三推薦說服，終於和M聯絡上。通話時，M提供了一些他所需要的資訊。艾片人覺得這真是遇到了觀音菩薩，運氣太好了！到達M所居住的小島以後，私自在島上盤桓了幾日，對環境有了具體的了解，十分謙卑地邀請M和梅到島上最豪華的酒店晚餐。在美酒佳餚與燭光搖曳的晚宴中，艾片人說服了M，共同投資這家風雨飄搖的醫學院。原董事會成員對於年年賠錢的醫學院，早就有人希望脫身，既然來了這樣的收購人，輕而易舉地舉手表示贊成通過。

經過層層法律手續，大約半年多完成收購以後，艾片人即刻在美國本土負責招收學生。當然，每招收一名學生，他抽取若干成份佣金，另外，以這所學院的名譽在本土設立分部。他

把谷琪的豐厚嫁妝變換成現款投資。嫁妝中，有很大一部份是
盛名遠播的大公司績優股，不少年來，股價穩定上漲，加上複
利，總價值十分可觀。原學院本已搖搖欲墜，如今來了這樣一
位人物，既帶來了資金，又可以在美洲大陸招攬生意，覺得是
上帝派來的使者，讓學院起死回生，何樂而不為！M終於答應
做為加勒比海島的負責人之一，資金雄厚，立即簽約。艾片人
的兒子艾強，這次理所當然的被錄取做為醫學院新生。

　　艾片人就這樣輕而易舉的獲得了勝利果實。菲利浦的成
功經驗是他的楷模。他從加勒比海回來，便積極以該校名稱招
收學生，廣告設計非常誘人：「希望成為拯救人類的尊貴醫生
嗎？希望輕鬆進入醫學院嗎？希望……？請撥打某某電話！請
與下列地址聯絡。」果如艾片人所料，聯絡報名的人數相當踴
躍。而他所規定的報名費十分昂貴。那是1970年後半期，每人
報名費竟高達五百美元，相當於普通上班族整月薪水。即使如
此，仍有不少學生報名。顯然希望能進入醫學院的人太多了，
成為醫生的人們也太多了。幾百名學生所交來的報名費，就足
夠應付許多日常開支了。

　　至於教授，是從本地醫學院請來的年輕兼任講師，一方面
所付酬勞較低，再則也不需負擔任何福利。一年級總共兩班。
課程內容：「有機化學」和「護理急救訓練」。二年級：「解
剖實驗」，以及「神經系統入門」等一些其他必修課。雖有些

因陋就簡，但他強調，三年級學生即將回到加勒比海校本部，那兒的設備齊全，氣候溫暖，環境優美，大家等於在那兒度假，一方面學習。而後，回到本土，申請去不同醫院實習，期滿後，通過醫生鑑定考試以後，就是名正言順的醫師大人。多麼美麗的前景。他的這番策劃得到許多人的支持。幾乎是幫助很多年輕人的夢想成真。他對於自己的高超能力也信心倍增。

3.

他的結髮妻子谷琪是個溫柔敦厚的女子。當年家住景美，是家中長女。父親本是醫生世家，獲知名醫學院博士學位，在台北鬧市開有婦產科診所，是聞名醫學界婦產科許多孕婦口中的谷神醫。他醫術高明，對病人態度謙和有禮，對病人的疑問盡力以深入淺出的方式解答，務必讓病人瞭解狀況。而且，診所訂閱了許多婦產科醫學報刊雜誌，不停吸取專業知識。診所定期更新設備及醫療器材。許多婦女因此非常信賴他的醫術。尤其權貴圈子裡的貴婦人們，大都由這位谷醫師照顧。有一次谷琪放學後去診所找父親有事，到達診所門口前，見到一輛停在門口的豪華黑色轎車。有診所護士，用輪椅推著一位貴婦人出來，面色蒼白，但年輕美麗，即使坐在輪椅裡也顯得姿態十分嫵媚動人。

後來才聽診所工作人員竊竊私語，說那貴婦是未婚懷孕，

來診所打胎的。那年代台灣明文規定打胎是犯法的。顯然父親的病人中有許多是富貴圈子裡的貴婦人。父親不僅醫術高明，而且極有醫德，百分之百保護病人的隱私。因此，凡是達官貴人的私密，不管是情婦或第三者或一夜情或露水鴛鴦，未婚而孕而請求協助，父親總盡力而為，並絕對保持沉默，對外人滴水不漏。也許，這也是為何父親診所的病人絡繹不絕的主要原因之一。

谷琪生活在富裕而幸福的家庭裡。高中三年級時，父親為女兒聘請家庭教師，為聘請資質比較理想的家庭教師，特地在幾家大報登廣告，強調待遇優厚。因此有不少成績優秀的大學生來應徵。父親慎重篩選來應聘的年輕人，雖只是請家教，卻當做一件大事來做。選來選去，結果從應聘的好些人中，竟選擇了艾片人。父親說這人口齒清晰，學歷不錯，風度翩翩，年齡稍大幾歲，比較穩重……。

其實，看到廣告，艾片人得知了谷琪的家庭背景，富裕的生活環境，為爭取來他家做家庭教師，做足了準備工作。在谷醫師面前十分賣勁地表現自己，不僅謙恭有禮，而且似無意卻有意流露對數理化的精闢知識，再則，也乘機表達自己英語會話能力強，那是他常去教會和一位美國傳教士威廉女士定期練習口語的結果。在好幾位候選人中，他顯得各方面都十分勝出。最後果然獲得了谷醫師的認可，順利取得這份優厚的家教

工作，為嬌生慣養的谷琪複習各種科目。

　　谷琪母親憐惜年輕人，得知他是隻身在台後，常常在補習完畢後，留他在家裡一同晚餐。艾片人也會乘機展露自己的才情，有意無意間討好谷醫師一家人。連家中三個弟弟都對他的言談舉止，見多識廣，佩服不已。久而久之，習以為常，和谷琪接觸越來越多。日久天長，青春歲月的谷琪很快墜入情網，難以自拔。父親看到這種情況，懊悔不已，雖然力攔狂瀾，卻為時已晚。谷琪有了身孕以後，家人只有接受事實，於是，艾片人成了谷家女婿。

　　從此谷琪，既沒有時間，也沒有心情去複習功課，進入大學的夢幻破滅。但她陶醉在孕育新生命的快樂裡，不再覺得進入大學那麼重要。何況，接連又有了一個女娃。她成了全心全意滿足於現狀的年輕母親。艾片人的雄心壯志卻隨著歲月的流逝而日益增長。那年代遠赴美國的大浪，席捲著全台灣的年輕人。「來來來來台大，去去去去美國」，是那年代的滔天巨浪。艾片人終於在岳父大人資助下，完成了他的留美大計，而谷琪帶著孩子們留守台灣……。

　　就那樣，在結婚好幾年後，艾片人隻身來到美國。谷琪的父親生長在傳統的醫學世家，行醫救世固然行之有年，多年來更累積了非常優厚的家底。除了谷琪，還有三個兒子。這次長女下嫁，他既感懊惱，也覺得愧疚。他覺得是自己的錯誤，

導致女兒下嫁。按照傳統慣例，他決定給獨生女一筆價值可觀的嫁妝，上面詳細記載了嫁妝清單：有黃金、有古玩、主要的是幾家大公司的股票投資，每年有紅利回饋……。以此彌補自己的錯誤。但明白表示，此後娘家不再給女兒其他金錢上的補助。望女兒好自為之。艾片人對於這豐厚的嫁妝一直處心積慮，甜言蜜語，終於讓缺少心計的谷琪，依照艾片人的籌劃交由他全權處理。由他去自由支配。

「你一定要相信我的能力……。」

天真而無知的谷琪，睜著兩隻大眼睛，對他微笑著，充滿信賴。分別了幾年後終於，她帶著一雙兒女來到了美國這座小城，租住在一棟公寓大樓裡。艾片人告訴她，現在是事業草創時期，一切都要節儉度日。帶著她去附近一家陶瓷藝術中心找工作。谷琪自幼喜歡畫畫，雖無名師指點，但隨手模擬畫稿卻維妙維肖。工資以小時計費，不高，谷琪喜歡。就這樣，谷琪安定下來，女兒和谷琪性情類似，進入社區學院讀英文，輕鬆愉快。

兒子艾強和老子性格相近，充滿雄心壯志。雖然資質中等，卻滿心要進入美國醫學院就讀。被七八所醫學院拒絕以後，憤恨不已。咬牙切齒，逼著艾片人想辦法。恰巧艾片人也有類似野心。因緣際會，讓艾片人父子得以在加勒比海的小島上嶄露頭角。

那年代，加勒比海地區總共有將近三十所醫學院。從世界各地來就讀的學生，大約佔百分之十五，其他學生大都來自美國本土。這些醫學院良莠不齊，有的只有簡陋校舍。所聘請的教授們，或是來此退休，順便兼課，賺取鐘點費，或是資歷淺薄級別的講師團隊。設備不足，經費缺乏等等狀況。但，多年來，美國本土醫學院對申請者的要求依然十分嚴格，以致於能進入醫學院就讀的學生鳳毛麟角。這現象主要因為美國醫學協會要保護既得者利益，控制每年畢業的醫學院學生人數，防止醫生人數的氾濫。有心讀醫學院的人們，對這一點的了解至關重要。正是由於美國醫學協會要保護醫界人士的既得利益，控制醫生人數，讓有心人如艾片人之類的投機者抓到了機會，鑽到了空隙。就這樣，以一個外行而野心勃勃的投機者，多年來獲得了巨大財富，成了名利場上的發跡者。

4.

許多年後，暫居在小城公寓中的谷琪，已經很久沒有見到艾片人。艾強也消失了蹤影。似乎父子兩人都生活在陌生而遙遠的海島上，飄浮不定？谷琪偶爾會收到艾片人的電話，大多數是告訴她自己和兒子都很忙，現在在海外打拼。給她們母女的生活費，銀行會定期寄到。一旦谷琪詢問他們父子詳細狀況，對方就會說，說了妳也不懂，還是別浪費時間。而且，常提醒她

說這是海外長途電話，非常貴，不多講了，總是匆匆掛斷。

這樣的時候，谷琪雖感到難過，卻也恨自己多年來沒有在學術上有所長進，沒有見過世面，沒有對嶄新的大環境好奇。英文程度仍停留在初來階段，和丈夫之間顯然有了極大差距。他們之間已經沒有共同語言。自己竟日陶醉在養兒育女的溫柔鄉裡，而今，子女都已成人……。

艾薇兒是谷琪的女兒，雖不是讀書的材料，但個性溫婉細膩，和人相處人緣不錯。社區學院畢業以後，母女的公寓樓就在小城東南角，靠通勤火車站不遠。步行十多分鐘左右可以到達。候車站雖小，卻北達紐約，南至費城，西邊有小火車連接聞名於世的大學城。車站有書報雜誌店、高級星巴克咖啡店、鮮花店、還有一家中國小吃店，專賣上海餛飩、生煎包和具上海特色的小菜。清晨黎明，車站月台上就站滿通勤族。大多是去華爾街或費城的金融菁英。他們西裝革履、手持時尚公事包、朝氣蓬勃、或一手握著華爾街日報、或一杯熱咖啡在手……。

艾薇兒就近在花店裡做營業員，薪水不多，但足夠零花。主要她喜歡這份工作，喜歡花花草草。做為賣花女，她覺得生活充滿浪漫情趣。情人節、母親節、感恩祭、聖誕節、新年……總有不同的族群，捧著色彩豔麗的花朵，從花店裡滿足而快樂的離去。平時，每當週日，車站月台總陸陸續續湧現出

大批通勤族，年輕而信心滿滿，像陣陣旋風，或到附近店家購買吃食，或來花店買花……。她看著這些朝氣勃勃的年輕族群，來來去去，給她無限憧憬，也許，有一天……。

這天黃昏，一個年輕男人走進花店。說要和艾薇兒談談！談談？是的！他顯然是有備而來。掏出一張名片，是某某報社的特約記者！記者？艾薇兒嚇了一跳。原來他說是要寫一篇關於艾片人的詳細生平報導。需要他早年的生活資料。他說自己花了很多時間和精力終於找到了艾薇兒……。

爸爸艾片人是名人？艾薇兒完全萌了。很久沒有見到他了，所知十分有限。來人說不需要知道目前狀況，只要知道他當年的生活，尤其要知道他當初和你母親是怎樣認識、怎樣戀愛、怎樣來美國、怎樣……。艾薇兒覺得非常奇怪，有什麼意義嗎？乾脆去問問爸爸不就好了嗎？我……我……怎麼會知道？

來人解釋說，艾片人現在是大大的大忙人，是身家上億的富豪，是拒人千里之外的上層社會菁英……。實在沒有時間應付我們這些記者朋友。我們報社也是花了許多時間和精力才找到妳的。是嗎？艾薇兒腦海裡浮現了許多問號。這是一個非常陌生的爸爸，艾薇兒自幼就很少見到他，至於他和母親早年的點點滴滴，更是模糊不清……。猶豫片刻，拿起電話撥打給谷琪，把情況說明了一下。啊？有記者問起艾片人？谷琪不禁警覺起來。她告訴女兒，請來者把名片留下，她會抽空和他聯

絡。記者顯得有些失望，但他展露了一張職業性笑臉，說自己遠從曼哈頓跑來，非常疲累，可否請艾薇兒一起去隔壁星巴克喝杯咖啡，隨便聊聊。

從記者口中才發現，爸爸艾片人現在已經是紐約社交圈的風雲人物。在曼哈頓東城已經置有豪華公寓，已有妻女。有妻女？怎麼可能？大概是同居關係？記者說，而且聽說艾片人現在同居的女人非常富有，在經濟手腕上相當強勢，女兒是和她的前任所生……。我們報社要把艾片人的婚姻狀況梳理明白……。哈！我這篇報導應當引起轟動……。記者低低自言自語起來。

啊？原來是這樣。難怪媽媽谷琪近些日心事重重，卻沒有對她明說。是做女兒的粗心大意了。其實谷琪許多天前已經收到艾片人的特快掛號信，是委託律師發給她的通知，要和她離婚。離婚？谷琪隱約中曾經擔心會有這樣一天，但沒想到真的會來到。當年谷醫師所擔心的事竟然成真。那時，谷醫師給了她那批價值不菲的嫁妝，也許就是為了預防這一天的到來。然而……。

谷琪知道自己是個平庸的女子，很容易滿足於現狀。多少年來，她沒有跟上時代潮流，竟日陶醉在自己的小小天地中。如今，終於要被時代淘汰……。母女兩人平時的生活規律而單純。谷琪在這家陶瓷工作坊已升任為助理設計師之一，這家瓷

器工作坊已經有些名氣，規模也逐年擴展。記得中美雙方同意門戶開放初期，尼克森訪華，帶去的禮物之中，就有這家出品的瓷器花瓶。一時之間，這家的瓷器成了人們熱烈選購的時尚品牌。谷琪帶領許多年輕女孩在繪畫創作上下功夫，靈感大多來自於平靜生活。魚蟲鳥蝶、梅蘭竹菊全是她們的作品，雖平凡素淡卻廣受普羅大眾歡迎。

多年來她和艾薇兒都參加了附近的華人教會。一則從那兒可以認識許多朋友，那兒有溫暖的人情味，再則，生活中充滿未知數，而，上帝似乎是唯一可以依賴的神明。朱牧師夫婦對這對母女也很關心照顧。那天，谷琪趁禮拜完畢，決定把艾片人送來的離婚文件請牧師過目，並徵求意見。朱牧師是見多識廣的中年人，為人處事充滿活力和正義感。教會在他的帶領下，顯得朝氣勃勃，會眾越來越多。唱詩班、幼子班、查經班、青年班、成人班……。禮拜天的講道分為中文組及英文組，寒暑假期間組織閉浸會，或去海邊或去山上，讓會友們在聽道之餘有交遊的機會。

朱牧師仔細研看了這份文件，說，這樣吧，明天來我家，讓我們熟悉一下內情，並請我們教會的彭律師來共同研究對策。彭律師五十多歲，是單身女性，對於爭取女性權益的立場非常明顯。她居住在新澤西李堡市附近，跨過河就是紐約市區。這天，朱牧師陪同谷琪母女來律師事務所會見彭律師。

　　會談開始前谷琪戰戰兢兢，覺得和丈夫打官司是件丟臉的事。在牧師和律師的安慰和理解支持下，谷琪終於把這些年的委屈求全，娓娓道來。彭律師本是一位女權主義者，發表過不少維護女權的文章，也替不少受到危害的女性顧客打過官司，爭取最大利益。聽完谷琪的敍述，彭律師下結論說，這場官司我幾乎可以保證你贏定了。艾片人如今的財產相當龐大，我們會做最詳盡最週全的調查……。你父親當年贈送給你的嫁妝，曾列舉了詳細清單，很高興妳留存著，這是非常有利的證據。其實，谷琪留著那份清單原意是當做一件紀念品，沒想到居然可以用來作為和他打官司的證據之一。彭律師說，時間會拖得長一點，但，保證你得到你應得的部份。

　　就那樣，官司進行了將近兩年。谷琪和艾片人正式離婚。她得到了八位數財產的一半。對於這樣龐大的財富，她沒有欣喜若狂，只感到十分空虛。她本就來自一個充滿愛和溫暖的富裕家庭，成長的歲月裡，從沒有感到物質的缺失……。而她一直以為她年輕時所遇見的白馬王子是為了愛她而……。她仍然喜歡徐訏那首詩：

　　「我要唱最後的戀歌，像春蠶吐最後的絲，願你美麗的前途無限，而我可憐的愛情並不自私。開闊的河流難被阻塞，偉大的胸襟應容苦痛，人間並無不老的青春，天國方有不醒的美夢。秋來的樹木都應結果，多餘的花卉徒亂天時，長長的旅

途佈滿寂寞，黯淡的雲端深藏燦爛的日子。願我有歌可長留此間，讚美那天賜的恩寵，使我在人間會相信奇蹟，暮色裡仍有五彩的長虹。……」

爸爸谷醫師曾為她的錯誤選擇淡淡地評論說：「你是個聰明人，卻在愛情上做了最愚蠢的選擇。為此，你必需為自己的錯誤遭受懲罰。沒有人能替代妳。」

印謙和黎荔已經退休許多年，過著恬淡清靜的生活。偶爾在搭乘火車去紐約參加活動或回程的時候，會去火車站的上海小店吃碗餛飩和生煎包，而後再去花店買些艾薇兒搭配的花束，為小巧的客廳，平添些許品味。也順便和她聊聊天，問候她的媽媽谷琪。如今花店裡多了一個年輕人，聽說是艾薇兒的男朋友。據說他並不知道如今艾薇兒的身價已達八位數，他所愛的是艾薇兒的平實和開朗。但願這樣的傳言是真。

2020年8月18日於拉斯維加斯郊區

那夜無眠

～～～～

　　那夜，在星巴克門前和虞悅悅的偶然相遇，竟為他，尹勤，帶來了意想不到的天大好運！為此，做為虔誠天主教徒的母親，早晚總要抽空趕到附近教堂，向聖母瑪麗亞祈禱感恩不已。由於父親早逝，做為單親母親含辛茹苦把他帶大，如今他已將近三十歲，還沒有固定女友，這讓母親擔心不已，總覺得是自己苦撐的貧困家庭，導致兒子沒法交到女友。而今……。

　　原來那夜，虞悅悅開的那部高檔轎車，不知何時在路上怎樣札進一根大鐵釘，導致前面左輪胎突然漏氣變扁，難以正常前行。一時間有些不知所措，夜已深，手機電池耗盡，幾處加油站全都熄燈打烊，車內後備箱雖有備胎卻不知怎麼換。只有把車先停在這小商場門前，再想辦法。這小小商場，有幾家開店至深夜，燈火輝煌，令悅悅安心不少，坐在車內靜等合適幫忙的人來幫忙。果然，不久竟遇見剛下晚班，去星巴克隔壁麵包店買牛奶的年輕人。這人看來精神抖擻，高挑挺拔，面貌文質彬彬，應當是個可以助人一臂之力的好人！見他把裝食物的朔膠袋往後備箱裝好，打開前座車門，正準備離去，虞悅悅急忙走向他，向他求救。説自己前胎漏氣，問他是否可以幫忙看

看，怎樣把車廂裡的備胎拿出來換上漏氣的前胎。對於學機械
工程的他，這實在是太簡單不過的小事。他自己車廂裡修車工
具俱全，於是滿口答應。大約花了半小時，很順利的幫她把備
胎換好，動作麻利精準。她打開皮包剛要掏錢。他微笑著，瀟
灑地對她搖頭揮手，說，為美麗的女士服務是自己的好運。
免費！

　　既如此，虞悅悅堅持請他去星巴克喝杯咖啡，說是如果不
接受，她心裡會很不安。於是他跟她去店裡坐下。虞悅悅自我
介紹說在外地唸書，本科是西洋藝術史。現在是春假期間，回
家看望爸媽，誰知還差半小時路程，汽車前胎……。就這樣，
兩人相識。尹勤介紹自己，從一所州立大學畢業，本科是機械
工程。目前在一家工程顧問公司做事。他在工程維修部門擔任
工程師之一。啊，換輪胎，真是手到擒拿，太簡單。兩人都笑
了。他們沒有細談各自的生活細節，簡單寒暄後，話題繞著
這幾日的美好天氣，怡人的春天美景等等。即使如此空泛的話
題，那晚兩人也覺得對彼此很有好感，似乎蠻投緣。分別時彼
此留下手機號碼，保持聯絡。

　　一年多來，兩人有不少機會再度相見，每逢虞悅悅回到自
己居住的城市，總會約他見面，或去看藝廊畫展，或參觀推出
特展的藝術館或博物館。而他則會請她或聽一場音樂會或共同
晚餐。小城裡常有新開張的餐館，或具地中海特色，或以海鮮

取勝。總之，他們很自然地走到一起，漸漸有說不完的共同話題。成了相知相戀的情侶。這間工程顧問公司規模頗大，偶然的機會，兩人發現，原來虞悅悅的父親也在他工作的公司，是資深副總之一。虞的父親對於這個年輕人的工作熱情、以及努力認真的態度，非常欣賞。後來才漸漸知道，他竟然也是女兒的男友，格外對他另眼相看。其實這家公司在內行人眼裡知名度很高。努力工作的員工，很具升遷的美好前景。虞悅悅畢業不久，在本地藝術館找到工作，兩人決定擇日結婚。

距離舉行婚禮還有兩週時間。尹勤的單身漢朋友們決定為他舉行一場「單身漢酒會派對」。地點選在距小城二十多哩的海濱度假勝地。那兒有一家以義大利海鮮聞名的大型餐館，面海背灣，風景秀麗。小城凡有慶典活動，許多人都會選擇到這家餐館來慶祝。尹勤最要好的朋友，也是同事的李卓，安排了這次活動。那是星期六夜晚，總共有十八位朋友參加。他們笑稱自己這夥同伴為十八羅漢。除了餐館供應的美食饗宴，最讓大家起勁的事，當然還是飲酒作樂。大家不無羨慕地跟他鬧酒。

「你小子真行！真會守密，罰！」

「你怎麼這樣走運？我……我……怎麼就碰不到？」

「那天……應當……找個漂亮妞，把……把……她汽車輪胎扎個洞……」

「哈……哈……哈，好主意……。」

「對，這主意好⋯⋯！」

「好了！別鬧了，喝酒，喝酒。」

「再喝一杯！」

「今晚一定要一醉方休！」

「開車的朋友，不准再喝⋯⋯。」

　　就這樣，你一杯我一杯，你一句我一句，喝個不停，鬧得天翻地覆，直到餐館十二點打烊，大家才盡興而歸。尹勤有些微醉意，想到即將到來的幸福，渾身輕飄飄的。他特地喝了一大杯冰水，也往頭上臉上灑了些冰水，頭腦清醒不少。相信開車沒問題。李卓和他同車，因為彼此住在同一小區，都是單身，偶爾同車上下班。是無話不談的好友。從海濱度假勝地往城內開回，有兩條路線可以選擇：州際公路較遠，偏僻的鄉下小路較近。抄小路回家可以省去十多分鐘路程。但路邊樹木繁茂，有大片玉蜀黍農田，正是初秋，玉蜀黍成熟季節，玉蜀黍一排又一排密密麻麻。而且路面凹凸不平，狹窄彎曲，路燈稀稀落落，燈光黯淡，走夜路比較費神。但路途稍短，可以節省一些時間，何況兩人都有些累了，想快快回家，於是決定走小路。

　　尹勤開著小車在小路上行走著，一面和李卓閒聊。聊球賽、聊女孩、聊朋友同事⋯⋯。小車在小路上行行復行行，夜霧越來越濃，車速減慢，窗玻璃被罩在茫茫濃霧中。雨刷雖不

停急急擺動，此時卻派不上用場。小車一路朦朦朧朧像在夢中行走。好在車的性能不錯，駕駛技術更是高人一等，相信這樣夜路很快就會走完。突然，夜霧不遠處繼續前進似乎有個黑影，卻又不能確定。是鹿？是人？是⋯⋯？或許什麼都不是，是幻覺？尹勤踩了一下急煞車，繼續前進。黑影似乎轉眼不見，而車輪下卻吭騰一聲。彷彿壓到了什麼。車輪很快滑過。夜幕低垂，能見度很低。李卓說大概壓到鹿了。秋季，田野間常有鹿在夜間奔走穿越。正是州政府明文規定，讓民眾可以對生產過剩的鹿群，公開打獵的季節。害得鹿群常不分晝夜，各處亂竄。尹勤問李卓要下車查看嗎？不用！平時路警會處理被撞死或撞傷的鹿。何況，鄉間小路不平，說不定是路上的石頭⋯⋯。尹勤也不想停車。兩人都累了，希望早些回家休息。於是小車在小路上繼續前進，行走了好一陣，即刻轉往高速公路，高速公路上燈光明亮，道路平坦。此時夜空裡忽然飄灑起雨滴，轉眼之間雨勢加大，豐沛的雨水竟嘩啦啦沖刷著小車前後左右，不一刻，就徹頭徹尾把小車洗刷得乾乾淨淨。「真好！省得洗車。」從高速下來後，僅十多分鐘，順利回到所居住的社區公寓。

　　第二天公司的業務十分忙碌。尹勤下班回到公寓，從冰箱拿出一份披薩當晚餐，順手打開電視，螢幕上正播報本地晚間新聞。主播在重覆播報，說是在距此十多公里鄉間小道，發現

有人撞人重傷後逃逸無蹤，現受害人已死亡。呼籲民眾踴躍檢舉。尹勤此時忽然記起昨夜發生在鄉間小道的情景。難道是我闖禍了？……？難道所撞的是人？心中感到十分惶惑不安，此時剛好有人敲門，是李卓！在看新聞？

新聞播報在繼續。被撞的是一個來自墨西哥的季節性勞工，合法短期居留。原來本地有一位農場主人，每年秋收期間都僱用百名左右墨西哥勞工，供應食宿，付給工資。待季節過後，便集體回到墨西哥。這些阿米哥在墨西哥都有妻子兒女，因此不會在美國逾期停留。農場主人在小城頗具聲望。如今發生所雇短期員工被撞死的意外，非常遺憾也非常惱怒。誓言定要追究開車逃跑的兇手……。

怎麼辦？尹勤詢問李卓！李卓閉目沉思，好一陣才開口。你昨晚知道在路上撞人了嗎？不知道。是啊，你根本不知道。好一會兒，李卓又問，路上有目擊證人說你撞人了嗎？沒有！是啊。李卓儼然像電視節目中的律師那樣，又問，你是撞人後畏罪潛逃嗎？我根本不知道我撞了人！對！你根本不知道。此時兩人同時陷入沉默，好一陣，兩人都沒有說話。

最後，李卓用緩慢而低沉的聲音說。看來只有兩條路：或者去自首，那樣一來，至少判你過失殺人。而，另一條路，就是當做什麼都沒有發生，照常過日子，該幹嘛幹嘛。而，如果你現在去自首，那完全於事無補，死者無法復生。而這人的雇

主必定對僱員有意外死亡的保險措施。對嗎？尹勤沉默不語。李卓語重心長，暗示尹勤應當維持現狀，該怎麼生活就怎麼生活。別忘了，你即將有幸福的婚姻生活，而且，你還有兩週就要結婚。你有盼望你幸福的老母，你有前程遠大的事業，這一切都得來不易。走錯一步，卻可能把一切毀於一旦。如果去自首，與人與事絲毫無補，何況人生苦短。

但，尹勤心中不安⋯⋯。李卓繼續為朋友辯護，語調緩慢低沉。你不是故意撞人，你當時也不知道所撞的是人，所以你並不是撞人後逃逸無蹤，更不是故意撞人致死。尹勤幽幽地，有些心虛地說，但⋯⋯我⋯⋯現在知道是⋯⋯撞人⋯⋯致⋯⋯死了⋯⋯，尹勤絕望而困惑。應當⋯⋯去⋯⋯承擔責任？李卓再度沉默，好一會才提醒朋友說，怎樣承擔？聲音低沉卻果斷。去警察局報案？或者找律師為自己辯護？延緩結婚日期？

如果因為官司纏身，久久沒法脫身而讓婚姻破滅，沒法繼續在公司繼續工作，必須辭職，毀滅大好前程！今後多少年甚至要在監獄中度過。這樣一來，想想你老母會怎麼過！？李卓低沉的語調句句刺痛絕望中的尹勤。

整個黃昏，人彷彿沉溺在紛擾困惑的惡夢之中，難以從中解脫。尹勤忽然感到事態嚴重得無以復加，整個世界似乎已令他無地容身，頓然失去了坦然面對這次車禍所導致嚴重後果的勇氣。而李卓的話，像朦朧迷惘中的閃爍燈光，他必需緊緊抓

住這根救命稻草。這一夜他沒法入睡，何去？何從？那夜他整
夜無眠。

原載《世界日報》小說版

2021年9月18-19日於拉斯維加斯，黑山村自宅

匿名電子信

這是一封匿名電子信，沈力午餐回來，正在為下午的會議準備資料，好事的女秘書密雪兒卻要他先看一下網上郵件，她說話時，臉上帶絲詭祕，那股喜歡惹事生非的神情，有時令他感到厭惡，下午二時要開業務會議。他們這家老牌藥廠是歐洲數一無二的龍頭老大，如今有三個剛上市不久的專利產品，手中還握有大大小小尚未到期的專利藥品，這是多年以來積攢的成效，所以公司一片繁榮景象，和那些因經濟疲軟而受到牽連的公司的愁雲慘霧相較，糖尿病患者仍佔美國十大病患之一，統計數字仍有越來越高的趨勢，既然以醫制糖尿病藥而聞名世界，在這樣的工作環境工作，應當算是個快樂大堂。

拗不過密雪兒，先看網上來函。這封匿名信很長，不看則已，這一看真看得他目瞪口呆，渾身發麻。信中主要是在揭發公司幾位人士的婚外情。公司副總裁路易士是信中描繪的男主角，講他如何和他的情人們幽會，信裡把他們幽會的地點日期時間都說得煞有其事。尤其這兒幾家高級旅館，都分別列在上面，這幾家旅館都有摩登現代的會議大廳，離他們公司大樓不遠，而他們公司常在這幾處開辦會議，年終也常在這裡舉辦聯

歡餐會酒會，總之，是公司裡人人熟悉的地方。

最令他毛骨悚然的是，這三個人物都和他密切有關。首先，路易士是他的頂頭上司，是公司實權在握的副總裁，路易士年輕時為公司獲得好些專利權，又有哈佛大學的企業管理碩士學位，人脈和交際手腕都屬一流，在華府的藥物管理局有當年的同窗掌權。在公司裡算得上是走紅的風雲人物。對於下屬，尤其是女性下屬，他渾身散發著濃濃的難以拒斥的魅力和氣勢。而這封電子信裡所牽扯的兩位女子，正是他沈力自己手下兩位最得力助手。換句話說，自己像個夾心餅乾，一個在頭頂，兩個在腳下，正玩著一場香豔刺激卻驚險萬分的遊戲。他越讀越感到驚心動魄，怎麼會發生這樣的事？然而，這封匿名信確實赫然呈現仔在螢光幕上，怕沒有三千字吧。

信是這樣開始的：

「我現在要請大家看一場好戲，注意，這是一場真人真實的好戲，可別輕易錯過，我只發這一次，以後不會有續集。我自己也是個忙著討生活的人，別以為我閑著無聊，可這件事已經進行得很久，已經開始干擾到本公司許多人的工作情緒，這是我必須抽空寫這封信的動機，我自己就是受到干擾的犧牲品。以後就說不定會輪到你或你或你，知道嗎？我們的權威副總裁路易士是個憐香惜玉的花花公子，多年來，本公司不知多少多情女子，為他風靡，為他憔悴，別高興，如果你能得到他

的眷顧超過一年，就算是你的幸運！目前他的胃口轉為神秘的東方，現在正在進行和東方女子的戀愛遊戲。

　　先後有兩人，她們都各自以為是他的心肝寶貝，也許在夢想著，做著未來的副總裁夫人美夢。要知道他們是誰嗎？告訴大家吧，兩個都是統計部的人，都是統計大軍裡的兩員大將，他們各自管理了一群小爪牙，為公司拼命，知道為什麼嗎？因為老路易士正和他們兩人在偷偷地搞婚外情。我有照片為證，他一年來先搞的是小晴，小晴你們知道的，她皮膚細膩白淨，五官秀麗，安安靜靜，平時做事又利索又認真，是來自台灣的美女。統計數據到她手裡就像變魔術似的，總能按照老總的意思下結論。而且她對她那個小組的囉囉們又會籠絡，經常從家裡帶中國點心和美食在向他們獻殷勤，午餐的休息室不是常常聽到人們的讚美聲嗎？那就是小晴又在施小慧，讓那些愛佔便宜的小人物滿心歡喜，所謂「吃人的口軟，拿人手短」，人人都覺得她溫柔幹練大方，都喜歡她。

　　雖然她才來公司五年，你們知道他去年拿到的紅利是多少嗎？我最好別透露，不然，你們可能會氣得去跳哈德遜河呢！副總裁和她一年來卿卿我我，出差帶的是她，到歐洲到西岸到澳洲，每次回來，你們不見她那春風得意的神情嗎？作為她的手下，你們不停的加班熬夜，得到的好成效，都屬於她，當然更屬於他！難道你們真是如此蠢笨？視而未見？」

　　讀到這裡，沈力感到頭上充血，心跳極速加快，面頰變得滾燙。寫這封匿名信人所用的語言，真是語不驚人死不休，難怪密雪兒要他讀，竟是這樣的一封信，他相信，全公司凡是讀了這封信的人，都會喧騰起來，他關上門再繼續往下讀。

　　「可嘆，我們的副總，最近又移情別戀！你們沒看到小晴最近那楚楚動人的憔悴模樣？苗條得嚇人。還整天卯在辦公大樓裡不停加班，耗廢青春，以為這樣可能改變路易斯的心意！連門都沒有，這是白搭，我是過來人，誰也沒有我知道的更清楚，若是弄得不好，連飯碗都保不住。我就是個活生生的例子。路易士登上副總裁的寶座不簡單，這一路上他不知踢走了多少絆腳石。」

　　沈力知道，小晴已婚，又有兩個孩子，其中一個是自閉兒，十多歲了。每天連最基本的日常生活都需要特別照顧。請來的幫手，常常令人不滿意，夫妻間為這個孩子免不了起爭執。雖然有宗教信仰，但感情總是受到破損。難怪路易斯一旦向她示好，她便那樣的死心踏地，以為得到了愛情，又有了事業上的撐腰和保障。沈力禁不住默默搖頭，嘆口氣繼續讀下去。

　　「我親眼看到路易士和她去附近高級旅館偷情，那都是路易斯選的地方和時間，凡事他喜歡使用最簡單有效的方法，這包括偷情戰略。我如果不經歷過，當然也不可能知道，我是真正的被他始亂終棄，怎能不恨？他如今又改換口味，這次找

的仍是東方美女，卻是小晴的對手。也同樣是統計部門裡的一員大將，手下也掌握了實用而賺大錢的分析組。數據到了她手裡，也可以話腐朽為神奇。而她的年資和小晴旗鼓相當，模樣不相上下，比小晴小兩歲。

她就是杜姍姍，來自中國大陸。杜姍姍不像小晴那樣溫和，那樣討好下屬。她卻豪爽大方，手上也掌握了實用而賺大錢的數據。她很樂意為同事義務解決許多工作上的難題，她實力強，頭腦靈敏，前夫英俊帥氣，是清華校友，本是兩情相悅，可嘆，兩年前前夫一次大陸工作一年之旅，發展出婚外情。杜姍姍快刀斬亂麻，一年內辦妥離婚，保留了一棟房子，取得了孩子的監護權，而後對工作也是全心投入，最近公司獲得的三大專利權之一，她便立下了一半汗馬功勞，也正是這樣的潛力，讓我們的路易士看到眼裡，引起了他更換情人的心意。

杜姍姍本是離過婚的單身貴族，偷情的風險較為單純，而且照我所了解的副總，也是到了他該換胃口的時候了。就這樣，把寶貝小晴一腳踢開。難道你們沒有看到小晴傷心憔悴的模樣嗎？」

兩點鐘的會議時間到達，沈力匆匆把這封匿名電子信存檔，等有空的時候再讀。

那天的業務會議先按照議程開會，由各部門負責人先個別報告，輪到杜姍姍報告的時候，至少在表面上，她一如既往，

冷靜沉著，不知她讀了這封匿名電子信沒有？她有條不紊地，用圖片、表格和電腦數據，將市場報告分析得十分清晰動聽。讓在座的幾位主管信服，也讓歐洲來的高級主管點頭。相信杜珊珊今年勝任第三級主管，是劍在弦上的事。杜珊珊是典型的現代女性，身架高挑，明亮的眼睛，含蘊著晶瑩堅毅，像鑽石。她和路易士這段偷情的故事，無論如何結尾，相信版本將和小晴的完全不一樣。

四點已是會議快結束的時候，小晴那天早晨來上班不久便匆匆離去，這一去便沒有再回來，是因為讀到了這封電子信？其中，美國東部的統計報表數據等等，全靠她來主持，對於工作，小晴向來非常認真，從不遲到。而且她上班五年以來，天天早到遲退，她是極受公司重視的骨幹人物，手下有兩位碩士出身的研究員的個案，由她管理督導。4：30小晴竟然還沒有出現，看來她一定是先讀到了這封電子信，相信此信對她打擊不小。做為他的主管，沈力只有代為簡略報告。沈力草草將會議結束，把歐洲來的代表禮貌地送走，轉身回到自己辦公室，顯然，全公司大多數的人都已讀到這封電子信了，看來，許多人都存著一種幸災樂禍的心情。也有一部分人為小晴抱不平。尤其屬於他那個小組的幾位成員，她們竊竊私語，議論不休，望向杜珊珊的眼光都充滿敵意。而杜珊珊卻完全一副事不關己的模樣。好在五時下班時間到達，許多人紛紛下班離去。

　　沈力把這封信從庫存裡調出來，電子信在螢光幕上歡樂地閃爍。

　　「要知道我們的副總現在在哪兒嗎？現在在天上飛翔，他出差七天，不知又為自己爭取了多少福利來囉。當大家讀完這封信的時候，他也許剛好回到家裡，哈哈，那樣一來，明天就更有好戲看了，大家等著瞧吧！如果小晴悄悄離開，杜姍姍成為公司的第三把交椅，各位一定懂得為什麼了！這是典型的「只見新人笑，不見舊人哭」這是最好的實例說明！好啦，我要講的故事暫時到此為止了，請明天看好戲繼續上演。看來，大家要謝謝我為你們帶來這快樂的一天吧？恕我未具名，雖未具名，卻畫了一個小哭臉來代替。」匆匆把這封信歸檔，整座大樓漸漸安靜下來。

　　他似乎看到近來小晴那雙幽怨的眼睛，黑色眼圈越來越明顯，三個月前趁中午午休時間，小晴問他，是否可以到僻靜的小運河岸邊和他一起走走？說有要緊事向他請示。小運河是附近大學城的美景，承載了無數陳年往事，離公司步行大約十分鐘左右，她知道沈力午間常到小運河岸邊散步。

　　那次，她講出了她和路易士之間的曖昧關係，她幾乎下定了拋棄原有婚姻的決心，只是，對孩子感到愛憐不忍，一直拖著，大約快有一年時間了。而今，路易士突然變心，這樣的改變對她是極大的屈辱，不僅意味著她的事業前程將化為灰燼，

這也意味著她不再是個嫵媚誘人的女人。這次的婚外情是她的第一次，讓她痛苦莫名，如今不知何去何從。而令小晴憤恨的是，如今路易士竟和她的對手杜珊珊打得火熱，為此，她幾乎恨的要發瘋，夜夜失眠。

那天沈力聽完小晴的自白，嚇了一大跳。沒想到這樣溫文寧靜的外表，竟包藏著如此濃烈躍動的心。和副總裁搞婚外情？沈力所知道的副總是何等精明厲害腳色？小晴在他面前，絕對是祭壇上的綿羊。由於他的地位，沈力卻不能多說，更不能把情況明明白白地講出來，他只勸小晴立刻開始到別的大公司找事，因為以她的資歷和成績，許多公司會爭取她這樣的人才。作為他的頂頭上司，他會給她最好的推薦，而且可以讓她上班時間有許多便利，她可以遲到早退，他覺得這樣應當是處理這件事情的最妥當辦法。時間可以治癒一切心靈創傷，同時，沈力也給了小晴一張心理學專家的名片，叮嚀她抽空去談談，姑且把這件事當作是人生的岔路吧！

他勸她淡然處之，也許凡事說來容易吧。三個多月以來，小晴顯得格外憔悴，格外落落寡歡。直到最近小晴才告訴沈力，她終於決定要離開了，她已經找到新工作，她確實是找到了新工作。年薪比本公司還高些，還有一個星期，她就要走馬上任了。沈力為這件事的圓滿解決而暗暗慶幸著。路易士剛好出差，小晴悄悄的離開，不正是最美好的結局嗎？揮揮手不帶

走一片雲彩，多瀟灑，多乾脆。

沒想到今天卻來了這樣一封匿名信，整個公司裡上上下下全為這桃色新聞竊竊私語，要看笑話的人正多著呢！他手下所管的統計部門，一直是公私裡最具實力也遭人羨慕妒忌的部門，而手下幾乎一半以上是華裔，如果不是來自台灣，就是來自中國大陸，而這些人裡，又都是頭腦靈敏做事利索的女性。

電話鈴響，是總部人事室主任巴巴拉，她位高權重，是大老闆的左手右臂，相當精明能幹，她請沈力到她辦公室去細談這件事，時間已是黃昏六時半，整棟大樓裡已空無一人，巴巴拉說他必須知道沈力對此事知道多少，尤其事前。沈力靜靜的想了想，五年來和小晴是典型的上司和下屬關係，自己和小晴都是不愛多話的人，巴巴拉說，再想想看，有什麼遺漏的沒有。因為她擔心一旦小晴出事，做頂頭上司和管理人事的她，都要擔當責任。這倒是沈力沒有想到的事。對了，他想起一件事了。

那是小晴對他談過她和路易士之間的糾葛不久，在停車場，沈力見小晴那輛漂亮銀灰色新車，凌志300號，前車頭蓋部分，窩下去好一大片，看得刺眼，沈力問她那是怎麼一回事？小晴說，那是她用自己新車猛撞路易士的車尾剳出來的。她說，那天見到杜珊珊和路易士兩人在路上卿卿我我，她受不了，所以用新車孟撞他停在停車場的車。而路易士對這件事並

沒有追究。芭芭拉説，真希望有人早些告訴她這些事。這當然
是不可能的，誰會沒事找事？找這種麻煩？而且這不變成打小
報告了嗎？

　　沈力默默地坐著，這邊芭芭拉忙著通知警察局備案。成年
人失蹤，警察局通常不會採取任何行動，至少要等72小時，但
巴巴拉提醒警察，別忘了他們這家大公司對本地所付的税佔全
市至少十分之一。果然，對方的口氣緩和不少，説會立刻通知
上級，馬上準備尋人行動。巴巴拉對沈力説，她即將和路易士
夫人聯絡，如果路易士已經到家，她要和路易士談話，同時，
她指示沈力，必須立刻和小晴的丈夫張欽天通電話，要把小晴
上午外出，直到現在還沒有消息的事告訴他，當然匿名信也必
須對他講。

　　沈力撥通電話，張欽天剛從曼哈頓下班回家，剛吃完晚
飯。張欽天很習慣太太晚歸。保母説太太上午回來，把十歲兒
子帶出門，叫她照常照顧家裡，沒有留下什麼話。保母現正哄
幼兒洗澡睡覺。沈力很抱歉地告訴他，他的太太小晴上午從公
司外出一直未回，連重要會議都沒有出席，也提到了匿名信上
所説的一切，擔心不知是否出了事。

　　張欽天似乎被人狠狠在腦門上打了一拳，啞然失聲好一
陣，待聲音恢復時，竟有些輕微發抖。沈力對他忽然感到萬分
同情，堂堂大男子漢，太太出了這樣的事，真夠窩囊。沒多久

前，公司舉行的新年餐舞會，他們還見過面，從外表上看，高
窕的身材，輕悄的舞姿。兩人還是一對璧人，曾幾何時？張欽
天震驚之餘，終於說，他現在立刻電話詢問諸親朋好友，看看
小晴現在是不是在什麼人家裡？

沈力在辦公室和巴巴拉一起待到大約晚上十時，絲毫沒有
什麼線索，唯一的進展是，路易士剛從機場到家。巴巴拉把小
晴的情況告訴了他，他沒有辯解，最後只默默把電話掛斷。芭
芭拉也請示了公司總負責人，指示是，讓路易士次日不必來公
司上班。這算不算解雇？說不清楚。路易士在公司裡實在太具
權威，資歷太深，人脈太廣，總不能由於一封匿名信而制定他
的罪名吧？

沈力回到家裡已經快11點，胡亂吃點東西。上床已是午
夜，眼前不停飄浮著這三個人的身影，位高權重的路易士，只
要他從哪兒走過，哪兒就會感到他的威力和魅力。而溫文爾雅
的小晴，這次是真的很被人戲弄了，難怪她如此頹喪，如此絕
望。杜珊珊也許是強者，如果真和路易士偷情，那也許是彼此
相互利用，果真如此，杜珊珊也未免太自信，無論如何，她總
不是路易士的對手。正如信上所說，路易士之所以坐上副總裁
的寶座，決不是件簡單的事。就那樣胡思亂想著，好像整夜沒
睡，天卻已經亮了。

第二天早晨，提前到達公司大樓。剛坐定，打開電腦，

巴巴拉來了短信：「路易士由律師陪同來到辦公大樓，現在在
會議室，請即刻來會議室！」沈力剛要往二樓會議室走去，秘
書蜜雪兒也提前在位置上坐定，對他神秘兮兮的説，聽説警察
局來電話説，目前還不知道小晴的消息，他們會和公司隨時聯
絡，如果我一旦有什麼消息，一定第一時間向你報告。他默默
對她點點頭，知道她是希望從他這兒旁敲側擊。一路往二樓走
去，這時，看到平時很少早到的人都紛紛到達，大家似乎都要
存心看看，這場好戲如何繼續演下去吧？

　　會議室裡除了路易士和他的律師巴巴拉外，另外便是警察
局的偵探長。

　　他看來四十多歲，精明幹練，探長禮貌地做了自我簡短
介紹：

　　「麻煩你了，小晴是你的直屬下屬？」

　　「一起工作多久？業務性質是什麼？」

　　「你是路易斯先生下屬？一起工作多久？」

　　「這幾位當事人近來在你面前，有什麼異常行為語言或舉
動嗎？」

　　顯然，真探長早已和路易士談過話，叫他來是當面詢問
看看。中間是否有什麼矛盾衝突之處。沈力盡量把所知道的説
出來。言談之間，他對路易士失去了往日的敬意，雖然一切仍
屬謠言階段，也許，只不過是一封匿名信罷了，卻具相當殺傷

力。待他在表格上簽好名，已經是兩個小時過去了。沈力回到
辦公室，沒有說什麼，但每雙望著他的眼睛，似乎都在好奇地
詢問，怎麼樣了？到底是怎樣的一回事啊？他打開電腦，腦子
裡飄蕩著的卻竟是這三個人的影子。簡直沒法集中精神。也許
兩小時吧，一陣清脆的高跟皮鞋聲，停在他辦公室門前，又是
巴巴拉，把門隨手關上。對他說：

「警察好像找到小晴了，是在海耶大旅社。」

「啊？……。」

「好像，昨夜吞了大量安眠藥，自殺！正在醫院急救當
中，你必須代表公司去一趟，希望一切不要太晚。」

醫院坐落在大學城北街，沈力停妥車，到櫃檯前經過了好
一番唇舌，才允許他到四樓加護病房門外，那兒站著張欽天，
警察局探長，正和醫院護理人員輕聲講話。見他到來時，禮貌
地對他點點頭。原來護理人員正在解釋小晴狀況，好像剛剛脫
離危險，還有許多程序要進行，而且需要留院觀察。除直系親
屬外，目前不能見客。張欽天的臉色十分憔悴，見到沈力，
臉上更增添了許多尷尬。除了輕聲向他致謝，實在也是無話可
說。自己的妻子出了這樣的事，做丈夫的無論如何脫不了干係。

他提議到醫院樓下咖啡室坐坐，他說，昨夜接到沈力電話
以後，心裡辱罵自己無能。打了許多電話，向親友詢問小晴和
兒子的下落，他擔心他會帶著自閉兒一同離開人世，因為她曾

說過這樣的話。自閉兒已經削弱了兩人間原有的深厚情誼。那樣的日子實在非常磨人。他自己盡力把心力投資在事業上，能出差就出差，能晚歸就晚歸。他把看顧孩子的責任，竭力推到小晴身上，雖然顧有保母，但不能替代雙親的愛。他的父愛逐漸枯竭，他對妻子的愛情也日益衰竭。小晴的婚外情，他感到他需要負部分責任。

小晴昨夜帶著孩子到熟悉的旅館住宿，根據孩子凌亂的說辭，他了解到事情的始末。小晴讓孩子吃了一頓他最愛的牛排，回到房間大約夜深，她打發他在另一張床上睡下，自己卻寫了兩封遺書，可能凌晨吧，她吞嚥了兩種安眠藥，她在藥廠工作，知道這樣的混合藥力最強，沒想到孩子半夜要上廁所，開始搖他的媽媽，搖來搖去，卻毫無動靜。孩子接著打開房門，跑到走廊大喊大叫，就這樣，小晴被送到醫院急救，算是撿回一條命。然而路還長的很，要怎樣走下去，真不是他所能預見。對於目前中年男人這不幸遭遇，只有無盡的同情，他拍了拍張欽天的肩膀，默默道了一聲珍重。

回到辦公大樓，人們似乎早已經等他的報告，他簡短告訴巴巴拉，小晴沒有生命危險，巴巴拉顯然鬆了一口氣。至少她可以向總裁交差，公司不必為人命案件而遭人訴訟。至於小晴，是否會因此而遭受各樣身心上的折磨，並承受心理上的痛苦，那完全就不是巴巴拉所願意執著的事了。

　　小晴出事五天，沈力終於得到醫院同意，可以到加護病房去探望她半小時。他帶了十二朵待放的黃色玫瑰，那時刻，病房裡只有小晴坐在病床上，臉色蠟黃，見了沈力，空洞的雙眼開始濕潤，沈力連忙用手勢制止。小晴輕靈水袖的臉龐，整整瘦了一圈，顯得格外孤單落寞。「好好保重自己，其他什麼都是假的。」小晴點點頭，緩慢地對沈力講述自己的心態，一切恍若隔世。

　　她說，看到那份匿名信以後，萬分震撼驚恐，她覺得，全世界都瞧不起她，都對她鄙視，她沒臉好好活下去。她心疼自己可憐的兒子，如果我不把他一同帶走，將來他這個世界上，一定受盡折磨。和媽媽一起自我了斷，對他而言也許是最好的選擇。想把孩子一起帶走，也是出於對孩子的愛。至於丈夫，她覺得她這樣處理這件事，也是為他著想。他將來再娶比較簡單。這種紛亂矛盾的心情熬到夜晚兩點，看到孩子睡得甜甜的臉，終於不忍對他下手。「每人頭上一片天！」還是由他去吧。就這樣，她吞下了大量安眠藥。沈力平時很少說話，如今面對如此的場面，雖然可以覺察小晴的絕望，卻不知如何表達這份複雜紛飛波動的情緒。最後仍然只能用一些最簡單的語言，對她說一些空洞而不關痛癢的話。他說她應當好好保重，所謂世事難料，月有陰晴圓缺，人生不如意事十常八九，凡事要看得開，看得透才好，人生在世……。

　　告別出來，他感到無比的落寞，無比的空虛。作為她的頂頭上司，他似乎沒有盡到保護這個弱女子的責任。公司裡，經過一番討價還價，副總裁路易士終於又回到公司上班。仍然昂首闊步，一副事不關己的模樣。然而人們忍不住竊竊私語不停。整個辦公大樓的氣氛顯得有些詭異。

　　至於杜珊珊，更是凡事照舊，數據分析依然是她的強項。最近聽說又將去華府藥物管理署。可能又有新產品，要她去為統計數字護駕申辯。大家都說，今年年底，杜珊珊絕對會升上第三把交椅。而今，小晴已經被送進附近精神病院查看，除了直系親屬，其他人都不可以去，即使電話也不可以隨意接聽。小晴婚外情所引起的風波，逐漸在眾人的眼前消失遺忘。和小晴同組的人們，也漸漸接受了這個事實。休息室裡，照樣傳來人們的笑聲，談話聲。日子似乎很快恢復正常。這封匿名信所造成的騷亂，彷彿早已成為過眼雲煙。沈力中午多半到運河邊走快步，偶爾想起小晴的事，真為她感到十分不平。這封匿名信給三位當事人帶來的境遇，竟是如此迥然相異的後果。他不禁想起了那首流行歌曲的曲名：「……多情總為無情傷啊……」，小晴的遭遇不恰恰正是如此。

　　　舊稿改寫。2023年2月20日於拉斯維加斯郊區黑山村自宅

夜幕下

　　飛虹流轉的夜空突地靜止，剩下一片微黯單色照明，夜空竟透著絲慘淡。媽媽今夜不會開車來接。媽媽在心境百般煎熬矛盾下飛去台北，但願能挽回爸爸已變的心。品品為媽媽委屈。媽媽徐娘半老，在品品眼裡卻是風姿綽約的貴婦人。來洛杉磯八年，獨居在華人眾多的鬧市公寓裡，守著一雙十六七歲的兒女，白日在雜物繁忙的公車處做個小職員，為的是給兒女一個良好的教育，這本是爸爸的主張，媽媽拗不過爸爸，勉強帶著孩子離開台北，來到這陌生的新環境努力適應。

　　原本面目嬌好的媽媽，許多日子竟日閃著淚光，整個人變得越來越憔悴，終於敵不住爸爸的壓力，最後依照爸爸的心意，來到此地。移民來此以後，爸爸僅三次來訪，訪期越來越短。最後一次竟是咆哮著離去。那次，台北的女人竟明目張膽，掛來越洋電話到公寓裡，以興師問罪的口氣要爸爸即刻回去，說是律師樓有緊急業務待理。媽媽鐵青著臉，渾身發抖，質問爸爸這是怎麼回事。爸爸無話可說，愧疚摻合著惱怒，搶過電話，對著電話怒吼，妳太過分了！然而，從此爸爸沒有再來過，就那樣永遠從他們身邊消失。

今夜下班已將近淩晨一時，人們多半散去。昨晚和徐明幾乎鬧翻，看來今夜是不會來接她了。就為一句話。「看妳這身打扮，以後少暴露點行嗎？」

不過是喜歡唱歌罷了。這家歌廳以年輕人尤其年輕學生為招攬對象。歌廳供應的不過是一杯咖啡，兩杯啤酒，幾碟花生米，如此而已。他們喜歡聽流行歌曲。品品在學校唸的是藥劑，多枯燥的科系！唱歌是調劑是消遣是愛好也是副業，週末假日來唱唱歌，還能賺點零用錢。既然站在舞台上唱歌，衣著當然需要配合，不過花俏些時髦些前衛些。用得著大驚小怪？

自幼愛唱歌，參加過許多次歌唱比賽，拿過許多獎牌獎金。直至大二那年發現，這樣的愛好可以做為兼差，意外賺些錢。媽媽都為品品高興。有時還開玩笑說媽媽要做品品的星媽呢。許多人不那麼想。那年暑假認識了冬朗，原本純淨的感情，卻因為這份愛好，被人們扭曲渲染，把她說成是在夜總會廝混的女人。待冬朗屢次從波士頓打電話來求證，事情已完全變質，品品不屑於解釋，這樣的沉默終於導致了這段感情的煙消雲散。

其實那晚冬朗從波士頓飛來，目的是要和她談個清楚。她因為必需去歌廳履行唱歌之約，沒法繼續談下去。他送她去歌廳以後，賭氣離去。她下班後他沒有回來接她。事情就那樣發生了。她不相信他不會回來接她。諾大的停車場顯得特別空

曠，她覺得有些冷，她忍不住一次次看錶。冬朗是君子，真會扔下她不管？有一輛轎車出現了，不是冬朗。說是就在附近做保安巡邏，剛下班，可以順道送她一程。上車不久，她發現情況不妙，意圖中途打開車門。那人立即以尖刀抵住她的喉嚨，把車開往一片荒蕪的公園，對她施以強暴……。

事後一連數月，她感到羞憤、屈辱、恐懼、頹廢。她把那夜她穿的緊身黑色蕾絲綴亮片低胸上衣，同色絲質緊身綴亮片長褲，以及手腕上所戴閃閃發亮細絲鍍金連串手鐲，象徵浪漫熱情的大圓弧型耳環，貼身胸罩內衣褲……全扔入汙穢骯髒垃圾桶裡，任龐大笨重無情的巨無霸把一切壓碎輾扁……。她不願意把此事告訴媽媽，她相信脆弱的媽媽也許會因此發狂。她更沒有告訴弟弟，他若知道此事說不定會鬧出事來。而冬朗輾轉傳遞訊息給她，說是那晚曾因車胎漏氣，在路上耽誤了一段時間，到達歌廳停車場時，卻遠遠見她跟另一人開車離去，以為……。她當然沒有告訴冬朗那晚所發生的意外。

此後，唱歌的興致因此喪失，甚至不願聽錄音帶，不願知道新歌排行榜行情。恍然若失的心緒就那樣主宰著她。怕黑夜，怕單獨外出，怕陌生男人，尤其怕陌生男人拋來的友善笑臉。有時夜半醒來，會有種蝕心蝕骨的莫名恐懼。她變得萎靡頹喪。

媽媽終究還是探知了品品的秘密。出乎品品意外的是，

媽媽沒有發狂，卻採取了連串措施，亡羊補牢。首先帶她去警察局報案。媽媽說，這樣的罪犯定會一犯再犯，若隱忍不報，會害人害己。然後帶她參加防身訓練。她們一起學功夫、練柔道、習劍術。因而結交了不少朋友。李明便是媽媽結交的朋友李媽媽次子。

李明和冬朗有幾分相似，卻比冬朗開朗樂觀。李明剛從大學畢業，在一家電腦公司做軟件開發業務，晚間常來健身房接送李媽媽以及媽媽和她，因為兩家住得不遠。便那樣逐漸熟悉了。品品唱歌的興趣漸漸恢復，生活慢慢變得豐富起來。媽媽前兩日決定回台北向爸爸攤牌，品品和弟弟都舉雙手贊成。爸媽兩人之間如何定奪，必需有個了斷，不能永遠這樣不明不白。媽媽的幾個要好友在一起談起此事，也鼓勵媽媽快刀斬亂麻儘快下個決心。

夜風吹著帶絲涼意，品品獨自站在停車場上。單色霓虹燈管散發著慘藍光圈，這令她不由得記起兩年前的那個夜晚。今晚李明說了會來接她，也許會稍微晚一點。突地，身後一陣冷風，帶來一個暗影，冰冷的鐵器頂著她的後腦。

「錢包拿來！」

品品猛轉身後退一步，用盡全身力氣以右腳連續狠踢此人下體要害。此人不妨有此一著，彎身企圖保護下體，鏜鋃一聲一把尖刀落地。品品躍身以左腿把尖刀踢出丈把外，同時用帶

有金屬戒指的雙手，對其鼻樑及雙眼狠打猛擊。兩年多的苦練終於派上用場。

白色小車猛地停在品品身邊。李明一個箭步衝出，對著黑影猛地追去，轉眼間，那面目模糊之徒已消失在黑色夜幕之中。

「品品，沒事吧？」

「沒事！」

「對不起，晚來幾分鐘，害你受驚了。」

「不要緊！」

沉默著，李明把小車往警察局方向開去。品品此時只深深地想念媽媽。兩行清淚悄悄地流下來，不知媽媽在台北的談判是否順利？

2016年1月26日夜於太陽城

輪渡

那天她從信箱凌亂的廣告堆裡發現一張精巧的紫色信封，即刻打開。裡面是一張以淡紫鳶尾花為背景的卡片。蕭品南畢業了！他邀請她參加他的畢業典禮！簡直不可思議。三年前夏天發生的事仍歷歷在目，他竟然已經畢業。她決定盛裝出席，卻沒法不回憶起往日那些情景。

三年前那日，她趕搭渡輪。清晨天際是濃重的黑雲，一絲燦爛的金色光芒正掙扎著往外放射出淒豔的紅。她被黎明這豔麗的景象震攝住，幾乎不敢大聲呼吸。如今，每個星期六清晨搭這班渡輪過哈德遜河。從史坦頓島到曼哈頓南街碼頭，也快兩年了。今晨這景象如此令她震撼恍惚，她有些想哭。這景象和丈夫猝然出事的那晨多麼相似。

丈夫是在曼哈頓鬧區夜半發生事故，等警察輾轉通知到她，已是黎明。警察只說俞，她的丈夫在醫院接受急救，生死未卜。而她也是搭清晨這頭一班渡輪渡過哈德遜河。那晨，她意識恍惚，卻在陰鬱中看到自由女神聳立的身影，女神手中微弱的火炬，驅趕不了黎明清晨那分逼人清寒。她渾身乏力顫抖不已。俞，自己十多年來相濡以沫的丈夫，是否能躲過這場災

難？是否能跨過這道坎？她狹窄的世界是否即將天崩地裂，因為失去他，自己即將粉身碎骨？

俞做的是珠寶首飾生意，批發兼零售。利潤高卻擔風險。也一度打算轉行，只是其中手續繁雜，俞自幼在家族所經營的首飾行業中長大，耳濡目染，對這個行業最為熟悉。但，近日來，店面三番兩次被劫。唐人街最近變得越來越不安全了。店舖雖有保險，珠寶損失雖能補賞，但生命卻無價。萬一⋯⋯？她不敢多想。那天等她趕到醫院，俞終因流血過多，搶救不及，在她趕到之前就那麼無聲無息的走了。俞，她生命中最重要、最親密的伴侶，竟成了紐約年度暴力犯罪犧牲者統計數字之一。

那以後她的小小世界全然崩潰，她終日以淚洗臉，惶恐不安。終日自責愧疚憤怒哀傷絕望⋯⋯。各樣低沉的情緒困擾著她。就那樣度過了整整一年多，然而兩個孩子需要她。多謝丈夫的遠見，留下了足夠三人半輩子生活的財產和保險金，使他們生活不虞匱乏。沒有了俞的日子，生活過得十分落寞。一次偶然的機緣，隔壁寡居多年的鄰居莫夫人，告訴她許多年來，她如何因為在孤兒院做義工，而生活得十分充實。這令她忽然意識到，助人也等於助己。決定投身到這座醫院裡做義工，獻上一份心力，幫助一些也屬不幸的人群，心裡漸漸也因此充實了不少。

這天，渡輪上乘客較往常少了許多，週末的緣故。平時渡輪上擠滿了上班族，有時連站位都難找到。這也是她愛選週末來醫院做義工的理由之一。半小時渡輪到達曼哈頓南街尖端碼頭。平時這兒總是車水馬龍，摩肩擦踵。市政府、華爾街、唐人街全都集中在此。去市政府上班的公務員、華爾街的分析師、股票投資人、金融家……唐人街的商賈小販、觀光客……紛紛蜂擁而至。今天既是週末，時辰又早，紐約街頭倒有一番異常的淒清之美。

往鬧市中心，開往曼哈頓東區的大巴零落地坐了幾個乘客。她匆匆上車，選靠車門前排坐下。紐約街頭此刻正籠罩在濃重的睡意之中。平時看慣了她的熙熙攘攘，這一份寧靜，倒也十分惹人愛憐。到達醫院義工室，人們親切的彼此招呼著。總管夏洛蒂正在分配工作。這是座教學醫院，地處曼哈頓鬧市中心區。這兒幾乎沒有安靜的時刻，尤其急診部門，毫無間歇，總是那樣忙忙亂亂。救護車鳴叫呼哨而來，砍傷殺傷槍傷撞傷中風腦溢血食物中毒等等等等不一而足……。讓人覺得眼花撩亂，惶恐不已。俞那次出事不也是被救護車送來這兒？不然她也不會知道這家醫院，更別說在這兒做義工了。

她最喜歡做的事就是替病人送花，尤其替婦產科產婦送花。這便是人性，總愛替人錦上添花？俞走了以後，一些平時來往的朋友漸漸疏遠。也許自己目前形單影孤，見到那些成雙

成對的舊日友人，感到很難適應。再則所謂人走茶涼，也許自
己不再有太多利用價值。總之，每當意識到自己目前的狀態，
會止不住落淚。日久天長，後來終於慢慢領悟，漸漸明白了其
中道理，便也漸漸面對現實。人生旅途原本就是曲曲折折，起
起伏伏。人間原本沒有不謝的花，不白的髮。

　　送完大樓上上下下的鮮花，已是午飯時間。到員工休息室
拿了杯黑咖啡，剛喝了幾口，忽然聽到播音機裡大聲播報：譚
夫人請即刻到三一八室報到！譚夫人請即刻到三一八室報到！
她猛地幾口吞下剩餘的黑咖啡，急忙往三樓趕去。三樓大多是
嚴重急診病人，大約清晨起得太早，沒時間吃早餐，又空腹喝
黑咖啡，體力消耗太多？往三樓急急趕來，雙腿竟有些發抖。

　　三一八號病房裡有兩張病床，從玻璃窗往內看，外床上斜
躺著一個東方年輕人。骨架生得單薄，面部清瘦呈青灰色，眼
睛緊閉，眼眶鬆弛。雙頰顴骨突出，神情有些恍惚似醒似睡。
室外窗邊站著一個中年婦女，顯得十分焦急。猛抬頭，見她
來，彷彿見到親人。忽然提高聲音對她說話，只是語句雜亂，
有些不知所云。此時值班護士請兩人到走廊，一面用英語對譚
夫人解釋說，這年輕人昨夜替餐館送外賣，被匪徒搶錢並遭到
槍擊受傷很重，開刀手續順利，現在需要觀察靜養。這位是年
輕人姐姐姓蕭，蕭姐沒法聽懂英文全部，所以請妳來給她解釋
清楚。原來如此。

加護病房外不容久待，於是兩人到二樓咖啡廳坐下。譚夫人先對蕭弟弟的傷勢根據醫護報告，加以說明。子彈從肋骨穿出，沒有生命危險。但搶案發生時，因為場地比較陰暗偏僻，沒有被即時發現，流血過多。還是黎明一位晨跑者發現報警，才被送來。所以經過輸血後再動手術，再取出子彈等等，元氣損傷很厲害，需要休養很長一段時間才能復原。蕭姐一面聽她說，一面懊惱後悔不已，一直不停地說是自己害了他。

後來蕭姐告訴她，她和丈夫開了一家餐館，離中央公園不太遠。平時生意不錯，兼送外賣。弟弟正在紐約州立學院念物理博士學位，週末有空來餐館吃飯，也順便幫忙帶位。那晚快打烊了，有人叫外賣，平時送外賣的小曾生病請假。弟弟說由他代送，送完就回宿舍。姐夫說算了，太晚，不安全，這筆生意不做了。蕭姐卻不願意失去這筆生意，雖賺的不多，但顧客至上。沒想到，卻害得弟弟差一點丟了性命。蕭姐掩面哭泣，懊悔不已。

她和蕭姐雖是完全的陌生人，對於紐約的犯罪搶劫殺人兇手卻深痛惡絕。自己丈夫當年的慘痛遭遇永遠銘記於心，永遠沒法忘懷。如今在這兒做義工，正是彌補心靈的創傷。她安慰著蕭姐，蕭姐以為她是醫院工作人員，再三拜託她照顧弟弟。因為自己餐館太多瑣事，沒法天天來看弟弟。她告訴蕭姐自己是義工，答應來值班的日子一定會來看望她的弟弟。

　　蕭品南的年齡看起來和自己的倆孩子相近，第二天，照往例樓上樓下送了些鮮花給不少病人，快到十二點時直接去三樓病房看望他。護士說他仍需在加護病房呆一天。看來他恢復得不錯，畢竟年輕。病房外又遇到蕭姐，約略轉告護士的報告，蕭姐堅持邀譚夫人去咖啡廳坐坐，和她說說話。譚夫人那天沒事，聽蕭姐談經營餐館的種種挑戰，談到送外賣，在紐約真不是件簡單事。她這家餐館的地段還算不錯，可是六七年來，送外賣就出過不少次事，大多是錢被搶，人被打，最嚴重的就是弟弟這次。唉，還不敢告訴大陸的父母。弟弟是全家最大的希望……。她好奇，問她何不拒絕外送！生意不能這樣做，你家不送別家送，久而久之，生意就給人家搶光了。難道他們別家送外賣就沒危險？當然有，沒辦法！警察對這種雞零狗碎的小偷小搶沒時間管，除非出人命。所以匪徒越法猖獗。這種案子大多不了了之。唉！

　　蕭品南終於從加護病房遷入普通病房。她常去看他，或者帶份當天報紙，或者和他聊聊天。見到她時，那深凹的眼睛射出一股強烈的亮光，是感激與激動。他似乎難以相信這陌生人竟帶給他如許溫暖。有一天她給他帶來一束康乃馨，轉身把花插入帶來的玻璃花瓶，病房霎時顯得美麗許多。那天以後，凡輪到她做義工的日子，都會抽空去病房看望他。偶爾會帶些廣東點心諸如燒賣蝦餃或菠蘿麵包之類給他。看來他是越來越健康，

臉色也變得紅潤，只是開始擔心自己的課業。她開導他，這次
能恢復健康應當感謝上蒼，那子彈稍微偏差一點，就致命，至
於課業，慢慢來。他漸漸被她的樂觀感染，學會了認命。

　　這樣的日子繼續了將近三個星期，有一天，她患了流行性
感冒，頭痛發燒渾身痠痛。夏洛蒂叮嚀她在家好好休息，必需
靜養，醫院絕對不能去。兒女也來電話再三叮嚀，她雖有些掛
念三樓病房那個孤獨患者，卻沒法通知他。罷了，但願他能熬
過這段日子。拖延了一個月，她終於病癒。已經是初秋，她趕
到醫院報到。夏洛蒂仍然分配送花的美差給她。中午，她急切
趕往三一八室，躺在外床上的如今是一位白髮老人，旁邊坐著
一位女性，也許是他的女兒？年輕人已不見蹤影。她感到一股
難以述說的失落，久久難以平復，但願他已康復如初。而今，
兩年過去，她竟收到他邀請她參加畢業典禮的請帖。一股暖流
透過全身！感謝上蒼，他沒有成為紐約市年度暴力事件犧牲者
統計數字之一。

2018年1月10日於拉斯維加斯郊區

貂皮大衣

　　鵝毛般的雪片在夜空裡飄飄灑灑，若有若無。那是農曆年夜，羅苗將出門做客，她轉身自衣櫥裡取出那件貂皮大衣，將它罩在薄如蟬翼的晚禮服上。穿衣鏡前的身影，果然平添一股雍容華貴。輕軟的貂皮更帶給她一股濃重的暖意。多少年都沒有穿這件貂皮大衣了，她的心情摻合了各樣的矛盾滋味。隨著年齡的增添，許多往事也跟著增添了版本迥異的色彩與濃度，凡事不再那樣單一，那樣絕對。這件大衣便承載了半個世紀的歲月，也承載了半個世紀的人物與往事。

　　那是抗戰勝利第三年的上海，二姨父正逢事業的巔峰，他從當時上海最昂貴時髦的皮裘店裡為二姨買來這件貂皮大衣，做為二姨三十歲的生日禮物。平日面容冷漠的二姨，那天終於展現一絲淡淡的笑意。姨父與二姨間的長期冷戰暫時告個段落。倒不是為了一件貂皮大衣，依照二姨的說法，而是這件大衣帶來的點滴心意。結婚十年以來，姨父確做了幾件十分對不住二姨的事情，令她心寒。

　　二姨那天穿著這件輕暖昂貴的紫貂大衣，去四合院裡看姥姥，一面向姥姥告辭。她要把一直養育在姥姥身邊的姨姪兒效

飛帶走。這是大姨的八歲兒子，幾年來一直由姥姥代為扶養照顧。黃埔三期畢業作為旅長的大姨父，在一次敵眾我寡的抗戰戰役中，被低飛日本軍機掃射陣亡，留下了三個孤兒和一個年輕絕望的妻子。如今三十三歲的大姨遇到了一個合適的男子，卻不能帶著兒子下嫁。大姨父的傳統大家庭，要求把效飛這個男孩兒送回去，由親祖母照顧，這是他們家的命脈……。

「連養一頭貓狗都捨不得隨便讓人帶走，何況是個活蹦亂跳的孩子？」

「這是他們家的命根子，怎能不給？」

「剛出生的時候怎麼不帶走。等到現在，出落得成個人模人樣了，一把奪去，天下有這個理嗎？」

「唉，這也是不得已！」

「我明白……。可，我捨不得啊！」

姥姥是個極明事理的婦人，雖然書讀得不多，卻經常出口成章，引用聖人的話做為教導晚輩的原則。對於處世為人更是圓通，不然也不會把整個家支撐得有模有樣。那天，姥姥斜靠在那張鋪了羊皮墊的躺椅上，她一面抽著煙，一面對二姨講著話，眼睛裡冒火。姥姥算得上是個幹練精明的婦人。中年守寡，單槍匹馬把大姨，二姨和小舅帶大，又幫著照顧孫輩。尤其效飛這個孩子，完全把姥姥當親娘。如今大姨夫家傳話來，若不把效飛這個孩子送回去，他們便不允大姨改嫁。

看到二姨穿著如此華貴柔軟的貂皮大衣，效飛的眼睛瞪得老大，剛要用兩隻骯髒的小手往大衣上摩娑，被二姨及時躲閃開。他天真地嚷著，從沒看過比這更漂亮的大衣，他說等長大以後賺了錢，也要為姥姥買一件。第二天清晨，二姨帶著效飛趕火車，過長江，經過十二個小時的車程，終於到了另一個北方大城。也是一個四合井大院，兩扇紅色厚重大門，比姥姥家氣派得多。裡面住著十幾口人，是個大家族。效飛的嫡親祖母淚眼汪汪地把他摟入懷裡。二姨陪效飛在那兒住了三天。第四天黎明，二姨悄悄起床，單獨搭火車離開，把在睡夢中的效飛獨自留下，留給有著濃重親情卻完全生疏的陌生人。

也不過兩年時間，天地變色。二姨再度匆匆與姥姥道別。台灣是個陌生而遙遠的地方，二姨的箱子裡放了這件大衣，許多其他東西便沒法攜帶。明明聽許多人說台灣的天氣又熱又潮濕，卻就是捨不得把這件大衣留下。她喜愛它的名貴，它的柔軟，它的得來不易。它象徵她人生歷程的輝煌，它帶給她無限情感上的滿足，她不能輕易把它拋棄。何況，也許她很快就會再度回到這個她熟悉眷戀的古城。

中台灣的天氣又溼又熱又落寞。二姨每年夏天總不忘從箱子裡把貂皮大衣掏出來，把它掛在院落通風的走廊裡，讓薰薰的微風，伴著成熟的葡萄清香，對它吹送著海島特有的暖意。她想像著再度回到古舊的江南古都，穿著這件大衣，推開那四

合院有著天井的大門，往姥姥獨自居住的二進東廂房走去。效飛該已經長得高頭大馬，像英年早逝的大姐夫？是個十足的俊美少年郎？他還會記得為他傷心落淚的姥姥？還會記恨悄悄棄他而去的狠心二姨？

貂皮大衣在海島上再也沒有展露風華的日子。它如今帶給二姨的快樂只屬於記憶，記憶裡那冰天雪地的日子，人們多半瑟縮在街頭巷尾，而她裹在美麗高傲的輕軟貂皮大衣裡……。從古城帶來的首飾積蓄漸漸枯澀。在一個較為寒冷的冬日，二姨決定把這件貂皮大衣送到巷口不遠處的當舖裡去典當。隔著鐵欄杆的窗口，二姨把布包小心翼翼地塞進去。她的頭輕微發疼，她沒有想到她今生的最愛，會淪落到被典當的地步。冷漠的當舖老闆，帶著金絲邊眼鏡，稜角分明的臉充滿精明與世故。他打開布包，仔細審視了布包內容，幾分鐘後將布包冷冷地遞回來。這樣的紫貂確是上等皮貨，可惜呀可惜，這兒是台灣，人們用不上這樣的珍品。

二姨的最愛，受到如此冷淡的拒斥，令她感到無限屈辱。必然是天意吧，要她永遠擁有她的珍品。從此二姨不再用它做為抵押生活瑣碎的工具。她把它帶回家，放在樟木箱子裡，一層層，悉心地放了許多粒樟腦丸。每年夏天不忘將它拿出來，掛在走廊的架子上讓它通風，有時鄰家的婦人們會止不住讚美它的華貴與美麗。每逢那樣的時刻，二姨清癯的面容上都會止

不住泛起絲絲驕傲的淺笑。

二姨說她那件貂皮大衣來自黑龍江。那年代有專門以獵貂為生的獵人，專等到冬至大寒，深山裡積雪盈尺，平均溫度在攝氏零下四十度左右入山獵貂。此時貂鼠肥壯活潑，獵人便按著雪痕爪跡，加以撲捉，多半滿載而歸。東北民間流傳這樣一個傳說，說是貂鼠天性仁慈，如果見到有人躺在雪地，貂鼠以為這人快要凍死，就會匍在這人身上，用自己的體溫來救助這人。所以許多獵人假裝凍斃雪地，趁貂鼠來救他的時候，趁機把貂鼠撲殺。這樣的傳說令人深深地感到不安，對於穿貂皮大衣的愛慕心情也就格外淡去。

羅苗出國的那年，二姨把貂皮大衣拿出來送給她，做為出國禮物。羅苗知道它在二姨心目中的份量，再三推辭，卻拗不過二姨的堅持。她十分感激地接受了二姨的珍品。做為留學生，她知道很難有用得上貂皮大衣的場合。飛機在兩萬尺高空透著逼人寒意，她的貂皮大衣為她帶來兩位空中小姐的讚美與羨慕，她為這片讚辭感到深深的矛盾與虛空。到達洛杉磯第一站落腳，那兒的乾燥高溫與閃亮的艷陽，令她記起中台灣的溼熱季節。貂皮大衣再度被壓擠箱底，根本失去展現風華的時機。

而後，人們對於環境保護越來越重視，對於野生動物更是盡力保護。貂皮大衣成了年輕會員扔擲雞蛋與蕃茄的對象。羅苗清楚記得電視機前的一幕。那是個豪華燦亮的場景，伸展台

上有惹人注目的美妙模特兒，她們有一張瘦削帶稜角的五官，剪著帥氣十足的短髮，雙眼塗抹著熊貓般的巨大黑眼圈，曲線玲瓏的雙腿，踏著大剌剌的步子，在伸展台上前後搖晃。身上披著來自南非的名貴貂皮大衣。台下的觀眾發出陣陣仰慕的讚嘆，啊，啊！

此時，空氣中的音符突地變得高昂怪異，似乎有什麼恐怖神秘的事件就要發生。舞台上的模特兒們也突地同時轉身，像機器人那樣，全部用背對準觀眾，這時，美麗的貂皮大衣下面，緩緩流淌出一股股鮮血……。啊！啊！台下觀眾發出另一種喊聲，讚嘆突然變調，成為恐怖與驚嘆。那是世界環保協會，為保護野生動物而製做的，抗議亂殺野生動物的電視廣告。效果是那樣的強烈，那樣的令人難以忘懷。

如今多少年過去，美國東岸的寒冬風雪，終於令羅苗想起那襲近似古董的紫貂大衣來。委屈了那麼多年，該是它施展魅力，展現風華的日子了。許多年前，當日子稍稍安定，便將它送往紐約一家專做皮裘生意的商家，主人來自北歐，世代經營皮裘。師傅讚嘆著貨色的美好，可惜多年來保護欠佳，他須要花一番工夫處理，然後再按照時下流行的式樣改做，才能恢復它往日的雍容華貴。羅苗帶著無限愧疚，無限感傷，請師傅盡力恢復它往日的美麗面貌。農曆年那晚，她穿上這件貂皮大衣，不是為增添自身的雍容華貴，也不是為貂鼠喪失的生命無

動於中。她穿它是為紀念一個永遠失落，永遠逝去的年代，以及跟隨著那個年代而永遠消逝的人物與往事，畢竟半個世紀就那樣悄悄地過去了。

原載《北美時報副刊》

2006年12月12日

附錄：孟絲的散文田園

王鼎鈞

　　中國同音字多，聽音生義，往往得到意外的啟發。「孟絲」使我想到「夢思」，日有所思然後夜有所夢，夜有所夢而後又日有所思，寫作正是這樣一個迴圈的過程。由夢思聯想到《語絲》（魯迅主編的刊物），自然而然來到「夢絲」，詩和小說多半是一種白日夢，夢之於人猶絲之與口也。

　　「孟絲」這個筆名到處散播文藝氣氛，她在臺灣有些人緣，在美東有些善緣，兩岸三地有些書緣。她是生在南京的江左美人，青年風華，中年風韻，多少佳話，而今脫離「嫵媚」，未到「慈祥」，原籍徐州，氣質漸漸露出北方人的敦厚。她是六十年代臺灣重要的女作家之一，心地光明，文筆優美，但情思含蓄，不尚玄想，風格在女作家中為少數。出國「誤事」，一度中斷寫作。論者認為臺灣在反共文學和現代文學之外（或之間）尚有「人文主義的文學」，孟絲女士可以在此一流派中定位。

　　孟絲長於小說散文，一向寫小說多、寫散文少，後來散文

漸多，小說漸少。默察軌跡，可能因為現代小說崇尚「奇技淫巧」（周伶芬教授用語），現在小說創作的風潮大勢，方法凌駕本體，形式決定內容，令人有「心為形役」之感，以致許多小說作家遁入散文。小說如鬧市，散文如田園，小說如競技，散文如獨奏，小說如風霜，散文如微雨，小說如漁夫結網，散文如名士披髮，各有所安亦各有所得。

最新出版的這本《漫遊滄桑—名勝古跡背後故事》，也許正式宣告孟絲的散文時代。此書收集了作者三十篇遊記，我有緣在全書出版之前讀到部分篇章，誠如新州書友網的介紹，此書「記載的不僅是各地綺旎風光，更是歷史長河中的悲歡離合、人世滄桑。書中作者所見的文物風光固然絢麗多彩，更重要的是，風光背後往往牽扯出更動人心弦的淒美故事。這是本書和許多其他遊記不同之處。」

應該補充，此書介紹的名勝古跡多在歐美異邦，它是孟絲「行萬里路」的產物。一般來說，遊歷名勝古跡要熟悉歷史文化背景，才在線條顏色的畫意之外，感受到懷古詠史的詩情，否則「西風殘照，漢家陵闕」，也不過一片荒涼而已。許多中國人遊雅典羅馬，總覺得如看風景畫片，隔了一層，因為他只看見表面物體，沒看到浸透了鬆滿了歷史人生的膏油。孟絲的《漫遊滄桑》在旅行文學中別開生面，它是真正的導遊上品，對喜歡觀光旅行的人有助益也有啟示。

　　也許孟絲在小說和散文的兩難之間下了最後的決心，可以
預期，她的散文作品以後將源源而來，「外子」王士英教授業
餘長於攝影，圖像語文，相互輝映，過去已有美滿的合作，今
後必定強化她的表現力，也增長讀者的興趣。今天，資深作家
不驕不餒，「文路無盡誓願行」我們必須熱烈鼓掌。

國家圖書館出版品預行編目

雪落無痕：孟絲短篇小說選 / 孟絲著. -- 臺北
市：獵海人, 2023.10
　　面；　公分
　　ISBN 978-626-97445-6-5(平裝)

863.57　　　　　　　　　112016977

雪落無痕：

孟絲短篇小説選

作　　　者／孟　絲
出版策劃／獵海人
製作銷售／秀威資訊科技股份有限公司
　　　　　　114 台北市內湖區瑞光路76巷69號2樓
　　　　　　電話：+886-2-2796-3638
　　　　　　傳真：+886-2-2796-1377
網路訂購／秀威書店：https://store.showwe.tw
　　　　　　博客來網路書店：https://www.books.com.tw
　　　　　　三民網路書店：https://www.m.sanmin.com.tw
　　　　　　讀冊生活：https://www.taaze.tw

出版日期／2023年10月
定　　　價／480元